マジシャン　最終版

松岡圭祐

1

歌舞伎町《かぶきちょう》の裏路地は薄汚い。飲食店の換気扇が吐きだす厨房《ちゅうぼう》のにおいと、なんのために流れているかわからない音楽が混然一体となり、斜陽の赤みのなかで発酵する。そんな特異な職場環境にも、六十を過ぎるまで勤めていれば、自然に馴染《なじ》む。

渋川亮毅《しぶかわりょうき》は寒気のなかにたたずんだ。きょう何本めかになるタバコに火をつける。手もとを人目に晒《さら》すことに躊躇《ちゅうちょ》はない。詰めた小指の付け根には、人工の疑似指をかぶせてある。よくできていて、一見なんの不自然さも感じさせない。この世代の元暴力団員はみな過去を隠しながら、冴《さ》えない第二の人生を歩んでいる。

書きいれどきにちがいないが、しけたものだった。いかにも懐の寒そうな中年男どもが、そそくさと路地を突っ切っていく。目につくのは出勤の女たちばかりだ。派手ないろの巻き髪やネイルとは対照的に、一様に浮かない表情をしている。同感だと渋川は思った。

景気が回復傾向にあるとささやかれているが、どうにも納得しかねる。少なくとも歌舞伎町は、その恩恵に与《あずか》ってはいない。もぐりの店を探りあててまで足を運ぶマニアとなると、なおさら頭数が削られる。

女は若いほどいいとばかりに、十代半ばの小娘を抱きたがる客は少なくないはずだ。しかしリピーターが育たない。素人然とした愛想のなさ、マグロそのものといった感のある反応の乏しさが原因だろうか。見てくれもある。やはりユリナのような売れ線が出勤しなくては、常連客をつなぎとめられない。

うんざりした気分でもの思いにふけっていたせいか、目の前に立つ人影にすら、すぐに気づけなかった。

制服姿の少女が当惑顔でささやきかけてきた。「店長。あのぅ、渋川さん」

渋川は我にかえった。想像が実体化したかのようだった。十四歳、中学二年とは思えない豊満なプロポーションにショートヘア、色っぽさのただよう端整な顔。源氏名ユリナ、桜庭清美《さくらばきよみ》が遠慮がちに立ち尽くしている。

人気商品が戻った喜びと、数週間におよぶ無断欠勤への怒りが、ほぼ同等にこみあげてきた。だがひとまず、感情を顔にだすまいと努める。渋川はタバコを指先につまみとった。「おう」

すると清美は、物怖《ものお》じしたように視線を躍らせ、わずかに後方を振りかえった。

渋川が驚いたことに、もうひとり制服を着た少女が立っていた。濃紺のブレザーに赤いリボンから、清美と同じ中学校とわかる。

「誰だ?」渋川はきいた。

清美がか細い声で応じた。「同じクラスの子で……」

少女は進みでて一礼した。「里見沙希《さとみさき》といいます」

年齢より大人びた印象の清美にくらべ、沙希と名乗った少女はいかにも十四歳、あるいはそれ以下に見える幼さを漂わせる。背は高くなく、痩身《そうしん》で小顔だった。緩く波打った髪が肩にかかっている。色白で、猫のように吊《つ》りあがった目尻《めじり》、つんとすましたような鼻と薄い唇、いずれもバランスよく配置されていた。歯並びだけは少し悪い。だが気が強そうに見えるところや、それにともなう生意気さは、マゾ志向の客のニーズにかなっている。

こんなところへ同行してきたからには、理由はたずねるまでもない。働きたいという友人がいれば連れてくるよう、清美にも常々いってあった。

人目が気になる。長いこと外で立ち話はできない。渋川は踵《きびす》をかえした。「来いよ。事務所で相談しよう」

雑居ビルの狭間《はざま》に入り、アルミ製のドアを開ける。長年借りっぱなしになっているテナントだが、表はシャッターを閉めたままだ。むろん看板もでていない。規制が緩かった当初は、ベニヤ板で間仕切りしたプレイルームがあったものの、解体して久しい。十代の少女らは営業用の喘《あえ》ぎ声など発しないが、ときおりうるさい客がいる。獣のように感極まった叫びを外にきかれたくない。近隣のラブホを使わせたほうが、よほど安全だった。

倉庫然とした暗がりのなか、渋川は沙希にいった。「脱ぎな。上から下までぜんぶだ。まず品定めしなきゃ、採用もきめられねえ」

清美がささやいた。「あの、店長。沙希は……」

「おめえはだまってろ」渋川は清美に凄《すご》んでから、沙希に目を戻した。「裸にもなれねえんなら、話はここまでだ。ひとりでまわれ右して、そのドアをでていきな」

沙希はきいた。「清美もですか」

「ばかいえ。ユリナは出勤したとこだぞ。おめえひとりだよ」

ためらいを感じさせたのは一瞬だけだった。むしろ清美のほうがばつの悪そうな顔で下を向いた。沙希は制服を脱ぎにかかった。色気のない動作だったが手早かった。たちまち下着も床に脱ぎ捨てられ、沙希は一糸まとわぬ姿になった。

逸材だと渋川は思った。痩《や》せすぎているものの、幼女も同然の平坦《へいたん》な胸を好む客も多い。タトゥーもへそピアスもない上物だ。腕も脚もすらりと長かった。これなら太《ふと》客《きゃく》をつかまえられる。

ただ気になるのは、背中や腰の痣《あざ》だ。なにかきつく巻いたらしい。Vラインから尻にかけても同じ帯状の痣が残っていた。SMのロープかと思ったがちがうようだ。渋川はたずねた。「そりゃいったいなんだ」

しばらくまったが、沙希は恥ずかしそうにうつむいたままだった。

きくだけ野暮だと渋川は思った。太い頑丈なベルトで宙吊りか。前にも素人客を拾って、自前で商売をしていたのかもしれない。プレイのコツをわきまえない連中はこれだから困る。せっかくの商品が傷物だ。ただ半月もすれば、痣は消えてなくなりそうだった。

廊下に積んである段ボール箱から、バスタオルを一枚取りだし、沙希に投げてやった。渋川はいった。「それを身体に巻いて、ついてこい。服やカバンはそこに置け。スマホもなしだ」

オフィス用のパーティションに囲まれた二箇所のみ、蛍光灯が点《つ》けてある。ひとつは接客用、もうひとつは事務室だった。渋川はふたりの少女を、事務室のなかに招きいれた。

室内を占有するデスクの上から、コンビニの袋と食べかけの弁当をどかした。沙希に椅子を勧める。細い身体にバスタオルをしっかり巻いた沙希が、ぎこちなく腰かけた。清美は不安げな面持ちで、そのわきに立った。

新入りを裸にするのは、むろん点検がおもな理由だが、用心のためでもある。これから商談に入ろうというときに、録音や録画を許したのでは、逆に強請《ゆす》られる羽目になる。強盗目的の小娘に凶器で襲われるのも願い下げだ。渋川は沙希の手のなかを一瞥《いちべつ》した。なにも持っていない。

椅子に座り、渋川は吸い殻を灰皿に押しつける。「清美。友達の働きしだいによっては、欠勤のペナルティを軽減してやらんこともない。で、沙希。源氏名だが、サチコとアイとアカネが空いてる。どれにする」

沈黙がかえってきた。いまさらじれったい。渋川は咳払《せきばら》いして返答をうながした。

沙希と目が合った。まっすぐに渋川を見つめてくる。

なにかいいたげなまなざしに思える。渋川はきいた。「なんだ」

すると沙希が応じた。「清美はきょうかぎりで、ここを辞めます。だからもう干渉しないでください」

「なんだと？　おまえ、働きにきたんじゃないのか」

「ちがいます。付き添いです」

「じゃ、なんで裸になった」

「そうしないと話をきいてくれないから」

物怖じしない態度、敵愾心《てきがいしん》を剝《む》きだしにした目つき。生意気さも年相応の可愛げと解釈できたはずが、いまはこざかしく感じられてくる。度胸が据わっているわけでもあるまい。ただ世間知らずの子供、向こう見ずなだけだ。

渋川は清美を凝視した。清美は怯《おび》えきった表情ですくみあがった。

ふたたび沙希に目を戻す。渋川は語気を強めてみせた。「てめえ。誰に向かってものをいってやがる」

恐怖のいろは、たしかに沙希の顔に浮かんだ。だが微妙なていどに留《とど》まった。沙希は毅然《きぜん》たる態度を崩さなかった。「まともな商売じゃないですよね、未成年にそういうことさせるって」

「そういうことって、どういうことだよ」

「店長さんがいちばんよくわかってると思うんですけど」

妙な気配をおぼえた。この仕事も長い。嚙《か》みついてくる少女は初めてではない。しかし沙希の発言はどこか不自然だった。感情にまかせた物言いではない。

同級生を辞めさせたいと申しいれるだけなら、廊下の立ち話で可能だったはずだ。わざわざ深入りしたうえで、こちらに喋《しゃべ》らせようとしている。

もういちど沙希の全身を眺めまわす。バスタオルを剝《は》ぎとるべきか。いや、なにかおかしい。渋川の目は沙希の手に釘付《くぎづ》けになった。

両手とも空《から》に見えた。けれども違和感がある。

「おい」渋川はつぶやいた。「おめえの右手、指が六本あるじゃねえか」

ふいに沙希が表情をこわばらせた。

常識に由来する錯覚は怖い。人の指は五本と、誰もが無意識のうちに信じきっている。てのひらが見えていれば、なにも持っていないと思う。指の数までわざわざ確認しない。

だが渋川の常識は他人とずれていた。疑似指がおかしく見えないかと、さんざん目を凝らした経験がある。いまも沙希の指が一本、わずかに質感が異なるのを見逃さなかった。

渋川は沙希の手首をつかんだ。沙希はさすがにびくついた。無言のままではある。

短く悲鳴を発したのは清美のほうだった。

沙希の中指と薬指のあいだに、作りものの指がはさみこまれていた。関節がほんの少し曲げてあり、ほかの指と横並びに揃っている。沙希の疑似指を奪いとった。遠目に見るよりチャチな加工だ。樹脂製で肌いろに塗ってあるだけだった。なかは空洞で、極小のペン型ICレコーダーがおさめてあった。LEDが赤く発光している。録音中だとわかった。

やはり策を弄《ろう》していたか。渋川は沙希の手首をつかんだまま きいた。「なんだこれ」

沙希は息を呑《の》む反応をしめしたものの、視線を逸《そ》らしたのは一瞬にすぎなかった。ふたたび尖《とが》った目が渋川をとらえる。吐息を感じるぐらい顔を接近させようとも、いまだ根負けしまいと食ってかかってくる。なめられたものだと渋川は思った。

廊下から二十代の従業員がのぞきこんだ。名はタツ。耳と鼻、唇にまでピアスをしている。そんなタツが告げてきた。「渋川さん、常連客が来ました。ああ、なんだ。ユリナ、いたのか。ちょうどよかった」

タツが目でたずねてくる。渋川は無言のまま、顎《あご》をしゃくってみせた。

その合図だけで通じた。タツが清美の腕をつかんだ。「ついてくれよ、二時間だ」

清美は悲痛な顔で抵抗をしめした。救いを求めるまなざしを沙希に向ける。沙希は清美のもとに駆け寄るべく、渋川の手を振りほどこうとしてきた。

さらなる憤りが湧いてくる。この小娘、どこまで愚弄《ぐろう》する気だ。渋川は沙希の手首をひねりあげた。ICレコーダーを沙希の鼻先につきつけ、渋川は凄《すご》んだ。「録音データ、この場で消せ」

だが沙希は不満をあらわにしながら顔をそむけた。拒絶の意思表示なのは明白だった。

怒髪天を衝《つ》くとは、まさにこのことだ。渋川はICレコーダーを投げだし、沙希の頬をしたたかに打った。沙希はよろめき、床に突っ伏した。バスタオルをはだけまいと、両手で胸もとをしっかり押さえている。すなわち防御は不可能だった。渋川は沙希の脇下めがけ、繰りかえし蹴《け》りを浴びせた。

清美の悲鳴に似た声が響いた。「やめて」

腹の虫は容易におさまるものではない。渋川は沙希の顔面も蹴った。沙希が頭を抱えてうずくまると、まわりこんで背中も蹴りこんだ。

事情を知らないせいだろう、タツが戸惑ったようにいった。「渋川さん。ほどほどにしとかないと、怪我だらけじゃ売りもんにならんでしょう」

「こいつは売り物なんかじゃねえ。さっさとユリナを連れてけ」

タツはたじろぎながら清美の手を引いた。清美は踏み留まろうと抗《あらが》う素振りをしめし、甲高い声で泣きだした。渋川はかまわなかった。この季節に汗が滲《にじ》むほど、激しく沙希を蹴りつづけた。

そのとき、男の野太い声がぼそりと告げた。「よせ」

渋川ははっとした。タツではない。何者かをすぐに悟った。

忌々しい角刈りのスーツが、すぐ近くに立っていた。年齢は四十すぎ、無骨を絵に描いたような輩《やから》。渋川がこの稼業に手を染めて以来、すっかり顔馴染《かおなじ》みになっている。むろん歓迎しうる存在ではなかった。

菅井《すがい》憲徳《のりとく》という警部補を凝視できたのは、わずか一秒足らずだった。次の瞬間、室内に捜査員がなだれこんできた。さかんに怒号が飛び交い、狭い室内はたちまちスーツの群れに占拠された。タツも清美も混乱に呑まれ、姿が見えなくなった。だがどうなったかはわかる。警察官はいちいち声を張りあげ、状況を報告するからだ。従業員一名確保。女学生確保。そんな絶叫に似た声が響き渡った。

直後、怒濤《どとう》のごとく押し寄せる波に、渋川も打ち倒された。捜査員らは容赦なく渋川を床に叩《たた》き伏せた。罰するような激痛に加え、不快感を増長するがごとく、頭上で若い捜査員の声が興奮ぎみに叫ぶ。被疑者確保。

何度きいても嫌な発声だ。凱歌《がいか》でもあげたつもりか。渋川は猛然と抵抗を試みた。だが異常とも思える人数が腕と脚をひねってくる。どいつもこいつも、耳もとで怒鳴り散らすせいで、鼓膜が破れそうだ。動くな。じっとしてろ。顔あげろ。わかりきった常套句《じょうとうく》ばかりが、けたたましくこだまする。

突っ伏した姿勢から、のけぞるように上半身を起こすと、目の前で人垣がふたつに割れた。菅井が無表情にしゃがみこみ、つまらない紙を突きつけてくる。

「ガサ状な」菅井はいった。「捜索差押許可状。読むぞ」

渋川は唇を嚙んだ。長いこと内偵を進めていたにちがいない。まるで気づけなかった。通常逮捕も可能なところを、現行犯逮捕しうる証拠が揃い、ここぞとばかりに突入か。少なくとも女学生どもは出勤してきたわけではない、そう苦言を呈してやりたくなる。裸になっている以上、弁明は困難をきわめるだろうが。

竹藪《たけやぶ》のような捜査員らの脚の向こう、女性警察官が沙希を助け起こすのが垣間《かいま》見えた。しかしその光景はほんの数秒にすぎず、血をたぎらせた捜査員どもが手錠をかけんと殺到し、渋川の視界はふさがれた。ふたたびねじ伏せられたとき、床に転がる疑似指だけが目に映った。

2

西新宿《にししんじゅく》六丁目にある新宿警察署で、菅井憲徳警部補は廊下に歩を進めた。

ときおり捜査で商社を訪ねると、社長室が最上階にある構造に戸惑う。一階に署長室を設ける警察署は機能的だ、報告もさっさと済ませられる。ただし取調室に関しては、留置場のある上層階にも、いくつかほしいと感じる。被疑者はそこに呼びだせばいい。刑事部屋の奥に並ぶ取調室だけでは、今回のように未成年の関係者がいる場合、やりくりが大変になる。

同僚がひととおり事情聴取を済ませてくれた。被害届提出の手続きも終え、くだんの女子中学生ふたりは、ただ沈黙し廊下の待合椅子に腰かけている。制服姿の少女たちはいずれも、放心したような面持ちで虚空を眺めていた。

桜庭清美のほうは、ひどく泣きじゃくったせいだろう、目も鼻も真っ赤に染まっている。一方、里見沙希は涙にくれたようすはなかったが、顔じゅう絆創膏《ばんそうこう》だらけだった。片方の瞼《まぶた》の上が腫《は》れあがり、両目の開きぐあいが不釣り合いになっている。鼻の穴にちり紙を詰め、顎にも内出血の痕《あと》ができていた。

近くに立って見下ろすうち、思わずため息が漏れる。するとようやく、沙希が視線をあげた。痛々しい顔が無言のまま見かえす。目が合うと沙希の表情に、多少の後ろめたさがのぞいた。

菅井は黙って取調室のドアを指さした。沙希がここに来るのは初めてではない、そのしぐさだけで充分だった。実際、沙希も招かれていると理解したようだ。不安げなまなざしを向ける清美を残し、沙希は立ちあがると、取調室に入っていった。その後につづき、菅井はドアを閉めた。室内で沙希とふたりきり、事務机をはさんで向かいあう。

机の上には、いくつか物が置いてある。まずICレコーダー。秋葉原《あきはばら》で売られている。従来から隠し録《ど》り用のペン型は有名だったが、さらに小型化された機種だ。そして、そのICレコーダーがすっぽりおさまる疑似指。

静寂のなか、沙希の視線がおちた。友達の前では気を張っていたのか、ここでは弱気な態度がのぞく。そんな面持ちを眺めるのも二度めだった。

菅井はつぶやいた。「ひどい顔だ。信濃町《しなのまち》駅だったか、構内で痴漢を追いかけ、ぶん殴られて以来だな」

沙希が喉《のど》にからむ声でささやいた。「あの犯人、捕まった？」

思わず言葉に詰まる。菅井は応じた。「捜査中だ」

馴《な》れあいのような口調で切りだすべきではなかったか。ぶん殴られた、そんな砕けた言い方ではなく、傷害事件と称するべきだった。沙希は被害者だ。もっともあのときも、痴漢に遭ったのは沙希自身ではなく、たまたま電車に乗り合わせた見知らぬ少女でしかなかった。

菅井はいった。「義憤に駆られて行動を起こすのは悪いことじゃないが、危ない橋は渡るべきじゃないと、前にも忠告したはずだな」

「どうするのがよかったんでしょうか」

「通報すればいい」

「痴漢ひとり捕まらないのに？」

「なあ、里見さん。貧しかった同級生の羽振りがよくなったのに気づき、理由をたずねたところ売春を知った。そんな友達のために、いかがわしい仕事から足を洗う手伝いを買ってでた。そこまではいい。だがわざわざ職場へ同行し、雇い主と直談判《じかだんぱん》を試みた、それはまずかったといってるんだよ。危険だろう」

軽率な行為としかいいようがない。しかも売春宿に乗りこむため裸になるとは、常軌を逸している。ただしいまそこに言及すると、セクハラととらえられかねない。すでに生活安全課の女性警察官が、問題の重大さを説いてきかせたはずだ。行為自体が犯罪に問われる可能性もあったと、厳重注意がなされている。あらためて取り沙汰《ざた》する必要もない。

未成年との会話は難しい。少女となればなおさらだった。菅井はため息をつき、疑似指をつまみあげた。「よくできてるな」

「六本目の指」

「なに？」

「その道具の名前。業界じゃそう呼ぶの」

「どう使うんだ」

「シルクのハンカチを小さくたたんで、なかに入れとく。手が空《から》のように見せてから、握ってハンカチを取りだしてみせる」

「指が六本あったら気づかないか？」

「気づかない」

「職質でこんなのに気づけなかったら、警察官失格だな。俺なら見落とさん」

「そう願ってる。相当量のパケがおさまるから」

「パケ？　まさかヤクとかは……」

「やってると思う？」

「思わない。行動からすれば疑いを持ってもいいかもしれないが、言動がしっかりしてるし、においもしないからな」

「優秀な刑事さん」

「からかうなよ」菅井は疑似指を、自分の指に嵌《は》めてもてあそんだ。「これ、持ち歩くなとはいわないけどな。歌舞伎町じゃ、いかがわしい道具に思われるぞ」

「へんな想像を働かせるほうが悪い」

「あるいはヤクザの疑似指に見なされる」

「中指を詰めるヤクザなんかいるの？　っていうか、指詰めなんてとっくに廃れた儀式でしょ」

巷《ちまた》の十四歳ならこんな発言はしない。やはり育ての親のせいか。

ドアをノックする音がした。どうぞ、と菅井は応じた。

戸口から姿を見せたのは、二十代半ばで私服の巡査だった。どこか頼りなげだが礼儀正しい、今風の若者という印象を漂わせる。細面に凄《すご》みはまるでないものの、スーツはきちんと着こなしている。

生活安全課の浅岸裕伍《あさぎしゆうご》がおじぎをしていった。「桜庭清美さんのご両親が迎えにきました」

「わかった」菅井はうなずいた。「もう帰ってもらっていい」

浅岸が気遣うような目を沙希に向けた。「彼女の保護者に連絡は……」

菅井は首を横に振ってみせた。「女性警察官をひとり呼んでくれ。施設まで送らせないと」

すると沙希が見つめてきた。「父親が前科者じゃ信用できないって？」

「きみの保護者はもう彼じゃないだろう」

ふいに沙希は黙りこんだ。あの男の迎えを期待していたのか。表情が暗く沈んでいき、また下を向いた。

浅岸が笑顔で疑似指を取りあげた。「これ、なんですか」

無言の沙希に代わり、菅井は浅岸にいった。「六本目の指だとさ」

「なにに使うんですか」

「報告書に記載する必要がある。ネットで検索してくれないか。六本目の指。業界の専門用語らしい」

すかさず沙希が口をはさんだ。「ネットはだめ。ガセネタがたくさんでまわってて信用できない」

菅井は苦笑してみせた。「じゃマジックの教本でも揃えるか。報告書ってのは、第三者が理解できるように書かなきゃいけない。六本目の指がどんなもので、どこで売ってて、価格がどれぐらいかも記載しないと」

沙希が目を向けてきた。「手品用品のカタログなら貸すけど？」

「いや、こっちで手配するからいい」

「特殊な専門分野だから」

「心配ない。以前の捜査でもFX取引に関する書物を、浅岸が大量買いして勉強してくれた」

「領収書落ちるの？」沙希がきいた。「経費っていっても税金でしょ。無駄遣いはよくない」

そんなことにまで気がまわるとは、やはり保護者の影響大だ。菅井は投げやりに応じた。「捜査にかかる費用はふつう、経費じゃ落ちない。たいてい自腹だ」

「ほんとに？」

浅岸が笑った。「ありえないんだよ。刑事は領収書をとっておいたりしない。捜査内容が外部に漏れる危険もあるからね。自分の金で充分まかなえるよ。おまわりさんは案外、お金持ちだし」

沙希が疑わしげな顔になった。「嘘」

「ほんとだよ。三十代までに家を買う警察官も多い。いいクルマにも乗ってる。給料はほかの公務員にくらべれば高めで、しかも使う暇がないから」

「じゃ家買うの？　もう買ったとか？」

「僕は……」浅岸が口ごもりながら、また苦笑いを浮かべた。

菅井も笑ってみせるしかなかった。たしかに警察官が薄給というのは都市伝説にすぎない。激務に追われるうちに貯金も増えていく。浅岸は結婚してすぐ、タワーマンションの上層階を購入するためローンを組んだ。

そのことを知っているのには理由がある。警察官は、捜査に関する出費からプライベートのショッピングに至るまで、やりくりを相互に監視しあっている。同僚が浪費に走ったり不審な取引に関わったりしていないか、目を光らせたりもする。菅井自身、高い買い物について、上司への自己申告を欠かさない。警察官の倫理観が問われる昨今、そんな義務が課せられるようになった。

ギャンブル場はもとより、場違いな店に出入りしただけでも、事情の説明を求められる。ネット通販を多く利用していれば、明細を提出せねばならないほどだ。釣りや油絵など、趣味を始めればすぐわかる。公私にわたり、出費が厳しく管理されているおかげで、品行方正な生き方を維持できる。

菅井は沙希にいった。「きみのかつてのお父さんも、商売を見守ってくれる人がいればいいのにな。経営者はなんでも自分ひとりで決められるし、ある意味で野放しだ。

自由すぎるとまたよからぬ行動に走らないとも……」

沙希が表情を硬くした。「父を悪くいわないでもらえますか。おまわりさんにとって前科者でも、わたしにとっては親なので」

また沈黙があった。ためらいか悔いか判然としないもどかしさが、菅井のなかにこみあげてきた。

もう父親ではないはずだ。だが沙希は、自分にとって親だといった。誤りを正すべきであっても、心を傷つけたくない。

「悪かった」菅井はつぶやいた。

やがて沙希はまたうつむいた。かすかに鼻を鳴らす。自嘲《じちょう》ぎみの表情に思えたが、笑みにまでは至らなかった。

浅岸がドアに向き直った。「女性警察官を呼んできます」

すると沙希が浅岸に声をかけた。「わたしも一緒に行っていいですか。どうせ女の人と帰るなら、こっちからその部署へ行けばいいですよね」

気まずさに満ちた空気が漂う。浅岸が戸惑いがちに菅井を振りかえった。

菅井とふたりきりになりたくない。そんな沙希の意思の表れにちがいなかった。中年男は疎ましがられる運命なのだろう。

机の上の疑似指とICレコーダーを平行に並べる。菅井はいった。「これらは預かるよ」

沙希に異論はなさそうだった。黙って席を立つと、浅岸とともに取調室をでていく。菅井は腰を浮かせ見送った。

ぶっきらぼうに軽くおじぎをした沙希が、ドアの向こうに消えていった。警察署にも慣れてきている。菅井は低く唸《うな》った。十四歳の少女だ、好ましいことではない。

3

今年二十五になる浅岸裕伍巡査は、父も警察官だった。親子ともに警察官という例は多い。

父はよく口にした。気持ちを切り替えて社会人としての自覚を持てというけどな、こと警察官に関していえば、そうでもないんだ。試験に受かれば警察学校、その後も規則とチームワークが重視され、体力とそれなりの学力が要求される。なかでもたいせつなのが国語力だ、報告書から始末書まで作文だらけだからな。理不尽でも上には絶対服従、揃いの制服を着て規律どおりに行動し、ランクアップのためには試験を受ける。へまをすりゃ叱られ懲罰もある。要するに学校そっくりだ。むしろ高校生活の延長と考えたほうが、きっとうまくいく。ことあるごとに父はそういった。

採用試験は三種に分かれている。大卒程度のⅠ類、短大卒程度のⅡ類、高卒程度のⅢ類。程度とは、試験の難易度のことでしかない。高卒でもⅠ類やⅡ類を受験する自由はある。問題集をこなしてみたところ、Ⅱ類でもいけそうに思えた。

だがそこも父のアドバイスに従った。Ⅰ類とⅡ類の倍率は七倍前後と高い。Ⅲ類ならもう少し低い。それに試験で背伸びしたところで、高卒という事実は動かない。給料は大卒にくらべ三万から五万は安くなるし、昇任試験が受けられるのも遅くなるが、ちがいはそれぐらいだという。本音では大学に入りたかったが、早く自立して家計を支えられそうな道を選んだ。

高卒で警察官を志すことに、父は反対しなかった。警察官は年功序列ではない。なった順で上下関係がきまる。高卒なら年下の先輩ができずに済むぞ、父はそんなふうに笑った。

試験では早速、作文の能力を試されることになった。社会の治安をどう考えるかというテーマだった。あらゆる犯罪について厳罰化すべきとの趣旨を書き連ね、七十五分の試験時間の半分で上限の一千字に達した。筆記はほかに社会、数学、理科。どれも大学受験用の問題集と大差ない出題内容に思えた。

健康診断も問題なし。体力検査のほうは、懸垂の持久性もハイジャンプにおける跳躍力も良好。折り返し走にも手ごたえを感じた。

やがて合格の通知が届いた。父は涙を浮かべ喜んでくれた。

警察学校は全寮制で、Ⅲ類採用者は十ヵ月のあいだ世話になる。もう制服を着用するうえ、給料もでた。六時起床、七時朝食、八時半に朝礼、八時五十分から授業開始。昼休みをはさみ、八十分の授業を四、五時限こなす。夕方六時から夕食、夜十時半に点呼、十一時消灯。土日と祝日は休みで外出も自由。教場と呼ばれるクラス編成では友達もできたものの、浅岸は休日もほとんど自習室に籠《こ》もった。遊ぶのは大人になってからでいい、そう肝に銘じていた。

教場対抗のマラソンでは上位に入ったが、逮捕術はやや苦手だった。剣道に似た面や防具を装着し、徒手またはソフト警棒で相手を制圧にかかる。練習試合では体格に勝る相手に苦戦するばかりだった。

射撃訓練は緊張したものの、耳当てのおかげで銃声が軽減されるせいか、奇妙に現実感を欠いていた。回転式弾倉の拳銃《けんじゅう》は想像したほど重くはなく、発射時の反動もきつくなかった。だが標的ははるか遠くにあり、とても当たる気がしない。シングルアクションによる射撃のみ当初、数発が中心付近に命中した。まぐれだったかもしれない。以後は撃てば撃つほど的から外れていった。

職務質問の実習も不得手だった。教官の演ずる不審者はいっこうに協力的態度をしめさず、あの手この手で追及を逃れようとする。浅岸は言葉に詰まってしまい、何度となく減点の対象となった。

警察学校を卒業したとき、浅岸は十九歳になっていた。新宿署管内の交番に配属がきまった。都会だけに、嫌でも不審者に出くわし、職質を余儀なくされる。結果、徐々に苦手意識は克服され、薬物中毒者を定期的に検挙することになった。実績を積むうち、署の薬物対策専門の刑事らに顔を覚えられ、やがて私服捜査の助手として声がかかった。それが何度か繰りかえされると、署長推薦にこぎつけ、選抜試験を受ける資格を得た。二十三歳にして合格し、ついに署の正式な私服捜査員となった。配属は生活安全課、経済犯罪担当だった。

そこに至るまでに、署内の合コンで知り合った交通課の女性警察官と結婚した。ふたつ年下だった。給料がいいとはいえ、タワーマンションは思いきった買い物だったが、浅岸なりに早期完済の見込みがあっての決断だった。娘ももう二歳になった。振りかえってみると、一介の平凡な人間が警察官になる、その過程を経験したにすぎないと思えてくる。警察官もただの人間だ、自分のことだけに強くそう感じる。父のいうとおり学校の延長だった。表で勤務態度を褒められることもあれば、裏での失態も避けられない。挽回《ばんかい》するため、あれこれ知恵をめぐらす羽目になる。

後悔はほとんどないものの、大学には行くべきだったかもしれない。キャリアとノンキャリでは、昇給に大きな開きがあるとわかった。知らなかったわけではないが、年を追うごとに実感が強まる。まさに人生の格差と呼べるほどだった。

実入りのことが気になっていたからか、ふいの男の発言に、浅岸は注意を喚起された。

「カネが倍になるんだよ」男の声が沈黙を破った。「目の前でな」

浅岸は、びくっとして顔をあげた。ずっと喋《しゃべ》らなかった参考人が口をきいた。

事務用椅子の背から身を起こし、ボールペンを手にとって調書に目を落とす。

取調室にふたりきり。向かい合わせているのは無精髭《ぶしょうひげ》に覆われた、浅黒い肌の男だった。

仕事は雀荘《ジャンそう》の経営者。店は大久保《おおくぼ》にある。家賃十万の貸し店舗に全自動雀卓を五台ほど並べただけの、簡素な店。暴力団と結びついているようすもない。すなわち、稼ぎもさほどではない。

　そんな彼が高級住宅街に家を買い、輸入車を乗りまわしている。カネの出どころを追及するのが浅岸の役目だった。

　浅岸はきいた。「いま、なんといった？」

「カネが倍になる。目の前で。そういったんだよ」

「すまないが……どういう意味だ？」

「質問に答えたんだよ」

「俺が、なにか質問したか？」

「あんたじゃなくて、ほら、さっきまでいた。おっかない顔をした係長」

「ああ。舛城《ますじょう》警部補のことか。係長はあなたに、どこで収入を得たのかときいた」

「で、俺は答えたわけだ」

　浅岸はとりあえずボールペンの先を調書の空欄に向けた。「ええと、目の前でカネが増える」

「倍に、だ」

「そう。倍に。……なんのことだ、これは？」

「きいたとおりだよ」

「これは、なにか取引についての比喩《ひゆ》か？　あなたのカネを預かり、倍返しにするブローカーでもいるってことか」

「いいや。そんな話じゃない。誰にも預けやしない」

「投資か、融資か。それともギャンブルか」

「だから、そういうんじゃねえっていってるだろ」男はいらいらしたようすで、腰を浮かせた。

「どこにいく」浅岸はきいた。

「どこへもいかねえよ」男はズボンの尻《しり》ポケットをまさぐっていた。

被疑者ではなく参考人だ、所持品はすべて身につけたまま取調室に入っている。いちおうの身体検査は受けているとはいえ、なにかを取りだそうとする男に、浅岸は思わず身を硬くした。

しかし男が取りだしたのは、ただの財布だった。

そこから数枚の一万円札を引き抜き、机に投げだすと、男はいった。「刑事さん。いくらあるかわかるか」

「さあ。あなたのカネだからな」

「数えなよ」

浅岸は指先で札をつついて数えた。「六枚。六万円だな」

「これがな。倍になる」

「どうやって」

「べつに、どうもしない。ただ眺めてりゃ、そうなる」

「ふざけるな」

「信じられないのもむりはないな。だがな刑事さん、目の前でこいつが増えるところを見りゃ、どうだ、うなずけるだろ」

「いいや。もしこれが十二万円になったら、俺はこの調書に〝手品の趣味あり〟と書くだけだ」

「不幸だな、刑事さん。常識ってモンから足を踏みだせない。それで汲々《きゅうきゅう》としながら人生を送る羽目になる。かつての俺みたいにだ」

「つまり、信じれば奇跡はかなうとかそういう話か」

「ある意味、そうかもな」

「どこの宗教に入ってる？」

「おいおい。そうやって見下すのもいい加減にしなよ。あんたがどんな学歴の持ち主で、刑事として立派な若手かそうでないかはしらねえ。俺は善良な市民だし、犯罪も犯しちゃいない。だから、さっきの係長みたいにまるで俺を犯人扱いするような輩《やから》に口はききたくなかったが、黙秘するつもりもねえんだ、あんたには話してもいいと思ってた。だが、あんたの身勝手な常識ってやつで俺を差別しようってのなら、話は別だ。弁護士呼んでもらえるまで、なにも話さねえからな」

「弁護士なら手配するよ」

「俺の雇ってる弁護士じゃねえとだめだぞ」

「雇ってる？　閑古鳥の鳴いてる雀荘のあるじが、弁護士雇ってるってのか？　よく払えるな」

「ああ、払えるよ」男は、六枚の札が並んだ机の上で両手をひろげた。「カネが倍になるからな。いくらでも払える」

浅岸は調書をとりあげ、声にだして読んだ。「岩瀬《いわせ》浩一《こういち》さん、四十五歳。雀荘〝三《さん》国志《ごくし》〟経営。杉並《すぎなみ》区立北烏山《きたからすやま》高等学校卒。三十六歳で結婚、一女をもうけたが四十一歳で協議離婚。今年に入って世田谷《せたがや》に五十坪の邸宅を購入、愛車はＢＭＷ７５０Ｌｉ……」

顔をあげて岩瀬をみつめた。岩瀬も、浅岸を見かえした。

「不服かい」岩瀬は皮肉に満ちた口調でいった。「一介の雀荘の親父がＢＭＷ乗りまわすのが、よほど気にいらねえらしいな」

「新車価格で一千万円以上するしろものだ。どこからカネが？」

「だから目の前で……」

「六万が十二万になったところで、一千万に達するのはずいぶん先だろ」

「刑事さん、数学弱いのか。カネは倍になるんだぜ。最初は少なくても、やがて加速度的に増える。それに、元金が多けりゃそれだけ増えるカネも多くなる」

「元金はどうやって用立てる」

「借りりゃいいさ。そうだろ？　五百万円借りて、それが倍になって一千万。さらに倍になって二千万。そのへんで、五百万プラス利子を返せばいい。それだけのことだ」

「あなたは二年前に自己破産をまぬがれるために任意整理を申しでてる。借金でクビがまわらなかったはずだろう。銀行、サラ金、クレジットカード。どこからも借りられない状態だったはずだ」

「そんなことはない。借りるとこなんて、いくらでもあるさ」

「闇金融か？　十《ト》一《イチ》か十《ト》二《ニ》にでも手をだしたか」

　トイチは十日で一割の利子。トニは二割、トサンは三割。いずれも、闇金融の俗称だった。実態は暴力団の資金源確保にほかならない。高い利子と厳しい取り立て。返済に追われ、とても事業どころでなくなる。

岩瀬にそんな危機感を抱いているようすはなかった。「カネが倍になるまでせいぜい二、三時間。トイチでもトニでも来やがれというんだ。カネを借りるたび、翌日にはきっちり一割の利子をつけて返すんだからな。笑いがとまらねえよ」

「わかった。カネが倍に増える。あなたが手にしたカネは、とにかく不思議なことに二倍に増える。目の前で。あなたの主張は、それでいいんだな?」

「ああ。いいとも」

「いつから、そんなことが起きるようになった。若いころからカネが倍増してたなら、雀荘経営で苦労することもなかっただろう?」

「そのとおり。ほんの一年ほど前だ、カネが倍になりだしたのは」

「手持ちのカネが急に増えだしたってのか」

「まあ、そうだ」

「カネってものはなくなるもんだという話ならきいたことがあるが、ほっておけば増えていくものだなんて、なんとも景気のいいことだな」

「草や木は自然に育つだろ。カネもそんなふうに増えていく。倍にな」

「自然の摂理だってのか」

「学校じゃ教えてくれないのさ」

「冗談はそれぐらいにしろ。非合法な手段でカネを増やすことを教えた指南役がいるな。そいつは、脱税の方法も教えてくれたのか」

「脱税なんかしていない」

「目の前でカネが増えたのは収入とは異なる、そういいたいのか。だがな」浅岸は調書に添えられた書類を岩瀬に押しやった。「あなたが税務署に提出した申告内容だ。収入がないってのは置いておくとして、この百五十万円の商用車購入ってのはなんだ」

「だからそれは……」

「あなたが買ったのは一千万のBMWだろ。年式は今年。まだどこの中古屋にも出まわってないしろものだ」

「俺は買いたいクルマを買った。百五十万でだ。それのどこが悪い」

浅岸は机を叩《たた》いた。「百五十万で買えるわけがない!」

そのとき、低い男の声が室内に忍び入ってきた。「いや、そうともいえないぜ。浅岸」

振りかえると、見慣れた男がそこに立っていた。

濃紺のスーツに黒いネクタイ、結び目は緩めて襟もとのシャツをはだけている。岩瀬よりさらに浅黒い顔には、中年の証《あかし》でもある深い皺《しわ》が縦横に刻みこまれていた。太い眉《まゆ》に鋭い目つき、こけた頬が残忍そうな性格を漂わせる。凄《すご》みでいえば、去年まで上司だった菅井を凌《しの》いでいる。真っ当な職業の社会人には見えない。実際、事情を知らない制服警官から職質を受けることも、頻繁にあるらしい。

舛城徹《とおる》はポケットに手を突っこみ、閉めた扉にもたれかかった。「新車のBMWやベンツも、その気になりゃ百五十万で買える」

浅岸は舛城を見つめた。「事故車とか盗難車って話ですか?」

「いや。それじゃすぐ足がつくだろ。現金をほしがってる売り主と直接会って取引したんだ。むろん現金払い、即金でな。潰《つぶ》れるかどうか瀬戸際の中小の社長が、このまんまじゃ手形が飛んじまうって岐路に立たされたら、百万でも二百万でも現金をほしがるもんだ。そういう連中はカネを借りられない。手持ちの資産をカネに換えるしかない。かといって、中古車屋相手に数日かけてのらりくらりと売却手続きをおこなっているひまもない。そんな輩の懐に飛びこめば、いくらでも安く買い叩ける」

岩瀬はにやりとした。「ま、そういうことだ。お若い刑事さん。わかったろ。俺は嘘なんかついてない」

舛城が岩瀬に突っかかった。「人の弱みにつけこむ悪質なやり方だ。犯罪じゃねえがスレスレともいえるんだぜ。そこんとこどう考えてやがる。カネを倍に増やすなんて、法にひっかからないとでも思ってんのか」

「自分でやってるわけじゃねえよ」

「誰かがやってくれるってのか。ほう」舛城は浅岸に目を向けてきた。「どこからカネが入ったか、白状《ゲロ》したか」

浅岸はいった。「目の前でカネが倍になった。そんな絵空事ばかりふかしている始末で」

「妙な話じゃねえか。カネがうじ虫みたいに湧いてくるのなら、なぜクルマを安く買い叩く必要がある？ ディーラーで堂々と買ったほうが安心だろうが」

岩瀬の顔に動揺のいろが浮かんだ。「いつも増えるってわけじゃねえ」

「増えることもあれば、そうならないこともあるってのか」

「いや。そうじゃねえ。やるときゃ、ちゃんと段取りがいるんだ。それさえやれば、カネは確実に倍になる」

「つまりだ。誰かがおまえさんに、カネが倍増するって事実を教えにきた。その誰かがいつも、段取りをしてくれる。そうすると、おまえさんのカネは倍に増える。そういうことだな」

「ああ、そのとおりだ」

「そいつがカネを手にしたら、目の前で倍に増やしてくれる。そんな手品師みたいな演舞を披露してくれるってのか」

「いや……頼むよ、刑事さん。これが犯罪だとしたら、俺じゃなくあの人のせいなんだろ?」

舛城はカマをかけている。被疑者の目星がついているかのような口ぶりで、岩瀬に対し共犯を疑う態度をちらつかせる。岩瀬は徐々に不安を感じ、少しずつ秘密を洩《も》らしつつある。

「そうかい」舛城はつぶやいた。「すべては、あいつのしわざってことか」

「そう。あの人のせいだよ。でもな、確証はねえよ。あの人はカネには触らない。俺がカネを置く。それだけだ。あとはいっさい、カネには触らない。あの人も、俺もだ。それだけで、目の前で倍になる」

「二百万が四百万に、四百万が八百万になるってのか」

「そうとも」

「あいつに、どこかに呼びだされるのか? カネを置く場所を指示されるのか?」

岩瀬は首を横に振った。「俺の店だ。あの人はいつも、俺の店に出向いてきてくれる。カネだって、俺の店のカウンターに置くんだ。あの人が持ってくるのは、なんとかって機械だけだ」

「機械？　どんな機械だ」

「黒板消しみたいに、手に持って使うんだよ。ええと、そうだ。レプリケーターだ」

舛城が目でうながしてくる。浅岸はスマホを操作した。レプリケーターなる単語を検索する。

結果が表示された。浅岸は読みあげた。「SFに登場する架空の装置。分子を材料とし、実物と大差ないコピーを作りだせる」

「おい」舛城が岩瀬の顔をのぞきこんだ。「その歳で漫画を卒業できねえのか」

岩瀬があわてぎみに応じた。「とんでもねえ。名前の由来なんか知ったこっちゃないよ。あの人はそう呼んでる、それだけだ。一般に普及してるしろものじゃねえから、ネットの検索でわかるわけねえよ」

「あの人はカネに触らねえって、おまえそういわなかったか」

「いったよ。実際、触らねえ。黒板消しみたいなレプリケーターを、こう手に持って、札束の周りにかざすんだよ。上とか、側面とか。それで全体をスキャンする。3Dプリンターと同じ原理らしい」

「偽札を紙に印刷するなら2Dのプリンターで充分だろ」

「ちがうよ。紙幣に使われてる紙は特殊で、質感もふつうの紙とは異なるだろ。だから紙ごと複製するんだ」

「3Dプリンターで作れる複製品の原料は、ゴムやプラスチックの樹脂だぞ。紙なんか作れるわけねえ」

「いや。あの人が説明してくれた。紙の原料はパルプだ、読みとった成分を分析して、気化して噴出すりゃ、紙の繊維が精製されるんだよ」

「へえ。印刷もそのままにか」

「そうとも。紙幣のインクがこれまた特殊でな、一般には再現できない色彩を持ってる。だがその一風変わった成分だからこそ、電磁波をあてることにより分離できるんだ。レプリケーターで、一枚の紙幣の上にもう一枚、そっくり同じ紙幣ができあがる」

「紙幣番号も同一かよ」

「いや。番号はレプリケーターのプログラムにより、一枚ずつちがって印刷される」

「戯言《ざれごと》もそこまでいきゃ立派だな」

「なんとでもいえ。本物とまったく同じで、透かしも入ってるんだぞ。ホログラムシールまで複製されるんだ。信じられるか？」

「おまえさん、人間ドックで脳の検査受けたことあるか」

「刑事さん、怪しく思うのは当然だ。俺だって最初は怪しいと思ってた。だがたしかに、カネは増える。自然にカネが増えるんだぜ？　犯罪じゃねえ」

「さあな。まだなんともいえんな」舛城は背を向けると、ドアを開け放った。「浅岸、いくぞ」

4

浅岸は廊下で舛城とふたり並んだ。歩調を合わせながら浅岸はきいた。「どうなってるんでしょうか」

「こっちが知りたい」舛城は背を丸め、後頭部をかきむしりながら歩いた。「カネが倍に増える。これで十一人めだ」

「どういうことでしょう」

「さあな。急に裕福になった奴や、どうやって多額の収入を得たのか明白でない奴、脱税の疑いがある奴。そんな連中を一斉にひっぱって話をきいてみたら、馬鹿のひとつ覚えみたいに同じ言葉を発しやがる。目の前でカネが倍に増える、そればっかりだ」

「口裏を合わせてるんでしょうか」

「いや。連中に共通点はない。住所も職業も生い立ちも、てんでバラバラだ。なによりグルになる気ならもっと賢い言いわけがあるだろう。そこを、カネが倍になるの一点張りじゃあな」

「精神科医の意見はききましたか？」

「それがな。そっちも頼りないったらありゃしねえ。精神障害とか、脳障害とか、何らかの異常を示す身体的兆候はみとめられないが、カネが倍増するっていうおかしな主張をしてる以上、どこかおかしいんだろう。そんな見立てでな」

「どこかおかしいなんて、そんなの誰が見てもわかりますよ」

「ああ。だがな」舛城は廊下の端まできて立ちどまった。「連中の言いぶんは、かならずしも戯言じゃないって気もする。連中の証言で共通してるところはこうだ、ある日誰かが、カネが倍に増えるって事実を教えにきた。そいつが誰かってことはいっさい明かしたがらないが、カネが増えるプロセスだけは徐々にわかってきた。最初に教授した人物が何度かやってきて、その都度、持ってるカネを倍に増やして帰っていく。レプリケーターって機械については、ほかにも何人かが言及してたよな」

「みんな同じ人間にだまされてるってことでしょうか」

「おまえどう思う？　パルプを気化やら、電磁波やらって話を」

でたらめでしかない。そう断言できる明確な理由が、浅岸のなかにあった。

浅岸は舛城にいった。「銀とタングステン、ニクロム線、水銀、銅を抵抗率の大きいものから順に並べよ。警察官の採用試験ででた問題です。いまでも記憶に残ってます。物理は苦手でまるで答えられず、一時は不合格を覚悟しました。そんな僕でもわかります。絵空事です」

「俺も高卒だからな。試験には苦労させられた思い出しかない。だが同感だ。俺らみたく知識に乏しい連中が、カモになってるんだろう。なにが狙いかはまだ不明だが」

やくざも尻込《しりご》みする外見と、粗暴な言葉遣いとは裏腹に、舛城は優秀な警部補として知られる。課長に昇進した菅井が、後任として係長に推したのも、検挙率と信頼度の高さゆえときく。

実のところ舛城の暮らしぶりは、警察官の鑑《かがみ》でもあった。妻子の幸せを優先し、彼自身は質素な生活に徹している。町の少年野球チームで監督を務めるほかは、趣味らしい趣味もない。私生活における個人的な出費も、家族を養うぶんを除けば、野球チームの備品調達のためだけでしかない。酒もタバコもやめて久しいことを、署内の誰もが知っている。警察官は出費について相互監視の義務を負うため、だらしない生活を送っていればすぐに判明する。舛城はまさしく、非の打ちどころがない人格者だった。父以上だと浅岸は思った。これほど警察官に向いている男はほかにいまい。

けっして威張り散らしたりせず、部下にもやさしい。まるで手柄を立てられない浅岸に対しても、叱責《しっせき》することなく接してくれる。そのうち運がめぐってくる、舛城は常々そういった。難事件を解決する機会に恵まれりゃ、上がほっとかないだろうぜ。胸のうちに響く台詞《せりふ》だった。今年に入ってから浅岸は、舛城の発言をこそ座右の銘とし、将来の希望につなげている。出世のため、ひそかに努力していることもあった。

もっとも浅岸は、舛城と会うたび緊張せずにはいられない。どうしても萎縮《いしゅく》してしまう。うっかり失言を口にしまいかと内心、冷や汗をかきどおしだった。

浅岸はいった。「本気で取りあうべきでしょうか。岩瀬を含め、損をしたと訴えてきている者は、ひとりもいないわけですよね？」

「現状ではな。この先はわからん。連中が妄想を口にしてるときめつけるのはたやすい。だから逆の可能性を考えてみるか。話がすべて本当だったとする」

「いや。それはとても」

「少なくとも連中の目には本当に見えたってことだ」

「たしかに3Dプリンターには、ハンディタイプのスキャナが付いていたりします。しかしパルプが気体化されて噴出されるなんて、きいたことがありません。電磁波はいうにおよばずです。こんな見え透いた嘘にひっかかる人間がいるでしょうか」

「いないともかぎらん」舛城は懐から四つ折りの紙を取りだした。「こいつは二〇一三年十一月二十九日付、朝日新聞朝刊の記事のコピーだ」

浅岸は読みあげた。「都内の自営業の男性をだまし、現金六百万円を盗んだ横浜《よこはま》市の女性が、高輪《たかなわ》署に逮捕された……。ああ、ブラックマネー詐欺ですか」

「そう、ブラックマネー詐欺だ。ただの黒い紙を、特殊な液体をかければ一万円札になると偽って売りつける。馬鹿げた手口だと思っていたが、いまじゃ警察学校の教本に載るぐらいメジャーになってる。一万円札になると称し、ただの黒い紙を一枚千円で売ったとか」

「こんなの信用するほうがおかしいですよね」

「そうでもない。女は液体をかける際、黒い紙を巧みに本物の一万円札とすりかえたらしい。手品だな。目の前で紙幣に変わったんだから、被害者は信用しちまったんだ」

「手品ですか。そんなにみごとな技がありえるでしょうか」

「この女は執行猶予になったが、翌年にも同じ手口で千八百五十万円を盗んだ容疑で、宮城県警に逮捕されてる」

「でも」浅岸は舛城に紙をかえしながらいった。「ブラックマネー詐欺には、巧妙な前口上がつきものです。いわく、脱税した富豪がマネーロンダリングのため、紙幣に特殊な処理を施し黒紙に見せかけているだけで、液体をかければ元に戻るとか。海外にあった資産を空港経由で持ちこむとき、あまりに巨額の現金なので、問題視されないようにしたとか」

「ああ。液体をかけて紙幣に戻すには、十時間以上かかるともいったらしい。だから手っ取り早く現金化するため、黒紙のまま安く売ると持ちかけるのが常套《じようとう》手段だ。二〇〇八年ごろからは、百ドル札を白紙にしてあるって振れこみの、いわゆるホワイトマネー詐欺が横行するようになった。おとしも心斎橋《しんさいばし》で、カメルーン国籍の男ふたりが女性をだます事案があったとか」

「それらの詐欺では、ただの黒紙や白紙ではなく、本来は紙幣だったと説明されています。だから液体で戻せるという話にも説得力がありました。けどこれはどうです。特殊な機械で一枚の紙幣が二枚に増えるなんて」

「インドで千ルピー札に液体をかけ、倍に増やせると信じこませた事件があったとも報じられてる。その液体は飛ぶように売れたってよ。大騒動になり、おとしの千ルピー紙幣廃止にまでつながった。今度のは、あれをモデルにしたように思えてならねえ。突拍子もない話ほどだまされる連中がいるからな」

浅岸はため息をついてみせた。「そういえば去年、別の事案で、手品の教本や道具カタログを購入しましたよ。まだ机の引き出しにあるかもしれません。持ってきましょうか？」

「いや。百聞は一見に如《し》かずだ。実演をこの目で見たい」舛城がつぶやいた。「カネが倍増する手品をな。俺も長いこと警察官をやってきた、だまされねえ自信はある」

5

生活安全課の刑事部屋で、舛城は菅井課長と会った。

「なるほど」菅井は報告書を閉じた。「たしかに奇異ではある。捜査員として興味を抱くのもうなずける」

「どうも」舛城は軽く頭をさげた。

「しかしだ。裏金を手にしていると目される一般市民が、口裏をあわせたように、カネが倍に増えると証言した。この報告書を読むかぎりでは、たんにそういう言いぐさが流行しているだけともとれる。どこに捜査の必要性を感じている？」

「彼らの身になにが起きたか、正確なところは不明です。みな前科《マエ》がなく、ごく一般的な小市民、自営業者という共通項を持っています。しかしそんな連中が、人知れず大金をつかんでいた。自然の摂理に反する現象を、彼らがどれぐらい信じているかといえば、人によりまちまちに思えます。しかし貧すれば鈍するで、借金苦に悩む自営業者には〝カネの生《な》る木〟の幻想を受けいれようとする者がいても、そうおかしくはありません」

「猜疑心《さいぎしん》より、藁《わら》にもすがる思いが優先してるってことか」

「ええ。自分の家の床下から小判が見つかってくれたらとか、石油が湧いてくれればとか、そんな妄想を抱きがちになる手合いの、もう一歩病気が進んだ状態かもしれません。しかし彼らは、自発的にそうした妄想を抱いたのではなく、何者かに信じこまされたんです。事実、倍になった現金を懐におさめています。内心疑っていても、儲《もう》かるのなら信じたふりをしつづけようとか、そういう輩《やから》もいるでしょう」

「だとすると、裏に潜む意図も絞れてくるな」

「そうです」舛城はうなずいた。「これは大昔からある、預かったカネを倍にしてあげますという、集金配当詐欺のにおいがします。十万を預かった翌日に、二十万にして返す。百万なら二百万、五百万なら一千万、とにかくきっちり返す。そういう業者がいると噂が立てば、翌日には恩恵にあやかろうと新規参入者が預金に応じ、さらに多くのカネが集まる。だから業者は、前日の預金を倍にして客に返済するのも、充分に可能なんです」

やがてある日、カネを集めた業者がふいに姿を消す。翌日もいつものように、倍額の配当があるはずだと舌なめずりしていた顧客らが、業者の蒸発に気づいたときにはもう遅い。業者は高飛びしているか、カネをすっかり海外へ送金済みだろう。

菅井がうなずいた。「いまは詐欺の準備段階か。カネを倍にすると保証している何者かが、いずれドロンする可能性があると」

「ええ。商売がうまくいっていない自営業者ばかりを狙ってる。個人事業主なら出入金管理もいい加減なところが多く、足がつきにくいというのもあるでしょう。まちがいなく近いうちにカネを持って雲隠れするはずです」

「なるほどな。仮想通貨なんて胡散臭《うさんくさ》いものが、たちまち市民権を得てしまう世のなかだ。飛びつく者も相応にいてふしぎじゃないな。どうする？　出資法違反で挙げれば、被害を未然に防げるかもしれんが」

「いえ」舛城は首を横に振った。「これが従来のように預金や出資を募るやり方なら、詐欺師がカネを持って外にでた時点で事情をきけます。ところが今回の中心人物は、カネを預からないんです。相手のところに出向いていき、カネにも指一本触りません。ただカネを目に見えるところに置かせるだけです」

「特殊な機械をかざしたとの証言もあるとか」

「そういってる者もいます。とにかく奇跡を起こした謎の人物は、一円も受けとらず立ち去るのが常です。出資者を募る従来の手口とちがい、犯人は毎回、増えたぶんのカネを無償でプレゼントしてるわけです。安心させておき、いずれ投資額を上まわるカネを用意させ、分捕ろうという算段でしょう」

菅井が腕組みした。「たぶんカネが倍に増えるというのは、なんらかのトリックを用いているんだろうな」

「ええ。おそらく」

「わざわざそんなトリックなど用いなくても……」

「いえ。そこが犯人の頭のいいところです。非現実的だからこそ、出資者たちが警察にひっぱられようとも、証言が真に受けられないんです。捜査の初動を遅らせられます」

「腑《ふ》に落ちる話だ。だがカネが倍増すると信じさせる際には、どんなトリックを用いている？」

「さあ。ブラックマネー詐欺やホワイトマネー詐欺と同じく、手品と考えられますが」

「手品か」菅井がふとなにか思いだしたように、苦笑に似た笑いを浮かべた。「去年、手品について多少勉強する必要に迫られた」

「浅岸からききました。六本目の指とかいう小道具が証拠品にあったそうで」

「持ち主はまだ子供でな。育ての親は飯倉義信《いいくらよしのぶ》だ」

舛城は沈黙した。飯倉義信。ひさしぶりにきいた名だ。検挙してからどれぐらい経っただろう。

菅井がつぶやいた。「その子は手品に詳しくて、やたら知識を披露してきた」

「私はご免こうむります。飯倉の子じゃ、警察が手を借りるわけにもいきません」

「同感だな。私も関わりたくない。なんというか、ずいぶん難しかったよ。もう十五になったと思うが、かつての父親に似て口が達者でね」

「手品については、こっちで別口から調べます」

「そうしてくれ。しかし」菅井は神妙な面持ちになった。「これを詐欺の疑いありと考えて追及するなら、被害者のほうにだまされた自覚があるかどうかが問題になる。心から信じきっていれば、協力を求めるのも困難だろう」

「全員と話しましたが、驚いたことに、猜疑心なく奇跡を受けいれている者も三分の一近くいました。正常な思考が働かないほど、借金に苦しんでいたのかもしれません。夢でも妄想でも信じてやろうという気がまえだったのかもしれません」

「あとの三分の二は?」

「どちらかというとまやかしめいたものを感じながらも、儲かるからという理由で、奇跡を受けいれることにしたようです。人は都合のいい想像を浮かべるものです。たとえば手品を趣味にしている大金持ちが、借金苦に悩む自営業者の味方であり、芸を披露する名目でカネを置いていってくれる。いわば足長《あしなが》おじさんみたいなものだ、そんなふうにいっている女性もいました」

「犯人にしてみれば、奇跡を受けいれる連中がいてくれればいいわけだ。疑ってるか、心底信じてるかは問題ではない。いずれ雲隠れするまで、カモどもをつなぎとめておければいい。そういう状況だな」

「だと思います」

菅井が難しい顔になった。「現時点で大々的な捜査を始められないことはわかるな? 怪しむべき事案であっても事件ではない」

「なにか起きてからでは遅いですよ」

「捜査というより調査になる」菅井がまっすぐに見つめてきた。「それでいいのなら動け」

犬小屋に紐《ひも》でくくりつけられるよりはましだ。舛城は頭をさげた。「ありがとうございます」

「話は以上だな」菅井がくつろいだ姿勢をしめした。「浅岸はどうだ。役に立ってるか」

「いい奴ですよ、真面目ですし。経験値はまだまだのようですが、捜査に加わる機会さえ増えれば伸びるでしょう」

「同感だ。今度の案件に連れ歩けばいい。教育にも期待してる」

伸び悩んでいる若造を押しつけられたか。上に無理を通したときの代償としては、よくあることだった。舛城は鼻を鳴らしてみせた。「ちょうどいい。やっぱり手品の本を借りるとしますか。あいつもろくに読んでないようですが」

菅井が笑ったとき、くだんの浅岸が刑事部屋に入ってきた。

「係長」浅岸がいった。「こちらにおいででしたか」

舛城はたずねた。「どうかしたのか」

「以前に取り調べた参考人のうちひとりが、任意提出というかたちで、防犯カメラ映像を観せたいといってきて」

「なにが映ってる？」

浅岸の顔はこわばっていた。「カネが倍に増える瞬間というか、その一部始終だと」

6

百人町《ひゃくにんちょう》二丁目、雑居ビルの一階に、その内装業者の事務所はあった。エントランスはガラス戸で、土間の広さは十畳ほどか。応接のソファとテーブル、奥には事務机。壁紙やドアノブのサンプルに製品カタログなど、雑多な品々が堆《うずたか》く積んである。

舛城は浅岸とともに、隣りの部屋に招かれた。そこも物置然としていたものの、壁掛けタイプのモニターがあり、事務所内を映しだしている。ガリガリと削るような音を断続的に生じさせるのは、棚に据えられた黒い箱だった。緑いろのLEDランプが明滅している。常時録画のHDDが稼働中のようだ。

澤井《さわい》という作業着姿の初老が、そわそわしながらいった。「私は内装業を三十年やってきました。裕福じゃなかったが、正直者なのが唯一の取り柄だと、家内にいつもいわれてきました。だから半月ほど前、なにもいわなかったことを、帰宅した直後に後悔しましてな。すぐ連絡を差しあげたんです」

舛城はきいた。「帰ってすぐ？　半月前にですか？」

浅岸がきまりの悪そうな顔になった。「連絡を受けた女性警察官から、話が伝わっていなくて。けさまた澤井さんから電話があり、先輩の刑事が受け、教えてくれたしだいで」

「なんと」澤井が心外だというように渋い顔になった。「まさかと思ったが、やっぱりほったらかしにされてたのですか」

不手際は詫《わ》びるしかない。舛城は頭をさげた。「行きちがいがあったようで、ご心配をおかけしました」

平謝りの態度は、すでに浅岸がしめしていた。深々とお辞儀しながら浅岸がいった。

「申しわけありません」

澤井はため息をついた。「いや。そう低姿勢になさらずとも、きょうお越しいただけたことですし」

事件性が認められる以前の段階では、署内に起こりがちなミスだった。むろん好ましいことではない。舛城は顔をあげた。「今後はきちんと連絡が伝わるよう徹底しておきます。ご協力にも深く感謝しております。ＨＤＤですが、マウスで操作するタイプですね。再生してもいいですか」

「ええ。どうぞ」

浅岸がほっとしたようすで、マウスをつかみ滑らせた。画面がタイムライン表示に切り替わる。

「私はね」澤井は興奮ぎみに喋《しゃべ》りつづけた。「自分になんらかの落ち度があったとか、罪になることをしたとか、そんなふうには考えておらんのです。だってそうでしょう。いきなりやってきた男がカネを倍にしてやるというもんだから、じゃあやってみろと、カネをテーブルに置いただけなんですからね」

舛城は浅岸の作業を眺めながら、気もそぞろに澤井に応じた。「ええ、わかってます」

なおも澤井がまくしたてた。「カネはその都度倍に増えて、たしかに生活の助けにはなったが、私のほうから要求したことじゃないんです。その男には謝礼もなにも渡していない。けれども、あの男はどうも胡散臭《うさんくさ》い。カネが倍増するなんて、どうやったか知らないが、そんなこと私も家内も信じてるわけじゃないんです。なにより、おまわりさんが気にしておられるようだし、私としても社会貢献というか、国民の義務みたいなものを感じましてね……」

「それも承知しています。ありがたく思っております」

いったん懐にいれたカネの返済を求められるのは困る。澤井の本心はそんなところだろう。警察に協力する代わりに、いままで儲《もう》けたぶんは大目にみてもらいたい、そう澤井はほのめかしている。舛城は醒《さ》めた気分で聞き流した。証拠の任意提出は受けるが、カネについては別問題だ。

浅岸がマウスをクリックしながらいった。「しかし澤井さん。よく防犯カメラにとらえられましたね。ほかの参考人によれば、カネを倍に増やす〝魔法使い〟はとりわけカメラに敏感で、自分の姿を映像に残させまいと必死だったとか」

「はい、うちでもそうでしたよ。防犯カメラは設置してないのかと、そればかりきいてました。スマホも電源を切れと」

「男はカメラに気づかなかったんですか」

澤井はしてやったりという顔で天井を指さした。「うちは内装屋ですからね。カメラの隠し場所も少しはひねってありますよ。ほら、あれです。小窓から事務所内を撮影してるんです。ガラスにはミラータイプのフィルムを貼ってありましてね」

天井の防犯カメラは、やや俯角《ふかく》ぎみに設置されていた。レンズが小窓に向けられている。舛城はうなずいた。「ようするにマジックミラーってわけですか」

「そうです」澤井は笑った。「あいつは、壁に嵌《は》まった鏡と思いこんだでしょうな」

浅岸がきいた。「再生する日時は？」

澤井は老眼鏡をかけ、手もとのメモを見つめた。「二週間ほど前、十月四日の午後二時すぎです。あの人が最後に現れた日なんです。それ以前はもう消去されちまいまして」

映像が再生された。画質はまずまずだった。SDとHDの中間ぐらいか。どうせ4Kのレベルは期待していなかった。映っている事務所内にはまだ誰もいない。

やがて画面の下端から人影がフレームインしてきた。ほどなく澤井本人の後ろ姿だとわかる。訪問者を迎えいれようとしていた。くだんの人物はまだフレームの外だった。会話しているようだが、音声はなかった。

むかしのタイムラプスビデオほどではないものの、動作が多少ぎこちなく映る。フレームレートは5FPSあたりの設定だろう。すなわち一秒間に五コマが記録されている。テレビ放送なら三十コマだ。

映像のなかで澤井は横を向いた。満面に笑いが浮かんでいる。カネを倍に増やしてくれる〝魔法使い〟がやってきた以上、自然に顔がほころぶのも当然だった。

澤井がささやいた。「そろそろ映りますよ。いつも事前に連絡なくやってくるのでね。あの男が店にひょっこり現れる瞬間は、何度経験しても緊張しますよ」

「緊張？」舛城は呆《あき》れながらいった。「ずいぶんご機嫌のようですが」

「いえ。まあ、相手に警戒心を抱かせてもまずいと思ったのでね」

画面の外にいる何者かに、澤井がソファをすすめている。黒い影がフレームインしてきた。明瞭《めいりょう》に顔面をとらえられるだろうか。

だが不安は取り越し苦労だった。謎の男はあっさりとこちらを向いた。カメラをまっすぐ見つめてくる。

色白で、ひょろりと痩《や》せ細った青年。どこか鈍感そうな面持ちでもある。目尻《めじり》のさがった眠たげなまなざしが、カメラをぼんやりと眺めていた。しまりのない口は半開きになっている。ジャケットは皺《しわ》だらけで、ふだんからハンガーにかける習慣がないようだ。ずぼらな性格なのだろう。総じて貧乏暮らしの大学生か、無職の二十代といった印象だった。

「なんだ?」舛城は面食らった。「こいつ、いったいなにをしてる?」

澤井が説明した。「鏡に映った自分を見てるんです。軽い身だしなみですな」

「いつもこうなんですか、この男は」

「さあ。いつもというわけではないような。ただ、どこか気どってましてね」

画面のなかの男がソファに座ろうとした。すぐにまた腰を浮かせ、おろおろと両手をテーブルに伸ばす。灰皿が膝《ひざ》に当たって落ちそうになったらしい。

あきらかに緊張している。それに小心者だ。男の硬い表情、ぎくしゃくした動作。

頭の回転が速いとも思えない、器用でもない。

澤井のもとに現れたのは、この男自身の意志ではないのだろう。黒幕はほかにいる。

舛城は澤井にきいた。「この男は自分を何者だと名乗ってましたか？」

「なんとかという科学研究所のエンジニアで、田中《たなか》だとか。最初にきたときに名刺を渡されたはずなんですが、どこかにいっちゃいまして……。おカネを倍に増やす話をご存じですかとくるので、また投資か融資のセールスにすぎないんだろうなと思いました」

「断らなかったんですか」

「おカネを倍にできるが、元金がなければ話にならない、持っていないのならそうおっしゃってください、そんなふうにいうんです。カネならちゃんとあるが、セールスに乗りたくないだけだと伝えても、誰でも口ではそうおっしゃるんですと、冷めた態度をとる。で、私は腹を立てて、金庫に常備してある百万円の札束をだしてきて、この男の目の前に置いたんです。それがすべての始まりでした」

「田中なる男は、そのあたりの会話の運びに馴《な》れていたようすでしたか？」

「いいえ。口がうまいとは、とてもいえない人だと思いますよ。そこいらにいる、内気で弱腰な若者のひとりです。まあ、そんな苦労を知らなそうな若者が、平然とした顔でカネはあるのかときくものだから、こっちもカッとなって札束を見せたわけですが」

もしや、この頼りないキャラクターも計算のうえか。愚者を装っているだけで、じつは抜け目のない知能犯なのか。

画面のなかの澤井が腰を浮かせた。いったんフレームアウトすると、札束を手に戻ってきた。

表情は嬉々《きき》としている。札束は広辞苑《こうじえん》ほどの厚みがあった。

舛城はいった。「かなりの金額ですね。このときはいくら用意したんですか」

「五百万です」

札束は澤井の手でいくつかの山に分けられ、テーブル上に並んだ。

澤井が説明した。「銀行の帯を外してるんです。ひと束百万円ずつ、帯にくるまれていますからね」

「金額は五百万円。この時点でまちがいなくその金額だったんですね」

「そりゃもう。いつもちゃんと数えますからな」

画面のなかで、澤井は五つの束になった紙幣を、さらに十枚ずつに小分けして数えていた。

舛城はモニターに近づいた。目を凝らしてみれば、札束の分量も認識できる。たしかに五百万円ほどあった。

カネを数え終えると、澤井はすべてをひとつの束にして〝田中〟に差しだした。〝田中〟は腰を浮かせ、札束を受けとった。札束をしまいこんだり、覆い隠したりもせず、テーブル上の自分の膝もとに近い位置に置いた。

やがて〝田中〟はジャケットのポケットから、なんらかの物体を取りだした。たしかに黒板消しに似ている。その機材のスイッチをいれ、札束の上にかざした。つづいて左右に振る。札束の側面をスキャニングしているようだ。

とはいえ〝田中〟は、けっして澤井の視線から札束を隠そうとはしなかった。澤井のいる側に機械を振り下ろすこともしない。映像からも確認できる。〝田中〟は依然、札束に触れていない。しきりに機材をかざし、スキャニングを続行するばかりだ。

浅岸が声をあげた。「いま、増えたんじゃないですか？」

「なに？」舛城は身を乗りだした。

画面上には、なんの変化もみられない。札束もそのままだ。

澤井が微笑を浮かべた。「たしかに、もう増えはじめとるんです。画面でみるとわかりにくいが、目の前ならはっきりわかります」

じれったさが募る。舛城は浅岸にきいた。「早送りできるな?」

「二倍から六十八倍速まで可能です」

「じゃ三十二倍速あたりか」

早送り再生が始まった。〝田中〟と澤井は、あいかわらずソファに座ったままだ。澤井のほうはときおり、座りなおしたり頭をかいたりと、ちょこまかとした動きをみせる。〝田中〟はひたすらスキャニングに没頭している。

画面の下端に表示されたカウンターが、みるみるうちに時を刻んでいく。すでに三十分、そして一時間。

浅岸が声をあげた。「こりゃ信じられない……」

五百万円の札束が、しだいに厚みを増していく。ビルの建築現場をコマ落としで撮影した動画に似ていた。たちまちビルが築きあげられていくように、札束はどんどん高くなる。

〝田中〟も澤井も、札束にいっさい手を触れていない。画面のなかの澤井の顔が、札束の厚みに比例してほころんでいく、変化はそれぐらいだ。

札束は、最初と比較してほぼ二倍の厚みに達しようとしていた。舛城はいった。

「浅岸。通常再生に戻せ」

早送りが解除された。リアルタイムでは、札束が高くなっていく気配は感じられない。それでも変化は起きている。もはやその事実は明白だった。

やがて〝田中〟が機械をしまいこんだ。札束を指さす。どうぞ、ということらしい。

澤井が嬉々として札束に手を伸ばす。

異様な光景だった。画面のなかの澤井は、さっきと同じように百枚ずつの束に分け始めた。その束は五個ではなく十個。さらに細かく、十枚ずつに分配したしかめる。

現在の紙幣の数はほぼあきらかだった。倍増している。五百万円が一千万円。

カウンターの時刻は四時をまわっていた。スタート時から二時間が経過している。すなわち、一分に四万円、十五秒ごとに一万円ずつ増えていった計算になる。

「澤井さん」舛城は画面を眺めたままたずねた。「カネは、いくらになってましたか」

「一千万です。一万や二万のちがいもない、きっかり一千万円でした」

これはいったい、なんだというのだろう。ありえない。

舛城は澤井に向き直った。「増えたカネは、新札でしたか古札でしたか。番号はどうでした？」

「それは毎度、私のほうも疑ってみてるんですが……。銀行から降ろした五百万円は新札でしたし、増えた五百万円も新札でした。ただし番号はばらばらです。ふたつ同じ番号の紙幣があるわけでもないし、すべて本物の一万円札でした」

岩瀬の話によれば、番号は新たに作られ印刷される仕組みとのことだったが、むしろ戯言《たわごと》にすぎない。やはり〝田中〟がひそかに持参した五百万円が混ざっただけだ。当然といえば当然だ。けれども、どうやってテーブル上の札束にカネを加えていったのか。

舛城は浅岸にきいた。「おまえ、どう思う」

浅岸が唸《うな》った。「おカネを追加していったとしか……。一秒間に五コマを記録しているのですから、その合間ごとに、すばやく紙幣を一枚ずつ札束の上に積んだんでしょう」

「おいおい」澤井が不満げに口をはさんだ。「ちょっとまってくれ。まるで私がグルだといわんばかりにきこえるが」

「いえ、そういうわけじゃありません……。ただほかに考えようがなくて」

舛城は首を横に振ってみせた。「五分の一秒で紙幣を積むとなると、人間わざじゃねえだろう。仕掛けがあるにしても、HDDに記録されるフレームと、きれいにシンクロできるとは思えねえ」

浅岸がいった。「鑑識に調べさせれば、映像に加工したかどうかもわかります。映ってることが事実だとしたら、カネが自然に増えたように見える、それ自体は疑いようがありません」

そのとおりだった。舛城は唸るしかなかった。「浅岸。おまえが買った手品の本に、やり方載ってないか」

途方に暮れた顔で浅岸は応じた。「たしか二本のロープがつながって一本になるとか、結び目が消えるとかなら……。目の前で紙幣が増えていくなんて、皆目見当がつきませんよ」

7

浅岸は十冊以上も手品の本を貸してくれたが、まるで参考にならなかった。トランプを当てる手順を理解したところで、なんの役にも立たない。一冊目はそれなりに丹念に読んだが、二冊目以降は手早くページを繰って、たちまち目を通し終えてしまった。

ユーチューブでも手品の動画をいくつか観た。物が増えたり減ったり、出現したり消えたりといった現象には、ハンカチがつきものだった。すなわち布で覆い、視界を遮った状態で変化が起きる。そこも期待外れでしかなかった。〝田中〟はハンカチなしでカネを増やしていたではないか。

インターネットで検索してみると、マジック用品を扱う店が都内に複数あるとわかった。通販もおこなわれているものの、札束が倍増するという手品は見つからない。詳しいことは専門家に直接会ってきくしかない。

最も近場は新宿西口の百貨店内だった。舛城は日没前、帰路を急ぐ人々でごったがえす西口界隈《かいわい》で、浅岸と待ち合わせた。

約束の時間から五分遅れて、浅岸が息を弾ませながら駆けてきた。

舛城は歩きだした。「遅かったな」

「すみません」浅岸は荒い呼吸とともに頭をさげると、一緒に歩を進めた。「なにしろ参考人たちの所在がばらばらなんで、まわるのに苦労しまして」

「で、どうだった」

「確認がとれたのは、これまで取り調べた参考人のうち十八人です。いずれにも防犯カメラの映像からプリントアウトした〝田中〟の顔写真をみせたんですが」浅岸は手帳を取りだして開いた。「ええと、写真の男と会ったことを認めた人間が三人、黙秘が十二人、見覚えがないと証言したのが三人、そういう結果です」

「見覚えがないのが三人？　黙秘の十二人ってのは、どんな感じだった？」

「それがですね、やばそうな顔をした者も何人かいたんですが、ほとんどはきょとんとした表情でした。むしろほっとしたようすの者が多くて」

「ってことは、ほんとに見覚えのない奴らもいたってことだな」

浅岸は首をひねった。「しらばっくれているだけかも」

「いや。連中は犯罪者じゃない、そこまで平然としらを切る覚悟ができてるとは思えない。ほかにもいたんだ、〝魔法使い〟が。こりゃ何人かの雇われ〝魔法使い〟が、手分けして各所で奇跡を演じたと考えるほうがつじつまがあう」

カネが倍に増えたように見えたとしても、それは意図的にそう見せたにすぎない。すなわち百万円が二百万円に増えたとき、〝魔法使い〟は百万円もの身銭を切っている。やがて訪れるであろう、信奉者全員からカネを巻きあげて雲隠れする日には、投資を上まわる収入が見込めるだろう。だが現時点では、かなりの経費を注ぎこんでいる。これは組織だった犯罪にちがいない。

「にしても」浅岸が額の汗をぬぐった。「なぜカネが倍に増えるのか、そこんとこがわからないかぎり、参考人を尋問しても躱《かわ》されるばかりです」

「ああ。だがかならず、目にものみせてやる」舛城は百貨店のエントランスをぐった。

　エレベーターで玩具《おもちゃ》売り場のフロアに降り立つと、浅岸が不安げにぼやいた。「係長。ここになにか？」

「おまえも手品の本は、どこか専門店で買ったんだろ」

「たしかにマジック専門店でも買いましたが、ほとんどは意味不明で使いものになりませんでした。お渡しした本は入門書らしくて、一般書店で買いました」

「専門店はここじゃないのか？」

「こんなところにもあるんですか」

　閉店時刻が近いせいだろう、フロアに客の姿はほとんどない。サンリオやディズニーのコーナーも閑散としていた。きかんしゃトーマスの模型が陽気な歌とともに、天井から吊《つ》り下がったレールを駆けていく。見守る客がいなくても、クマの人形は太鼓を叩《たた》きつづける。

　フロアのかなりの面積を占めるゲームソフト売り場と、鉄道模型コーナーの狭間《はざま》に、小さな空間があった。ガラス製のショーケースとキャビネットで囲まれた一画だ。若い男性販売員がひとりだけ立っている。事実それぐらいの床面積しかない。

　販売員は、直径十センチほどの金属製リングを複数手にし、つなげたりはずしたりしていた。客足が途絶えていても実演を欠かさない。それが仕事なのだろう。

金属音が響く。なぜか懐かしさに似た感情がこみあげる。暑い陽射しの下、人の行き交う公園の一角が脳裏をよぎった。

なんだろう。自問したが、答えは浮かばない。記憶とは妙なところにタグ付けされているものだ。まるで関係のない事柄がひきだされてくる。

舛城は歩み寄った。販売員の目は見かえさなかった。虚空を眺めつづけるのが実演中のスタンスなのかもしれない。やがて焦点が舛城に合ってきた。ようやく販売員が頭をさげた。手もとは一瞬たりとも静止することがない。

浅岸が苦笑しながら舛城にささやいた。「輪に切れ目があるんです。そこを指で隠しつつ輪を保持してましてね。子供でも知ってるタネですよ」

販売員の耳にも入ったらしい。気を悪くしたようすもなく、微笑とともに告げてきた。「よくおわかりで」

四本のリングのうち、一本が突きだされた。そのリングは、たしかに一箇所が切断されていて、五ミリほどの隙間が存在する。浅岸が満足げな顔になった。

だが販売員の不敵な笑いは消えなかった。「お客さんのおっしゃるように、いまでは小学生でも知っているタネです。だからこれは、使いません」

販売員は、切れ目のあるリングをわきに放りだした。残る三本のリングをそろえて持つと、そのうちの一本を左手にとった。それを上方にかざし、右手に残る二本のうち一本に、強く打ちつけた。

けたたましい金属音とともに、リングはつながってぶらさがった。販売員はそれを浅岸に差しだした。浅岸は受けとったとたん眉《まゆ》をひそめた。舛城の目にも、つながった二本のリングには、切れ目らしきものはいっさい見当たらなかった。

「もちろん」販売員は、手もとに残った一本のリングをショーケースの上に置きながらいった。「こっちにも、切れ目なんかありません」

さすが手品だ。ふしぎといえばふしぎに見える。

販売員が傍らに吊り下がった商品のパックを指ししめした。「リンキングリング。二千円です」

舛城は販売員にきいた。「カネが倍になるマジックをさがしてるんですが」

「カネ？」販売員は、ぶしつけな態度にも気分を害したようすはなかった。「コインマジックですか、それとも紙幣のマジックですか」

「紙幣です。一万円札」

「さあ。倍になるっていうのはきいたことがないですが、この〝ふしぎなお札〟って商品はどうですか。宴会の余興にもうってつけですよ」

「どんな手品ですか」

「お札と同じ大きさの五枚の白紙が、一枚ずつ一万円札に変わっていくんです。五枚とも、一万円札になります。そして最後は、いっぺんにすべてが白紙に戻ります」

「ああ。ホワイトマネー詐欺にはうってつけだな」

「詐欺？」

「いや、こっちの話です。とにかくカネが倍になるってマジックが知りたいんです」

「うーん、そうですか……。あ、一万円が二万円になるっていう現象なら、やりようによってはできますよ」

「ほう」舛城はショーケースを見まわした。「どこにその商品が？」

「そっちですよ。吊り商品。〝サムチップ〟ってやつです」

透明なパックには、親指のかたちをした肌いろの指サックと、赤い薄手のハンカチが入っていた。ハンカチが手のなかで消える、そう書いてある。

舛城はいった。「カネが倍に増えるとは書いてないが」

「応用するんですよ、その道具を。サムチップというのはマジシャンの必需品で、ハンカチを消す以外にもいろんなことに使えるんです」

「指サックのなかに一万円を隠しておけば、それを取りだすことで、カネが増えたように見えるってことですか。だがこんな親指にはめて、気づかれないものかな」

「まあ、やり方ってものがありますから」

浅岸が小声で告げてきた。「ほんとですよ。道具はチャチに見えても、うまく使えば絶対にばれないんです。六本目の指もそうでした」

販売員が目を輝かせた。「ああ。六本目の指をご存じとは、やりこんでおられるようですね。サムチップよりマニアックな、プロマジシャン御用達《ごようたし》の小道具ですし」

舛城は販売員を見つめた。「あなたもマジシャンなんですか？」

「ええと、まあいちおう、そういうことになりますかね。マジックをやる人間は、ある意味で誰もがマジシャン……」

「いや。そういう意味じゃない。あなたはこの百貨店の従業員で、この売り場に配属されてるだけですか？ それともどこか、マジシャンのプロダクションというか、そういうところから派遣されてるんでしょうか」

「ああ」販売員は両手をショーケースにつき、くつろいだ姿勢を見せた。「私はメーカーから派遣されてるんです」

「メーカーというと、これらのマジックグッズの製造販売元ってことか」

「そうです」販売員は懐から銀いろの名刺入れを取りだすと、名刺を一枚引き抜き、舛城に差しだした。その一連の手つきすらマジックがかっていた。

舛城は名刺を読みあげた。「株式会社テンホー販売部、木《き》村《むら》栄一《えいいち》さんですか。つまり全国のデパートのマジック用品売り場に、自社製品の実演販売のため派遣されていると」

木村はうなずいた。「テンホーは国内のマジック用品を扱う会社としては、最大手なんです。いちおうわれわれは〝ディーラー〟という名で呼ばれてます。〝マジックディーラー〟ってことですね」

「ディーラーね、クルマと同じか」舛城は名刺を懐にしまいこんだ。「あなたと同業の人間は、都内にどれくらいおられるんですか」

「さあ。昔は大手デパートには必ず売り場があったんですが、いまは実演の映像を流しているだけのところも多いので……、まあ関東一円で三十人ぐらいですか」

「全員がメーカーの正社員なんですか？　売り場以外の場所、たとえば演芸場やイベントホールで、マジシャンとして実演することは？」

「ええ、そういう人もいますよ。食えない手品師は、うちの会社でディーラーを務めながら、ときどき入ってくる〝営業〟にでかけていきます」

「そのディーラー兼マジシャンたちは、いわゆる〝営業〟の場で、ここにあるテンホーの商品を用いるんですか？」

「いえいえ。まあわが社でも、ステージ用の大道具を扱ってますから、それらはプロマジシャンも使うことがありますが……。このリンキングリングなどパッケージ商品は、あくまでアマチュア向けです」

「じゃあプロマジシャンたちは、独自にタネを開発してるってことか」

木村は首をかしげた。「どうですかね、応用にすぎないものもあるし。そうだ、もしプロが使っている道具に関心があるなら、そういうお店にいってみてはどうですか」

「そういうお店？　ここではなくて？」

「ここは一般のお客さん相手ですからね。六本目の指も、うちじゃ扱ってません。プロ用のお店には、プロマジシャンが使う道具がいろいろ売ってますよ。引きネタとか、インビジブルスレッド、フラッシュペーパーにフラッシュコットン、ギミックコインとか」

「テンホーの商品とそれらは、どうちがうんですか？」

「ここにあるのはいわば、食品でいえばレトルトってことですよ。レンジでチンするだけで食べられる。ひとつのパッケージを買って、説明書どおりに道具を使いこなせば、それだけでマジックになる。しかしプロ用の店ってのは、どちらかというと食材を扱ってる感じです。カレー粉、ルー、じゃがいもににんじん……。そういうものを組み合わせて、独自のパフォーマンスを作りあげるんです。とはいえ、まあ活用の仕方はほとんど決まっているようなものですがね」

「そのプロ専門店は、誰かに弟子入りでもしなきゃ入れないとか?」

「いいえ、お客さんなら誰でも歓迎してくれるはずです。プロにかぎらず、セミプロというか、マニアックなアマチュア愛好家がいますからね」

浅岸がいった。「僕も行きましたよ。高田馬場《たかだのばば》のビル二階にある……」

「あー」木村がうなずいた。「ホッピングハーフって店ですね。半年前に潰《つぶ》れましたけど」

「潰れた? そうなんですか」

「ええ。儲《もう》かる商売でもないんで」

舛城は浅岸に目を向けた。「そこはプロ向けだったのか?」

「ここよりは、たぶん……。ただ道具というより、よくわからない冊子が、異常な高値で売られてて」

木村が苦笑いを浮かべた。「レクチャー・ノートですね。たしかにホッピングハーフはレクチャー・ノートの専門店でしたよ。マジシャンが実演ネタのコツを本にして売ってるんです。一般向けではないし、数えるほどのネタしか載ってないから、ページ数も少なくてね。安っぽい冊子に見えるでしょうが、数千円から数万円で売られています」

「そう」浅岸が身を乗りだした。「それですよ。でも中身はちんぷんかんぷんで」

「でしょうね」木村は声をあげて笑った。「ピアノでいえば、いきなりプロ用の楽譜を買ったようなものです。技術が身についている前提で、専門用語を多用して解説がなされてますから、初心者には難しいでしょう」

だからといって尻込《しりご》みしてはいられない。舛城は木村にきいた。「いまから行けそうなプロ用の専門店はないかな。潰れたホッピングハーフ以外で」

木村はクリアファイルを開き、ページを繰った。なかから一枚のチラシを取りだした。「なら最も有名な店を紹介します。専門店中の専門店ですよ。マジック・プロムナード」

すると浅岸が大きくうなずいた。「大手町《おおてまち》の店ですね？　噂はききました。ホッピングハーフの従業員が勧めてくれたので。でも、なんていうか客に対し、排他的な態度をとりがちな店らしくて」

「ええ」木村が外国人のように肩をすくめた。「ホッピングハーフより、さらにプロ向きの店ですからね。いまから行けば閉店までに着けるでしょう。そのチラシ、差しあげますので」

「ありがとう」舛城は紙片を折りたたんでポケットにおさめた。「冷やかしただけになってしまって、申しわけない。塩でも撒《ま》いて清めておいてください」

「塩」木村の表情がぴくりと反応した。「塩ねえ」

浅岸がきいた。「どうかしたんですか？」

「そういえば、よくいいますよね。いいお客さんがくるように、塩を撒いて清めるって」

「それがなにか？」

「いえ、よいお考えだなと思いましてね」木村は右手をかざした。「ではそうしましょう。いいですか、なにも持ってませんよ。六本目の指もない。見てのとおり指は五本だけです」

手のなかが空《から》だと充分にしめしたのち、木村は右手をこぶしに握った。そのこぶしを傾けると、驚くことに、真っ白な塩が零《こぼ》れ落ちてきた。テーブルマットの上に塩が積もっていく。

浅岸が目を丸くした。販売員は得意げに笑った。

舛城はいった。「木村さん。洒落《しゃれ》のわかる人ですね。ついでにもうひとつききたいんですが」

「なんですか」

「何年か前、私は外国の山奥で、街灯もなければ民家の窓明かりひとつない曲がりくねった道を、ヘッドライトも点《つ》けず、時速百キロで駆け抜けたんです。でも事故ひとつ起きませんでした。なぜだかわかりますか」

「……さあ？　レーダーセーフティとか、ナイトビジョンってやつですか。自動運転とか」

「ああ」舛城は本心を隠し笑ってみせた。「さすが鋭いですね。そんなところです。どうもお邪魔しました」

8

夜八時半。オフィスビル街は森閑とした静けさのなかにある。肌を刺すような冷たい夜気に、今年も冬の訪れを感じた。

歩道には人影ひとつない。商売にならないせいだろう、ビルの谷間にあるコンビニも閉店している。街路灯の下ではおぼろな光に包まれるものの、そこを離れれば闇に覆われる。明暗の落差のなかを、舛城は浅岸とともに突っ切った。

浅岸がつぶやいた。「あの塩、どこからでてきたんでしょう。なにも持っていないように見せられるのなら、薬物所持の連中が逃れ放題ですね」

舛城は思わず苦笑した。「どうしてそう思う」

「未開封の缶コーヒーと見せかけて、底が開くようになってるシークレットケースとか、研修でひととおり習ったじゃないですか。実際、あれにブツを隠してる輩《やから》も少なくありません。でも手品となると厄介ですね」

「そうでもねえ。応援呼んで、取り囲んだ時点で発覚するよ」

「あのタネ、わかったんですか？」

「販売員が前もってタネを明かしてたじゃねえか。あの指サックだよ。サムチップとかいう」

「あの親指のキャップですか？　あんな物、指に嵌《は》まってましたか？」

「指サックを装着した親指はずいぶん長くなるから、横から見ればわかるんだが、親指の先を正面に向けられていると気づきにくい。あんなふうに手を開かれると、客は手のなかに注意を向けてばかりで、親指の先なんて疑っちゃいない。あのディーラーは、俺にはわざと指サックがわかる角度でやってみせて、おまえをからかったんだよ」

「でもどうやってサムチップに塩を仕込んだんでしょう。係長が偶然、塩を撒いてくれといった直後ですよ。準備できる暇もなかったはずですし」

「実演販売員の機転だよ。あれが塩かどうかはわからないし、ひょっとしたら砂糖か、なにかマジックに用いる粉末かもしれない。それがたまたまショーケースの陰に用意してあった。俺が塩について言及したとき、彼はそれを使う絶好の機会だと思ったわけだ」

「偶然の会話を演技に結びつけたってことですか」

「そうだ。芸人がアドリブを利かせるのと同じだな。それで驚きが倍増する。なんにせよ、ガサ入れの時に犯人がコナ隠すのには使えねえ。正面にいる客にしか通用しない以上はな」

「なるほど。ようやく安心できました」

「そんなに気を張るな。見破れないことがあったからって、やたら自分を責めるのは、俺たちの職業病みたいなもんだ。マジックの関係者にしてみりゃ、だますのが仕事だからな」

「詐欺師がマジックを習得しないことを祈りたいですよ」浅岸がふと思いだしたようにいった。「そういえば、あのリングの手品は？　切れ目がないように見えましたが」

「本当にねえんだよ」

「ひょっとして、僕の貸した本に載っていたとか？」

「いや。なかった。でもなぜか知ってる。有名なタネなのかな。堂々と切れ目があるリングが一本、切れ目のないリングが一本、切れ目がないうえに最初からつながってるリング二本。計四本のセットだったと思う」

「切れ目がないんですか？　よくできた接合面がどこかにあるのかと思ってました」

「盲点だ。商品に精巧な仕掛けが施されていると、勝手に思いこんじまったんだな。マジックにひっかかってた証拠さ。マジシャンは輪を自由につなげられる、そこまでの事実は正しいと思いこんでたんだ」

「ちがってたわけですか」

「切れ目のないリングばかりを使って、あたかもつなげたように見せかけた」

「目の前でつながったと思ったんですが」

「そう信じさせるのが手順と腕だろ」

「へえ」浅岸が半ば呆《あき》れたようにいった。「よくできてますね」

「俺たちにそう見えたってのは、マジシャンがそう見せたにすぎない。なかなか奥が深い世界だな。しかもあのディーラー、おまえがリングの切れ目っていうタネを指摘したとたん、すぐさまそのタネをばらしやがった。大胆なやり方だ。一方がばれちまったとき、別のやり方を強調することで、正しかった推理をまちがっていると思いこませる」

「詐欺師の常套《じょうとう》手段ですね」

「そうなんだが、あのディーラーが自営業者相手に、カネの倍増するパフォーマンスを演じられるかな。無理な気がするんだが」

「なぜですか？　トリックに精通しているのなら、カネを倍に増やすトリックも思いつくんじゃないですか」

どうもそう考えにくい。だが断言できるわけではなかった。ただ心のなかに微妙にひっかかるものがある。それがなんであるか吟味するため、もう少しこの世界を深く知る必要がある。

舛城は足をとめた。大手商社と銀行のビルの狭間《はざま》、狭小の雑居ビルを見上げた。

築三十年は経過している。外壁の塗装もすっかり剝《は》げ落ち、コンクリートがむきだしになっていた。エレベーターは見当たらない。一階の不動産事務所のわきにある、狭い上り階段。それが唯一の入り口らしかった。

「ここだな」舛城は階段に歩み寄った。「郵便受けにマジック・プロムナードと書いてある。四階だ」

浅岸が怪訝《けげん》な面持ちでつぶやいた。「とても幻想を売り物にしている店には見えませんね」

むしろ好都合だと舛城は思った。卸しのように飾りけのない店舗だ、小売店のような流通の末端ではなかろう。むしろ業界の中枢により近い存在にちがいない。

階段を上っていった。四階に達すると、透明なガラス戸に〝マジック・プロムナード〟と記してあった。店内には明かりが灯《とも》っている。舛城はガラス戸を押し開け、なかに立ち入った。

客はいなかった。十五畳ほどのスペースを、さまざまなマジック用品が埋め尽くしている。陳列というより、雑然と物を並べただけの倉庫にも見えてくる。

だがデパートの売り場より大きなショーケースのカウンターが、ここを店と定義づけている。カウンターの向こうでは、太りぎみの中年男がトランプをいじりながら立っていた。黒のポロシャツにスーツ用のズボンというでたちだった。

従業員なのはあきらかだが、舛城たちを一瞥《いちべつ》すると、すぐに目を逸《そ》らした。無言のまま、傍らのドアから控室にひっこんでいった。

浅岸がささやいた。「無愛想ですね。商売する気、あるんでしょうか」

「さあな」舛城は鼻を鳴らした。「こういう店をたずねてくるのは常連客がほとんどだ。いちげんさんお断りって姿勢をみせられてもふしぎじゃねえ」

店員が消えてくれたおかげで、店内をつぶさに見てまわれる。舛城はうろつきだした。

古臭く、いろ褪《あ》せた印象に包まれた、まさしく時代錯誤の空間だった。壁にかかった年代ものとおぼしき海外マジシャンのイラスト・ポスターは、あえてレトロな装飾として掲げているのかもしれない。だがこの店に並んでいる商品のいろ合いと、さして時代の隔たりを感じさせなかった。エンジいろに塗られたギロチン、なにに使われるのか判然としない黄や緑いろの大小の箱、金の縁取りがついた筒。シルクとは思えない材質の布、万国旗、〝寿〟と大きく書かれた旗、むかしの漫画にでてくるマジシャンがかならず身につけていたようなステッキ、シルクハット、黒マント。

古典芸能としての伝統を尊重する店舗だったとしても、もう少しデザインにセンスというか、現代風に感じさせるところがあってもいいはずだ。なにもかも黴《かび》くさくてかなわない。

商品に関心があるそぶりをしてみたが、店員が戻ってくる気配はなかった。天井から吊《つ》り下がった防犯カメラに目を向けてみる。壁にはセコムのステッカーも貼ってあった。

これらはセキュリティのつもりだろうか。困ったものだ。あとで店員に釘《くぎ》を刺しておく必要がある。

ポスターを眺め渡す。古いアメリカン・コミックの表紙を彷彿《ほうふつ》とさせる、大仰な表現の海外マジシャンのポスターのなかに、日本人のものが混じっていた。

やたらと化粧が濃い女のバストアップの写真だった。メイクにしろ、長い黒髪に刺さった金メッキの髪かざりにしろ、昭和四十年代から五十年代の芸能人を連想させる。いまどきこんな化粧を施すのは演歌歌手ぐらいのものだろう。演歌歌手の衣装にしても、このポスターのなかの女が着ている服よりは、数倍センスがいいと思える。

ポスターの下端に〝出光《いでみつ》マリ・マジックショー〟とあった。併記された開催日時を見て、舛城は驚いた。今年の十月五日から二十六日、毎日午後八時開演。場所、銀座《ぎんざ》アイボリー劇場。

姿を現そうとしない店員をひっぱりだすため、舛城はあえて迷惑客を装った。「こいつは笑える。レトロ趣味もここまでくるとどうだろなって感じだ。見ろよ、この髪形に分厚い化粧。骨董品《こっとう》かと思いきや、現役らしいぜ」

小太りの店員はまだトランプをいじくりながら、おずおずとカウンターのなかに戻ってきた。

「お客さん」店員が口をきいた。「なにかお探しで」

舛城はいった。「カネを倍に増やすトリックだが」

店員の反応はわずかなものの、あきらかにデパートのディーラーとは異なっていた。驚くわけでも、考えあぐねるわけでも、笑顔を見せるわけでもない。店員は目を泳がせながらつぶやいた。「さあ。あれはまだ……」

「まだ？　入荷待ちってことか」

「いえ」店員はそらぞらしくカウンターのなかを見てまわるそぶりをした。そのあいだも、手はトランプを弄《もてあそ》びつづけている。「そんな手品は、ないですね」

「ない？　なんだか、そういうモノがあるような態度だったが」

「ちょっと勘ちがいしただけです。お客さん。ご趣味のほうは？」

「野球かな」

「そういう話じゃなくて、お客さんのマジックのご趣味です。クロースアップ、サロン、ステージのどれですか」

専門店だけに質問もマニアックなものだった。ステージというのは舞台用の大仕掛けで、クロースアップは目の前でみせる小道具を用いたマジックだろう。サロンはおそらく中間にちがいない。あの札束が倍増するという奇跡は、どこに当てはまるのだろうか。

考えるより先に、カマをかけることにした。舛城は店員にいった。「ふたりきりでみせるマジックが好きだ。借金に追われている自営業者が相手なら最高だな」

「はあ」店員はとぼけた顔で見かえした。

罠《わな》に乗ってこなかったか。だが妙だ。カネを倍に増やすトリックという言葉には、店員もなんらかの反応をしめした。とはいえ、いまはポーカーフェイスに努めているように思えない。ただなにも知らないように感じられてくる。

やがて店員は仏頂面で告げてきた。「手軽にみせられる手品をお探しでしたら、デパートの手品売り場に行かれてはどうですか」

「それはさっき行ってきた」舛城はカウンターのわきに吊り下げられた、直径三十センチほどもあるリングを眺めた。「ほう、でっかいリンキングリングだな」

「ええ。よくできてるギミックでしょう。切れ目がまったくみえないんですよ」

浅岸が口もとを歪《ゆが》めた。「そんな古い手……」

店員は浅岸を見つめた。「古い手？」

「最初からつながってる輪を、いまつないだように見せるんでしょう？　子供でも知ってますよ」

ところが店員の挙動は予期せぬものだった。リングを両手でつかむと、軽くひねった。傷ひとつないように思われたリングの一箇所が、軽い音をたてて切断され、一センチほどの隙間ができた。

「新発売です」店員はいった。「従来のリンキングリングを知っている人でもひっかかる仕掛け。精密な結合です。輪になっている状態で相手に手渡しても、まず気づかれません」

上には上がいる。舛城は感心せざるをえなかった。

浅岸が店員にきいた。「値段はいくらですか？」

「二十万です」

「なに？」舛城は思わず声をあげた。「大卒初任給並みだな」

「輸入品ですし、効果的な道具なので……」

もはやマジックに関しては、素人同然と見抜かれてしまっただろう。とはいえ、新たな可能性が見えてきた。市販のトリックはチープに思えたが、プロ用となるとそうでもないらしい。これだけ精巧な仕掛けが存在するのなら、カネが倍増するという現象についても、なんらかのギミックが存在しうる。

奥の手でいくか。自分の職歴とこの業界が接点を持った唯一の例、そこを突いてみよう。舛城はいった。「時代は進んでるな。これだけ精巧な道具があるなら、当然ギミックコインの加工も進歩したんだろうね」

「アメリカのコインですか、それとも日本円の？」

しめた。舛城は落ちついた口調で答えた。「日本円」

「ありますよ」店員は百円玉と五百円玉を取りだし、カウンターの上に置いた。

「触ってもいいか」

「どうぞ」

売り手はタネを明かしたがらないものと思っていたが、専門店クラスとなるとちがうらしい。客も仕掛けを知っていて当然という前提なのだろう。

舛城は硬貨に手を伸ばした。厳密にはもう硬貨ではなかった。以前はたしかに硬貨だったものの、いまはそう見えるだけの代物だ。

五百円玉のほうはひどく軽かった。一円玉並みに思える。裏がえしてみると、その理由がわかる。コインの裏側が刳《く》り抜かれ、空洞になっていた。

店員が説明した。「シェルコインです。エキスパンデッドシェルでね、直径がわずかに大きくなってる。五百円玉にぴったり重なります」

シェルとは貝殻のことだ。なるほど、よく考えられた命名だと舛城は思った。

表からは五百円玉に見えるシェルコインは、本物の五百円玉にぴったり重なるようにできている。ただ重ねるだけで、二枚の五百円玉が一枚に減る手品ができる。そんな仕掛けだった。

百円玉のほうは、手にとっただけでは違和感も生じない。だがいじっているうちに、タネが判明した。表の桜模様の中心部分、直径約五ミリの穴が、円形状に開口する。開閉部分はゴムの弾力で支えられている。

店員が告げた。「シガレットスルーコインです」

舛城はうなずいた。「百円玉にタバコを通せるわけだ」

「よくできてるでしょう？」

「ああ。いくらだ？」

「シェルコインが一万八千円、シガレットスルーコインが一万五千円」

「そうか。こっちも見てもらいたい物があるんだが」

「なんですか」

舛城は警察手帳を取りだし、表紙を開いて身分証を見せた。「新宿署。ちょっと事情があって、こっちのほうにきてる」

店員は愕然《がくぜん》とし、顔面がたちまち蒼白《そうはく》になった。うわずった声でたずねてくる。

「なんのご用でしょう」

「貨幣損傷等取締法って法律がある。日本の通貨を加工しちゃいけないって自覚はあるよな?」

「うちで加工してるわけじゃないんです」

「売買行為が民法九〇条、公序良俗違反になる」

「勘弁してください」店員は悲痛な面持ちになった。「僕はこの時間、店をまかされてるだけです。そんなときに摘発されたなんて、責任を問われちゃいますよ」

コインマジックのため、硬貨に加工を施す例は、すでに全国の捜査員に知れ渡っている。去年も中野区《なかの》で加工業者兼ネット販売業者が逮捕された。位置づけは裏DVDに似ている。所持だけなら罪に問われないが、商売に利用すると法に抵触する。

飴《あめ》と鞭《むち》、それぞれの役割に分かれるのが刑事という職業だった。鞭は先輩が受け持つものときまっている。舛城は店員を睨《にら》みつけた。「どこから仕入れてる？　ほかにどの店で売ってる？」

「狭い業界なんです、同業者に迷惑をかけるわけには……」

飴役の出番だった。浅岸が口をはさんできた。「そうでしょうね。ギミックコインなんて、プロマジシャンか一部のマジック愛好家しか買わないものですし。この場で急に咎《とが》められてもって思うでしょう」

「そのとおりです」店員は必死の形相でまくしたてた。「歴史も長い道具ですよ。もともとはアメリカのコインで発売されてたんです。でもそれじゃ、日本のマジシャンが演じるのに不都合だから、一部で細々と加工されてたんですよ。でも最近はアマチュアでも使う人が増えて、ネット通販でよく売れて、わっと広まっちゃって……」

「わかりますよ」浅岸がうなずいた。「ただねえ、アメリカじゃ硬貨を変造するのにお咎めはないけど、こっちはちがうんですよ。向こうのコインを使って手品を演じるしかないでしょう」

「そういう考え方のプロもいますが、説得力に欠けるんですよ。馴染《なじ》みのない外国のコインを取りだして、タバコを突き通したって、コインに仕掛けがあると思われるだけじゃないですか。観客から借りた百円玉で演じる場合には、どうしても……」

「観客から借りた？　どういうことですか。ギミックコインを使うんでしょう？」

「もちろん使うんですけど、すりかえるんですよ。百円玉とタバコを貸してください、そういって、みごと奇跡を起こしてみせるんです。それがマジックってやつじゃないですか」

「客から借りた本物の百円玉を、ギミックコインとすりかえてから手品を演じ、またすりかえて本物を返すんですか」

「そうですよ」店員はシガースルーコインの百円玉を指先でつまんだ。軽くもてあそんでから、またカウンターの上に置いた。

不審な動作はなかった。しかし店員が目配せしてくる。舛城は百円玉を手にとった。驚いたことに、開口部分が消えていた。本物の百円玉だ。

店員は、自然に丸めた右手のなかを見せた。中指の付け根あたりに、シガースルーコインが隠し持たれていた。

「うまいな」舛城は心からいった。「とても隠し持っているようには見えなかった」

「パームという技法です」

「ああ。野球のパームボールと同じか」

「マジックの基本中の基本です。このように手のなかに握ると……」店員は百円玉をもう一方の手に渡し、握りしめた。こぶしを振る。開いたときには、百円玉は消えていた。

浅岸がきいた。「どこへやったんですか」

「さあ」店員は少しばかり得意げになった。「この技法はバニッシュといいます。簡単にいえば、右手に握っていると見せかけながら、じつは左手に隠し持ってるんです」

「左手にも持っていないようですが」

「ええ。左手には視線を注がれていなかったので、パームした硬貨を処分するのは簡単でした。カウンターの手前にクッションがあって、そこに落としたかもしれないし、こっそりポケットにしまったかもしれない」

舛城はカウンター上に残った五百円玉のシェルを、指先で押さえた。こちらまで消されたのでは困る。すると店員が表情を硬くした。

思わず笑った。舛城は店員を見つめた。「そう怖い顔をするな。いま検挙しようってんじゃねえんだ。しかし驚きだな。手品の本にもバニッシュって技が解説してあったが、あんなのにひっかかる人間がいるのかよと疑ってた」

「ひっかかるものです。巧みな手の動きで、錯覚が生じますから」

「コインを袖《そで》に放りこんだりはしないのか」

「そんな大変なことはしませんよ。目にも留まらぬ早業で袖に投げこむとか、やたら手練を要する技術が噂になったりしますが、たいていマジシャン自身が吹聴《ふいちょう》するデマです。本当のマジシャンの技法は、シンプルかつ奥深いものです」

「その技法についてだが、マジシャンはみんな同じ技を使うのか？」

「基本は同じですが、やり方は人それぞれですね」

「でもギミックコインはみんな同じものを使うんだろ？」

「使う人はね……。最近は刑事さんがおっしゃった理由で、使わないマジシャンがほとんどです」

「ここで買った道具を、勝手に自分の演目に使っていいのか？　買った店にバックマージンを払ったり、許可を得たり、発売元に著作権使用料を払う必要はないのか」

「ないですよ、そんなもの。マジックのタネはすべてのマジシャン、マジック愛好家が共有するものです」

「そうか。なら、さっきのリングが二十万ってのもうなずける。音楽業界ではジャスラックに使用料を納めなきゃいけないが、マジシャンは誰でも買ったタネを自由に使い放題か。どうりで誰もが同じようなマジックをやってるはずだな」

「まあ、それが慣例ですからね」

舛城はひそかに気を揉《も》んでいた。アイディア特許が認められている世界のように、出所を辿《たど》れるかもしれないと考えていたが、ひと筋縄ではいかないようだ。カネが倍増するトリックの発案者がいたとしても、被疑者とは決めつけられない。

五百円玉のシェルを指先で滑らせながら、舛城は店員にいった。「もういちど質問する。目の前でカネが倍になる。札束が二倍に増える。そういうマジックを知っているか」

浅岸が穏やかにつづけた。「知ってたら打ち明けたほうがいいですよ。あなたはここで働いてるだけなんだし」

飴と鞭が功を奏したらしい。店員は緊張に耐えかねたかのように、早口で喋《しゃべ》りだした。「僕からはなんとも。店長ならわかるかもしれないですが」

「どこにいる？」

店員はさっきのポスターを指差した。「出光マリさんのショーにでかけてます」

「銀座にか？」

「そうです。うちのバイトや常連客も一緒にいってます。出光マリさんも、うちにはよくおいでですから」

舛城はふたたびポスターに目を向けた。ショーの開始時刻は午後八時。

浅岸がささやいた。「いまからいけば、終了には間に合うかもしれません」

「そうだな」舛城はまた店員に向き直った。「もうひとつ質問があるが、いいか」

「ええ……。どうぞ」

「有名な音楽プロデューサーと、新人のアイドル歌手のあいだに子供ができた。だがそのアイドル歌手の男性ファンたちは、まったくショックを受けなかった。なぜだかわかるか」

「さあ。それ以前から、アイドルに浮いた噂があったとか、そんなことじゃないですか。男とつきあってるアイドルからは、ファンも離れていくでしょう」

「なるほどな」舛城はシェルコインから指を浮かせた。「こういう物を売るのはやめときなよ。それからな、契約してないのにセコムのステッカーを貼るのは問題がある。ダミーカメラも安物すぎて泥棒に見抜かれる。できたら是正してくれ。でもいろいろありがとう。邪魔して申しわけなかった。じゃあな」

店員は呆気《あっけ》にとられたようすで立ち尽くしていたが、舛城がカウンターの前を離れると、そそくさと五百円玉のシェルをしまいこんだ。

階段を下りていく。浅岸がきいてきた。「セコム、未契約だったんですか」

「二枚並べて貼ってあるステッカーのシリアル番号がちがってる。契約店なら同一のはずだ。ネットオークションで買い集めたんだろ。防犯カメラのほうも、赤いLEDが点滅してる時点で、みずからダミーと知らせてるようなもんだ。おかしな話だよ」

「なにがですか」

「トリックのエキスパートであるはずのマジック専門店が、こんなチャチな方法で空き巣をだませると考えるなんてな。犯罪者の心理ってやつをまるでわかっちゃいねえ」

「すると、この店の連中はシロですか」

「どうかな。まだわからん。店長ってやつに会うまではな」

スマホの着信音が鳴った。浅岸がポケットをまさぐった。

「はい」浅岸が応答した。その声がにわかに緊張を帯びた。「本当ですか？」

舛城はきいた。「どうかしたか」

「ちょっとおまちください」浅岸はそう電話に告げてから、舛城に向き直った。「澤井さんのほか、複数の参考人から署に通報がありました。カネを倍に増やす男が連絡してきたそうです。巨額のカネを持参するよう要請されたとか。中野坂上《なかのさかうえ》の会場を指定したうえで、現金を持ってこいと」

始まったか。犯人の目的はあきらかだった。残らずカネを巻きあげ、逃亡を図る算段だろう。警察が参考人たちを署にひっぱったせいで、犯人は予定を繰りあげたのかもしれない。

中野坂上に行くべきだろうか。だがまだ腑《ふ》に落ちないことが多々ある。あの店員の反応を無視できない、捜査員としての勘がそう告げていた。

舛城は浅岸にいった。「すまないが、俺は銀座へ行く。中野坂上のほうはまかせた。油断するなよ。現状では令状の請求はできんが、主犯との接触は充分ありうるからな」

「まかせてください」浅岸は気色ばんで階段を駆け下りていった。

しばらくその場にたたずみ深呼吸した。また突然の残業か。舛城はスマホを取りだした。妻にショートメールを打っておく。どうせ返信は〝わかりました〟のひとことだけだ。〝わ〟を入力して、いつもの返事を選択、送信。妻の作業はそれだけだった。休日を家族で過ごすなど、妻はとっくにあきらめている。近ごろはいっそう淡白になった。実家の親に泣きつくこともない。

少年野球チームの監督を引き受けるぐらいなら、妻子との時間をつくるべきだろう、署内でもそんな陰口を叩《たた》かれている。実状はやや異なる。妻との会話が途絶え、非番の日にやることがなくなった。暇を持て余すうち、町内会長から声をかけられた。もっともそのせいで、いっそう家族との距離が広がってしまった、そこは否めない。

娘の年齢がわからなくなるのは、なにより問題かもしれなかった。十三か、それともう十四になったか。深夜に帰宅しても、夜更かししている娘とは案外、顔を合わせる機会がある。ただし言葉は交わさない。娘が話すのを嫌がるからだ。年齢をきくのも気がひける。小学校の低学年までは、お父さんお父さんと懐いてくれたのに、思春期の訪れとともに疎遠になった。結局、父親は疎ましがられるだけが運命か。

警察官の相互監視義務で、舛城は私生活でも品行方正と見なされているらしい。浪費がなければ問題なしとは短絡的だ。家族のために使いたくとも使えない、それだけでしかないのだが。

舛城はゆっくりと階段を下りだした。やむをえないことだ。人を疑うのが仕事だった。長いこと職務にどっぷりと浸《つ》かってきた。どこかに皺寄《しわよ》せはくる。

9

銀座アイボリー劇場など、舛城はきいたこともなかった。移動に使ったタクシー運転手も同様らしかった。

やっとのことで見つけたその劇場の入り口は、四丁目の木村屋《きむらや》総本店に近い、これまた古びた雑居ビルの裏手にあった。

バーやクラブが連なる繁華街からも離れている。ひとけのない路地の風景は、場末のライブハウス然という印象だった。物憂げな緑いろの光をおぼろに放つ〝銀座アイボリー劇場〟の看板、その下に出光マリのポスターが貼ってある。

通路というより隙間と呼ぶべき、狭い廊下を抜けていく。年季の入った建物だ。切れかかった蛍光灯が明滅する天井、貼り紙の痕《あと》だらけの壁面。やがて小さなエレベーターに行き着いた。扉のわきに手書きの案内がある。銀座アイボリー劇場、七階。

乗るしかない、か。舛城はボタンを押した。

上昇する箱のなか、断続的な振動が襲い、金切り音に近いノイズが響いてくる。やがて舛城は七階に降り立った。

驚いたことに、扉の外はすぐ客席になっていた。

三十席ほどしかない座席はがら空きだった。客は七、八人、それも連れあいらしい。客席の前のほうに陣取って、耳障りなほど大きな笑い声をあげている。

舞台はストリップ小屋同然に客席に接近し、奥行きはほとんどない。照明もイベント業者のいう〝地明かり〟、つまり舞台をまんべんなく照らすだけで、スポットライトはないようだ。

そんな舞台上では、黒縁眼鏡の若い男がマイク片手に喋《しゃべ》りながら、手にしたロープでマジックを演じていた。パーティーグッズとおぼしき金色の大きな蝶ネクタイや、派手なラメ入りの上着から察するに、コミカルな演目なのだろう。

「あのー。それではこの結び目に息を吹きかけまして」男は急に黙りこみ、ロープを持つ手をもぞもぞと動かした。「いや、ちょっとまってください。あの、もういちど最初っからいいですか」

客たちがげたげたと笑った。「白井《しらい》、サムチップ忘れてきたんじゃねえの」

壇上の男が戸惑いがちに笑って応じる。「いや、そうみたいで」

さらなる笑いの沸き起こる客席とは対照的に、舛城はしらけきっていた。なんだろう、この状況は。リハーサルかと思ったが、どうやらちがうようだ。出光マリの前座か相棒かわからないが、客はみな仲間でしかない。センスのない芸人と仲間たちのじゃれ合いは、いつ果てるともなくつづいた。舛城はただ見守るしかなかった。

「あのう」近づいてきたスーツ姿の痩《や》せた男が、警戒心もあらわにたずねた。「なにかご用ですか」

「ご用って？　ショーを見にきたんだが」

舛城の返答に、男はいっそう慌てたようすだった。「どなたかのご紹介で？」

「マジック・プロムナードのポスターを見たんでね」

男はやっと表情を和ませた。「ああ、そうですか。千五百円です」

代金と引き換えに、おそらくほとんど消化されていないチケットの束から、一枚が破りとられ舛城に渡された。

窓口係が突然の客にびくつくとは、閑古鳥どころではないようだ。舛城はきいた。

「出光マリさんは？」

「出番はこのあとですよ。いま控室のほうにおられます。お会いになります？」

意外な返答だった。舞台と客席の隔たりがないとはいえ、初対面の客をショーの主役に会わせてくれるとは。

「どうぞ」男がいざなった。「こちらへ。あ、スマホの電源はお切りください」

いちおう劇場公演中だ、仕方がない。舛城は指示に従った。

男につづいて歩きだす。フロアにはエレベーターの扉と非常口のほか、ドアらしきものはなかった。どこに案内する気だろう。

すると男は客席のわきを前方へと進んでいき、公演中の舞台にあがると、袖《そで》に入っていった。

舛城もそれに倣った。舞台上のマジシャンと目が合った。邪魔にならないよう、素早くカーテンの向こうに突き進んだ。

舞台袖の奥は薄暗い部屋だった。棚にマジック用品が並んでいる。マジック・プロムナードで見かけた物が多い。その先には洋服掛けがあった。ポスター同様、時代を感じさせる衣装がハンガーに吊《つ》るされている。

その隙間を縫っていくと、モップをかけている痩身《そうしん》の少年にでくわした。Tシャツにデニム姿、髪が肩まで伸び、腕も脚もすらりと長い。こんな公演の裏方としては場ちがいに思える。洒落《しゃれ》た音楽フェスで働くのが似合いそうなルックスだった。

舛城はわきを抜けようとしていった。「ちょっとすみません」

少年は顔をあげた。舛城は面食らった。女だ。それも顔の小ささに反比例して、人形のように大きな瞳《ひとみ》を有する、十代半ばの少女だった。

化粧はしていないが、白く艶《つや》のある肌にはニキビひとつない。前髪は汗に濡《ぬ》れていた。さほど暑くもない室内で、よほど熱心に働いていたのだろう。

無言のまま少女はモップを引き寄せ、壁ぎわに立った。行く手をあけてくれた。しかしそのおかげで、舛城はさっさと進まざるをえなくなった。ようやくまともそうな相手に出会えたのに、会話の機会を失った。やむをえないことだった。衣装を掻《か》き分け、部屋の奥に踏みいった。

前方から女の声がした。「金沢《かなざわ》のイベント、どうなったの」

「NGです」男の声が答える。「残念ですけど」

衣装の密林を抜けだすと、三人の人間がいた。鏡に向かって座る女は、アイシャドウ片手にメイクに忙しい。中年のスーツが、その傍らに立っている。残るひとりは、舛城を案内した切符売りの男だった。

切符売りが女に耳うちした。「お客さんです。マジック・プロムナードから」

「まあ」女が立ちあがった。「そうですか」

化粧の濃さでは銀座一かもしれない、派手なドレススーツ風の衣装を纏《まと》っている。年齢は四十代だろうか。実際に対面すると、ポスターの印象以上に顔が平坦《へいたん》だとわかる。化粧を落とせば、純和風のこれといって特徴のない面立ちになるだろう。

女は化粧にひびが入るほど大仰な笑みを浮かべた。「出光マリです。マジックの世界にようこそ」

「どうも」舛城はおじぎをした。「まさか楽屋に案内されるとは思わなかったので、緊張してますよ」

「そんなことおっしゃらずに、どうぞくつろいでくださいな」出光マリはふたたび椅子に腰かけた。「わたしの出番は、まだこれからなの」

「するといま舞台に上がっている彼は、前座ですか」

「大介《だいすけ》くんのこと？　知らないの？　しょっちゅうマジック・プロムナードで油を売ってる彼よ。店員のアルバイトも、たまにやってるけど」

「いや。私はきょう初めてマジック・プロムナードに行ったばかりで。デパートにいたディーラーのお勧めでね」

「ああ、そう」出光マリの顔にはまだ笑みが留《とど》まっていたが、どこか人を見下したような態度がのぞきだした。「じゃあマジック歴は浅いわけね？　どうしてそんなにあせってマジックをマスターしたいと思うの？　会社の宴会で披露するだけなら、デパートで売ってる商品で充分よ？　じっくり練習してみたら？」

初心者と見なされたらしい。この業界では、親切なアドバイスなのだろうか。世間の常識からずれている気がしてならない。

舛城はいった。「私は会社員でも、宴会手品を習いにきたんでもありません。仕事でね」

出光マリは居住まいを正した。急《せ》きこむようにたずねてきた。「もしかして、テレビ局のかた？」

「いえ」舛城は警察手帳を取りだした。「新宿署の舛城といいます。調べたいことがありまして、立ち寄らせてもらいました」

　中年のスーツは嫌そうな顔をしたが、マリは興味深そうに目を輝かせた。

「刑事さん?」マリが声を弾ませた。「なんかすごいわね、二時間サスペンスみたい。マジックの世界にようこそ」

「さっきききましたよ」舛城は笑いながらも、油断なく中年のスーツを観察した。

　髪が薄く、やや小太り、鼻が低くゴリラのような顔つき。安っぽいスーツは体型に合っていない。ワイシャツの襟もとをはだけているのは、着こなしではなく、太りすぎてボタンがとめられないのだろう。胡散臭《うさんくさ》いという形容がここまでフィットする人間もめずらしい。会ったのがここでなくとも職質の対象にしたくなる。

　舛城はマリに目を戻した。「あなたはプロのマジシャンなんですね?」

「ええ、そう。本名は倉木《くらき》マリといいますの。その名前で舞台に立っていたんですけど、先日、テレビのお仕事のあとでプロデューサーが、マリちゃん、すまないけど、似た名前の歌手がいるでしょ、あれとごっちゃになっちゃうから、ほかのに変えてよっていうの。で、わたしはいいわよ、って。だってつい一カ月前まではプリンセス・マリっていう芸名だったんだし。ちょっと長すぎるから、新聞の番組欄になかなか書いてもらえないんで、短くしようってことで」

「それで、新聞欄には載るようになりましたか」

「いえ」マリは表情を硬くした。「この公演があるから、テレビの仕事を入れられないのよ」

テレビの仕事など、ほとんどないのだろう。さっき舛城をテレビ局の人間とみなしたときの喜びの顔が、すべてを物語っている。

有名歌手と同一視されることなどありえない。番組プロデューサーから馴《な》れ馴《な》れしい言葉を受けとれるほど大物でもない。見え透いた、薄っぺらい無名芸能人の世界。スナック巡業のバンドを薬物使用容疑で挙げたことがあるが、彼らの業界もこうだった。世間のニーズに合っていないにもかかわらず、自分をプロと言い張る。大衆と相《あい》容《い》れなくとも、わが道を行くのがプロ意識だと、価値観を挿《す》げ替えて生きる。この出光マリも、そんな村社会の住人なのだろう。

舛城は遠慮なくいった。「ほかの仕事を差し置いてでも、ここの幕を開けなきゃならないんですか。その価値がありますかね。出演者も観客も、マジック・プロムナードでじゃれ合ってるバイトや常連客なんでしょう？　エンターテインメントってのは、もっと世間に広く開放されたものかと思ってました」

「おっしゃるとおりよ」マリは険しい目つきで中年のスーツを見上げた。「吉賀《よしが》さん。

そこんとこ、どうなってるの？」

苗字《みょうじ》が判明した。吉賀。詐欺の指名手配犯に思い当たる姓はない。舛城は吉賀なる男にきいた。「マネージャーさんですか」

吉賀は渋々といったようすで、名刺を舛城に差しだした。

受けとった名刺を眺める。吉賀欣也《きんや》。株式会社ソーサリー・エージェンシー取締役、マジック・プロムナード店長とあった。

「ほう」舛城は吉賀を見つめた。「あなたが店長でしたか。株式会社ソーサリー・エージェンシーとは、どんな企業ですか」

吉賀は無表情に応じた。「いちおう、マジシャンのプロダクションです」

「マジシャンの、ですか」

「ええ」

「ほかに誰が所属を？」

「まあ、そのう、出光マリさんのほかは、いま舞台に出ている彼だとか、そのう」

「なるほど。マジック・プロムナードの店長を兼ねておられる以上、店員や常連客に、マジシャンとしての仕事のクチを紹介してやるってことですな」

出光マリは笑い声をあげた。「ぶっちゃけるとそんな感じですわね。でもそういう細かい〝営業〟も大事ですのよ。この公演だってそう。わたし、アメリカのマジックキャッスルから出演依頼を受けてたのよ。でもそうすると三カ月は向こうに滞在することになる。わたしはそれでもいいけど、マジック・プロムナードに出入りしているセミプロとか、マニアの人たちにも、触れあいの場を与えてあげないといけないじゃない?」

「愛好家たちの交流のためであり、採算は度外視ってわけですか」

「そうよ。この業界に生きるプロの務めね」出光マリは右手の人差し指と中指を伸ばし、Vサインをつくった。その指を物欲しげに動かす。

吉賀があわてたように、懐からタバコの箱をとりだした。ところが箱を開けたとたん、吉賀の表情が曇った。「すみません……。切らしてたみたいで」

マリは忌々しそうに、部屋の隅に呼びかけた。「沙希」

洋服掛けの陰から、さっきの少女が姿を現した。ずっと掃除をつづけていたのだろう、Tシャツまで汗びっしょりになっている。少女はマリのほうに駆けてきた。

「沙希」マリがきいた。「タバコは?」

「あの」沙希と呼ばれた少女は困惑顔でささやいた。「買ってません」

吉賀が舌打ちした。「いつも切らさないよう買っておけといっただろうが」

「すみません」少女は頭をさげた。

切符売りの男が、ポケットからタバコの箱を取りだした。「エコーならありますけど」

マリは顔をしかめた。「貧乏くさいわね。でもまあいいわ。沙希、もう行って」

立ち去りかけた沙希は、部屋の隅に道具がだしっぱなしになっているのに気づいたらしい。その片付けを始めた。

舛城はマリを見つめた。「未成年者にタバコを買いにいかせるのは犯罪ですよ」

吉賀がライターを点火し、マリのくわえたタバコに近づける。

「まあ」マリが深く吸いこんだ煙を吹きあげた。「それはたいへん。気をつけなきゃ」

大人たちよりも、部屋の隅の少女が気になる。沙希は片付けを終えていた。小さな机の上に二本のビール瓶を置き、しきりに手を動かしている。なにをやっているのだろう。

マリが話しかけてきた。「舛城さん、とおっしゃいましたわね。それできょうは、いったい何をお調べに？」

舛城はマリに向き直り、タクシーの釣りの千円札を取りだした。「これが二倍に増える。そんなマジックをみせてくれるとありがたいんですが」

マリの顔が一瞬凍りついたのを、舛城は見逃さなかった。吉賀も同様だった。なんの心当たりもない人間がみせる反応とは、到底思えない。

しばし静寂があった。マリはくわえていたタバコを指先につまみとると、灰皿に押しつけた。舛城の手から千円札一枚を受けとる。ふたたび舛城に差しだしていった。

「あなたの千円札。いいわね？　手にとってよく調べてちょうだい」

舛城はいわれるままに紙幣を持ったものの、妙な指示を訝《いぶか》しく思った。いま自分が取りだした札だ、調べるもなにも、あやしいところなどあるはずもない。

そう思いながら紙幣を眺めるうち、マリの動作を視界の隅にとらえた。なにかを口のなかにいれた。

どうやら舛城に札を調べさせているあいだに、手品のタネを仕込んだらしい。へたくそな段取りだが、舛城は気づかないふりをした。札を返しながらいった。「べつに、あやしいところはないですな」

マリは黙って札を受けとると、それを自分の顔の前でくしゃくしゃに丸めた。それからゆっくりと手を放した。紙くずのように丸まった千円札が、空中に静止している。

吉賀と切符売りが感嘆の声をあげ拍手した。盛りあげ役を買ってでたのだろうが、なんともしらじらしい反応だった。マジック用品店の店長が、タネを知らないはずもあるまい。

初めて見る手品だったが、舛城はまったく驚きを感じなかった。千円札は宙に浮いているというより、小刻みにぶるぶると震え、いかにも糸に吊《つ》られているといわんばかりだった。

マリは両手を千円札の上方で動かし、札を吊る糸が存在しないことをしめしている。だがその動作のせいで、舛城の目にはかえってタネが判別できるようになってしまった。

背筋をぴんと伸ばし、口をつぐんだまま、両手をしきりに振りまわす。さっきなにかを口に入れたことから察するに、彼女の前方一メートルぐらいのどこかに結わえてある糸の、もう一方の端を口でくわえたのだろう。すなわち上から吊っているのではなく、物干しの紐《ひも》のごとく水平に渡した糸に、千円札を丸めながら絡みつけた。糸はたしかに目に見えないほど細いようだが、いったんタネが知れると、これほど馬鹿げた見世物はありえなかった。マリが無言でいるのは、くわえた糸を放さないためにちがいない。ひょっとこのような顔で、糸を口にくわえたまま、両手を振りまわす。尊敬や賞賛に値する芸とはとても思えなかった。

ひとしきり浮遊術をみせたあと、マリは千円札をつまみとって舛城に渡した。舛城は丸まったままの札を手にとった。糸は断ち切られたのだろう、それらしきものは付着していなかった。

マリは満足そうな笑みを浮かべ、舛城の拍手を受けるのをまっている。その常軌を逸した態度に舛城は面食らった。人の千円札をゴミのように丸めておいて、マジックを見せてあげたのだから感謝しろとばかりに、突きかえして終わりか。なんとも不愉快な芸だった。

舛城は醒《さ》めた気分でつぶやいた。「すばらしいマジックですね」

「どうも」マリはにっこりと笑った。悪気は感じられない。いまの自分の行為が失礼だったとは、露ほども思っていないようすだった。

「あのう」舛城は咳払《せきばら》いした。「これはこれで素晴らしいマジックだったと思いますが、私が知りたいのはカネが倍に増えるやつでね。マジック・プロムナードの留守番をしている店員が、店長さんにきけばわかるといってた。プロのあなたも当然、ご存じですね」

「さあ。それはね。内緒よ。マジシャンはタネを明かさないんです」

「タネを教えてくれとはいいません。なんなら見せてくれるだけでいい。カネを倍に増やしてくれれば、それで充分」

マリの顔に戸惑いのいろが浮かんだ。なにかを喋《しゃべ》りかけた。

しかし吉賀が先に口をきいた。「来週のテレビを観てください。それでわかりますよ」

「テレビ?」舛城はきいた。「どういうことです。ネット配信でなく地上波ですか。放映時間は?」

そのとき舞台のほうから、拍手と声援がきこえてきた。

振りかえると、さっきの蝶《ちょう》ネクタイの男がやってきた。身内の観客相手でも、それなりの満足は得られたらしい。紅潮ぎみの顔でマリの前に立つと、ぺこりとおじぎをした。

「お先に勉強させていただきました」

「お疲れさまでした」マリは腰を浮かせた。「さあ。もう出番ね」

舛城はわきにどいた。ショーとしての体裁など、かけらも見当たらない公演であっても、彼女たちの仕事を遮る権限はない。

ふいに沙希がマリに駆け寄った。大学ノートを手にしている。「あのう、マリさん。これ。セットアップもできてます」

マリは迷惑そうに沙希の手もとを見やった。「ああ、それ? まだ採用するとは、いってなかったはずだけど」

「でも、ぜひお試しに……」

「今度にするわ。あんな複雑なセットアップじゃ演技の前に、糸が切れちゃうことだってありうるし」

「お願いします。もし糸が切れたら」沙希は紙きれを取りだした。黒い糸が何重にも巻いてある。「これですぐに補修できますし……」

マリの顔がこわばり、沙希の手からノートをはたき落とした。

「この馬鹿！」マリは怒鳴った。「そんなもの、ここに持ってこないで。お客様がいるのよ、トリックのタネをばらしてどうするの！　こんなに複雑に糸を絡ませるやり方、うまくいくわけないじゃない！　演技の最中に糸が切れたら、恥をかくのはわたしなのよ！」

沙希は震える声でささやいた。「このインビジブルスレッドはベクトラ・ラインです。強度がありますからだいじょうぶです」

「ああ、もう。なにもわからない素人が勝手な妄想を押しつけないでよ。ベクトラ・ラインは反射して目立ちやすいでしょ。わたしはメシカしか使わないの」

「メシカの強度じゃ無理なんです。光の加減はたしかめてあります。舞台の前方なら糸は見えないですし……」

「うるさい！　黙ってよ。それ以上喋ったら張り倒すよ」

マリが激怒した理由はあきらかだった。さっき舛城に見せた浮遊術のタネをばらされてしまった、そう感じたのだろう。すでに秘密は露見していたのだが。

沙希はうなだれて、マリの説教に耐えていた。吉賀も蝶ネクタイの男も、仲裁に入るようすはない。

なだめられるのは自分しかいない。舛城は口をはさんだ。「出光マリさん。じつは、もうひとつだけおたずねしたいんですが」

マリは苛立《いらだ》ちもあらわに振りかえった。「なんですか」

「私は外国の、街灯もなければ民家の窓明かりもない曲がりくねった道を、ヘッドライトもつけず時速百キロでかっ飛ばしたことがあるんです。けれどもまったく危なげなく走り抜けました。なぜだかわかりますか」

マリは眉間《みけん》に皺《しわ》を寄せたが、すぐに微笑をうかべた。「それで速度違反にならなかったってことは、ドイツのアウトバーンね？　ベンツかBMWにお乗りだったんでしょう？　わたしも持ってますのよ、ベンツもBMWも両方」

「へえ」内心呆《あき》れながら、舛城はきいた。「車種は？　S600とかですか」

「そうそう、S600とか」

「ぜひ拝見したいですな」

「日本じゃなくて、海外の別邸に置いてありますのよ。ヨーロッパで公演するときには、いつも移動に使ってるんです」

「乗りごこちはどうですか」

「とても静かで快適よ。走ってても、停まってるみたいになにもきこえないの」

吉賀が腕時計に目を走らせながら、マリをうながした。「そろそろ……」

「そうね。じゃ刑事さん。また」マリは軽く頭をさげ、吉賀や切符売りとともに、舞台のほうへ歩き去っていった。

拍手と声援がきこえる。いっこうに客の数は増えていないらしい。それでも上機嫌なマリの声が響いてくる。こんばんは、出光マリです。

蝶ネクタイの男が駆けだしていった。いままでは出演者、今度は観客。忙しい男だった。

舛城はやれやれという気分で立ちつくした。なにがS600だ。あえていうなら嘘八百だろう。走行中、車内に音の響かないドイツ車などない。口先だけのハッタリと法螺《ほら》話。アメリカ公演の依頼など信じがたい。

マジシャンは手品の口上にかぎり嘘をつく商売だろうが、出光マリの場合、虚言が私生活においても悪癖となって定着しているようだ。舞台を離れても、ありえない自慢話をひけらかすのが習慣化しているのだろう。職業病か。それとも出光マリに限ってのことだろうか。

舛城は床におちた紙片に気づいた。糸が巻きつけてある。それを拾いあげた。

こんな糸が人前で見えなくなるのかと訝《いぶか》しく思った。だがよく観察すると、糸というのはそれ自体、さらに極細の糸を無数に束ねて編んであるとわかる。その最小単位の糸一本が、数センチにわたり引きだされていた。髪の毛よりずっと細く、赤ん坊の産毛のようでもあり、頼りなげに風になびく。ところがつまんでひっぱってみると、沙希がいったとおり相応の強度があるとわかる。一歩さがった距離から見れば、糸はもう視認できないにもかかわらず、乾電池ぐらいなら余裕で吊《つ》るせそうだった。これが手品用の糸か。

舛城は沙希に歩み寄り、それを差しだした。

沙希が受けとりながら、つぶやくようにいった。「ありがとう」

「どういたしまして」舛城は大学ノートも拾った。開いたページに、鉛筆で手描きされた図面があった。

縦横に線がびっしりと描きこんである。帆船のマストを支える無数のロープを連想させる。表題が書かれていた。新・浮遊術ｖｅｒ.３。

「なるほど」舛城はノートを沙希に渡しながら告げた。「これじゃ出光マリが怒るのも無理ねえな。糸をこんなに複雑に絡めるなんて非現実的だ。蜘蛛《くも》もこの図面を見たら、お手上げだっていうだろう」

沙希はにこりともしなかった。「夜じゃなくて昼だったんでしょ」

「なに？」

「さっきのマリさんへの質問」沙希はノートを小脇に抱えた。「街灯も民家の窓明かりもない道を、ヘッドライトをつけずに走った。でも夜だなんてひとこともいってない」

マジック業界における初めての正解者か。舛城はいった。「じゃあ、これはどうだ。大物音楽プロデューサーと新人アイドル歌手が子供をつくった。だがアイドル歌手の男性ファンはまったくショックを受けなかった」

ふん。沙希は軽く鼻を鳴らし、部屋の隅の机に向き直った。なにやら作業を進めながら、沙希はぶっきらぼうにつぶやいた。「音楽プロデューサーが女で、アイドル歌手が男だったから」

「ありがたい」舛城は笑ってみせた。「やっと話のわかる相手が見つかった」

沙希が振りかえった。どういうことなのか目でたずねている。この少女、童顔に似合わず大人びたしぐさをする。

舛城は説明した。「トリックの専門家のはずのマジシャンが、なぜこんな簡単な引っ掛け問題に答えられないのか、それが気になってね。いつも取調室で詐欺師にこの質問をぶつけてみると、どいつもこいつも即答する。頭がいいところを見せたくて仕方ないんだな。ところがマジシャンはしどろもどろだ」

沙希は興味なさそうに机の上に目を戻した。「マジシャンは、詐欺師じゃないから」

「それはそうだが……」

「マジシャンがトリックを知り尽くしているなんて、そんなことはないの。売ってるタネを買ってるだけだから。それ以外のことなんて、わからない」

「ああ。たしかにそうみたいだな」

しばらくのあいだ、沙希は机に置いた二本のビール瓶のあいだで、しきりに手を動かしていた。机の上にはほかに、一個の消しゴムがあるだけだ。

舛城はきいた。「さっきから、なにをやってるんだ？」

沈黙がかえってきた。沙希はため息をつくと、ポケットからティッシュの袋を取りだした。一枚のティッシュペーパーを机の上で丸める。それを右のてのひらに乗せ、左手は消しゴムをつかむ。消しゴムを、床に放りだした。

消しゴムは意外にも、ゆっくりと机のわきを降下していった。だがマジックの本舞台はそちらではなかった。

沙希のてのひらから飛びあがったティッシュペーパーの塊は、まずまっすぐ上方に飛び、そこから右方向へ水平に移動した。右のビール瓶の周囲をくるくると飛びまわったあと、机の表面に斜めに降下していき、さらに上方へと浮かびあがった。ティッシュの塊が、二本のビール瓶のあいだを自由自在に飛びまわっている。まるで意思を持っているかのようだ。

いや、自由自在ではない。すべての動力源は、机から床へと降下していく消しゴムだ。

タネは、恐ろしく長い一本の極細の糸だった。その一端は消しゴムに結わえてある。糸は二本のビール瓶と机に複雑に絡めてあるが、消しゴムの落下により糸が引かれると、しだいにほぐれていき、ティッシュペーパーを宙に振りまわす仕掛けだ。

重力と遠心力、それにどうやら、極細の糸にはわずかながらゴムのように伸縮する弾力があるらしい。それらを巧みに組み合わせ、ティッシュの塊を縦横に飛びまわらせている。

どのように糸が通されているか、一見しただけでは想像もつかない。糸が絡みついてしまったらすべて終わりだ。おそらくミリ単位の正確さでセットアップがなされているにちがいない。沙希は指揮者のように右手の人指し指を動かし、さも魔法の力でティッシュペーパーを飛ばしているようなジェスチャーに興じていた。まるでハリー・ポッターの世界だった。

笑みはない。だが彼女自身の作りあげたトリックを眺めるまなざしは、うっとりと幻想に浸りながらも、我が子を見守る母親の視線に似ていた。

実際、彼女の動作はふしぎな錯覚を醸しだしている。タネが割れているというのに、沙希の魔力がティッシュを飛ばしているように見えてくる。

誰がやっても、こんなふうに感じるだろうか。いや、そうではあるまい。この少女だからこそ幻想を生むのだろう。沙希のなかに、魔法の存在を信じさせるなにかがある。

やがて消しゴムが床に着地すると同時に、ティッシュペーパーの塊はぴょんと跳ね、沙希の手のなかにおさまった。

舛城は手を叩《たた》いた。「すばらしいじゃないか。こんなみごとなトリックは見たことない。自分で考えたのか?」

沙希はようやく微笑を浮かべた。「インビジブルスレッドを使った手品は古くからあるけど、糸が見えないってだけじゃ魔法に思えないから……」

「そりゃそうだ。さっきの出光マリのマジックじゃ、とても驚けるもんじゃねえしな。でも彼女のいうことにも一理ある。こりゃ準備に手間がかかりすぎるよ」

ふいに沙希の顔から笑いが消えた。「いいじゃない。準備にどれだけ手間がかかっても、ふしぎなマジックを見せられるなら」

「沙希」吉賀の声がした。「出光マリさんのステージなんだぞ、客席にいろといってるだろうが」

「すみません、いまいきます」沙希はそういって駆けだした。

舛城はしばし立ちつくし、沙希の背を見送った。

ふしぎな存在感をまとった少女だった。ハー・マイオニーってやつか。あの歳ではそんな話題も、そろそろ通じないかもしれないが。

出光マリの口上と、内輪で盛りあがる観客の笑い声が響いてくる。舛城は歩きだした。浅岸はいまごろどうしているだろう。うまくやっているだろうか。

10

生活安全課の対策3係に属する白金恵子《しろかねけいこ》巡査は、同期の浅岸からの連絡にいち早く反応した。七年先輩の広川庄司《ひろかわしょうじ》巡査長とともに、覆面パトカーで出動、夜の中野坂上交差点から少し離れた住宅地の路上に停めた。

ふたりとも私服捜査員だった。よって周囲の駐車車両に警戒されずに済みそうだった。ずいぶん多くのクルマが連なっている。降り立った人々はみな、公民館風の建物に向かっていく。

記憶に残っている顔もちらほらあった。このひと月のあいだ、舛城係長が参考人として任意で事情をきいた連中だった。みなスポーツバッグや旅行用カバンを携えている。浅岸からの連絡によれば、あのなかに札束がぎっしり詰まっている可能性があるという。

恵子が広川とともに歩を進めていくと、路地の角に立つ浅岸が手を振った。その場に近づいていく。

浅岸はほっとしたように頭をさげた。「感謝します。課長の命令がないと、誰もこないんじゃないかと不安でした」

広川が難しい顔になった。「正直迷ったよ。妙な集会が催されるってだけでじゃ、警らのパトカーに応援要請もできない。係長に電話したんだが留守電でな」

「あー」浅岸が困惑ぎみに応じた。「いま係長は劇場におられます。演目中だから電源を切ってるのかも」

恵子には意味がわからなかった。「劇場？」

「とにかく」浅岸が急《せ》きこんでいった。「詐欺師の疑いがある連中の、地道な布教活動が実を結んで、ここに大金が集まりつつあるんです。いよいよ大規模集団詐欺事件の幕開けと考えられます」

広川はなおも腑《ふ》に落ちない表情をしていた。「確証があるのか？　ガサ状もないのに、建物のなかには入れないぞ」

浅岸が真顔になった。「どうか信じてもらえませんか。もしなにもなければ、私が責任をとります」

若い巡査の言葉だからだろう、広川が鼻を鳴らした。「責任ね」

「頼みます。巡査長や白金さんをここに呼んだのは、僕の責任でかまわないってことです」

恵子は浅岸を見つめた。どこか弱腰な印象のある浅岸が、ここまで主張するのはめずらしい。もともと舌先三寸で上司を言いくるめる性格でもない。

「巡査長」恵子は思いのままを口にした。「わかる範囲内で状況を調べるべきかと」

広川は気乗りしないようすだったが、仕方なさそうに歩きだした。「わかった」

三人で建物に向かう。浅岸が恵子に告げてきた。「ありがとう」

恵子はささやいた。「事件が起きてない以上、被疑者もいないだろうけど、要注意人物の類《たぐ》いは?」

浅岸が写真を渡してきた。「防犯カメラ映像からプリントアウトした。これが詐欺師とみられるひとり。〝田中〟と名乗ってる」

知能犯とは信じがたい間抜け顔の青年だった。恵子のなかで不安が頭をもたげてきた。「係長も同意してる?」

するとと浅岸がうなずいた。「もちろん。でもこの場はあくまで僕の責任だよ」

逃げを打つ姿勢をみせないのは偉い。あるいはそれだけ確信しているのだろうか、詐欺の現場を押さえられると。

建物の看板には〝区民センター〟とあった。いわば区が運用するフリーの催し物会場で、誰でも自由に借りられる。堂々と大勢の訪問者を集めているからには、なんらかの名目で使用許可を得ているにちがいない。

エントランスのわきに、若い男がスーツ姿で立っていた。写真の〝田中〟とはちがう。警備員でもなさそうだった。来訪者らにボディチェックをおこなうでもなく、ただ頭をさげるだけだった。一方、来訪者らも会釈をかえしている。みな玄関で靴を脱ぐと、ビニール袋におさめ、手に提げて会場へと入っていく。

広川が歩を緩め、人の列から外れた。恵子も浅岸とともに、広川の動作に倣った。建物内に侵入できない以上、そうするしかなかった。スーツの男がこちらを注視する気配はない。

開放された玄関からは、照明の灯《とも》った建物内が容易に見通せた。体育館のような板張りの床に、パイプ椅子が並べてある。すでに十数人が着席していた。その向こうでは若い男たちが数人立ち働いている。彼らはそれぞれに、来訪者らの開けたカバンから札束を取りだしては、正面の壇上に積みあげる。札束の山は約二メートル四方、高さもすでに天井に達しそうなほどだった。

札束の山を見たからだろう、さすがに広川も表情をこわばらせた。「まるで銀行の金庫室だな」

浅岸がうなずいた。「なのにガードマンひとり配置していません。巨額の現金を堂々と人目にさらしています。無用心で済む状況じゃありません、異様ですよ」

恵子は息を呑《の》んだ。札束を積む作業に追われる若い男のひとりが、いま目にしたばかりの写真にうりふたつだった。「あれ〝田中〟じゃない？」

「ほんとに？」浅岸が建物内を眺めた。

「ほら。いま札束の山に向き直ってる人」

「ああ、たしかにそうだ」浅岸が色めき立つ反応をしめした。「まちがいない、〝田中〟だ」

広川が小声で告げてきた。「ここにいると目立つ。ひとまず遠ざかろう」

三人は区民センターのエントランスから離れた。ふたたび住宅街の路地にたたずむ。なおも人々が続々と押し寄せている。みな大きな荷物を手にしていた。やはり札束が詰まっているにちがいない。

暗がりのなか、広川が唸《うな》るようにつぶやいた。「いちおう防犯警戒ってことで職質をかけるか。応援のパトカーも呼んで」

浅岸が首を横に振った。「あいつらは集会を中止して逃げるでしょう。ようすを見るべきです」

「詐欺の現行犯逮捕を狙ってるのか？　連中が玄関を開け放ったまま、誰の目にもあきらかな詐欺行為に踏みきると思うか。そうだとしても建物に踏みこむのには問題があるぞ」

恵子は浅岸にいった。「係長の指示を仰いだほうがいいんじゃない?」

じれったそうに浅岸がスマホを操作する。耳にあててほどなく、ため息まじりにつぶやいた。「まだ留守電だ。……係長、浅岸です。中野坂上の区民センターにいます。大金が集まっていて、例の〝田中〟もいます。張り込みをつづけます」

来訪者は中高年が大半を占めていた。吸いこまれるように区民センターの玄関に消えていく。恵子はつぶやいた。「おカネが倍増すると、みんな本気で信じてるの?」

浅岸がうなずいた。「常識で考えれば倍になるどころか、財産を無事に持って帰ることさえ難しいとわかるはずだけどね。当初は半信半疑だったろうに、もうすっかり洗脳されてるよ」

鳥肌が立つような光景だった。振り込め詐欺とは規模がちがう。恵子のなかに緊張が走った。警察官としていま自分になにができるだろう。少なくとも浅岸ひとりに責任を負わせて済む状況にはない。

11

舛城は控室をでると、舞台の袖《そで》から劇場の客席に戻った。

状況は変わっていなかった。あいかわらず観客は、マジック・プロムナードがらみの数人の男たちだけだった。いや、厳密にはふたり客が増えている。さっきの派手な蝶《ちょう》ネクタイの出演者、それに沙希も客席にいた。沙希は客席の後方に、ぽつんと離れて座っている。

出光マリは舞台上で喋《しゃべ》りながらマジックを演じていた。驚いたことに、マリが手にしているのはリンキングリング、それもデパートのマジック用品売り場で見た小型版だった。四本のリングをつないだりはずしたりするマリに、観客は惜しみのない拍手を送っている。奇妙だった。マニアックな連中が、あんな初歩的なマジックを喜ぶのだろうか。

客席の壁に吉賀がもたれかかっていた。舛城と目が合うと、不快そうに顔をそむけた。

吉賀を問い詰めるのは後でいい。舛城は沙希の隣りに腰を下ろした。

沙希はさっきまで退屈そうにしていたが、ふいに姿勢を正し、舞台に見いりだした。出光マリの演目に関心があるわけではなかろう。舛城に話しかけられるのを拒んでいるようだ。

冷たい性格の少女に思える。いや、娘と同じ年ごろなら当然だ。そういえば課長に昇進した菅井も、思春期の女の子と喋るのは苦手だとこぼしていた。生活安全課の刑事としては好ましくない。不得手な分野は克服するにかぎる。

舞台上のマリが視線を向けてきた。表情が硬くなった。舛城が沙希と並んで座っていることに、かすかな苛立《いらだ》ちを生じたようにも見える。だが思いすごしかもしれない。マリは口も手も休めることなく、マジックを演じつづけている。ときおり冗談を口にすると、観客の男たちが大げさに笑いころげた。マリは彼らの反応にも気をよくしたらしく、台詞《せりふ》も手の動きも滑らかになっていった。

蝶ネクタイの男の演技よりはプロっぽさを感じさせるものの、マリの手品はやはりどこか古めかしかった。

舛城は公演の全貌《ぜんぼう》を悟った。観客のためではない、出光マリのためにこの公演は存在している。客が入らないことは織りこみ済み、費用もかけられない。それでも出光マリがプロを自任するためには、ショーを実施せざるをえないのだろう。どこからも声がかからない以上、自分で幕を開けるしかない。ひょっとしたらテレビ局の人間が関心を持って足を運ぶかもしれない、そのわずかな可能性に希望と期待をかけながら。

驚いたことにマリは、ひとしきりリンキングリングを演じたのち、タネをばらし始めた。それもリングの切れ目を見せるに留《とど》まらない、最初からつながっているリングをさもつないだようにみせる方法など、手順をこと細かに暴露している。

マリはにっこり笑った。「それで、こんなふうにつながってみえるわけです。簡単でしょう？　こんなものでひっかかる人、いまどきいるのかしら」

耳ざわりな笑い声が場内に響く。舛城は呆《あき》れていた。マリの演出意図はどこにあるのだろう。

そう思っていると、マリがリングをテーブルに置き、代わりにあの二十万円の大きなリング数本を取りだした。「でもわたしはマジシャンですから、みなさんに驚いて帰ってもらわなければなりません。この正真正銘、切れ目のないリングで、本物の奇跡をご覧にいれましょう」

マリがあらためてつなげたリングに切れ目がないことをしつこくしめしている。

舛城は沙希にささやいた。「ひどい演出だな」

隣りの沙希は表情を変えなかった。舞台を眺めながらつぶやいた。「ああいうやり方じゃないと、テレビに売りこめないから」

「どういう意味だ？」

「テレビの制作会社さんって、手品のタネ明かしを求めてくるの。タネ明かしをしなきゃテレビにだしてもらえない。でもマジシャンにもプライドがあるから、馬鹿にされて終わりたくないでしょ。だから妥協案がこれ。安く売られてるタネをばらしてから、同じ現象だけどちがうトリックを演じて驚かせるの。なるべく高価な、一般に知られてないタネを使って」

「プロとは思えんな。観客の喜びに冷水を浴びせるようなものじゃないか」

沙希が軽蔑《けいべつ》したようなまなざしを向けてきた。「喜んでいる人なんているの？　マジックを観て」

「さあ。人それぞれだからな」

「世間にもタネ明かしを好む人は多いの。マジックを見せられるだけだと、馬鹿にされたと思うみたい」

「ふうん。そういうものかな」

軽快ながら古風なピアノ曲が流れるなか、マリが手にした大きな筒から、色彩豊かな造花やハンカチーフをとりだしている。

造花は小さく畳まれていたのが一目瞭然《りょうぜん》のように、どれも開きぐあいがまばらで、なかには曲がっているものもあった。ハンカチも折り目や皺《しわ》がくっきりと浮かびあがっている。華やかさとは無縁の、むしろ涙を誘うような演目だった。

舛城はつぶやいた。「たしかにあんなやり方じゃ、怒る人のほうが多いだろうよ。人を見下したような態度が演技に垣間《かいま》見えるからな」

すると沙希が小声でこぼした。「日本人は、マジックの楽しみ方を知らないから」

「なに？」

「マリさんがいつもいってるの。日本人はマジックの楽しみ方を知らない、だまされる喜びを知らないって。だからアメリカみたいにマジシャンが尊敬されないんだって」

「それはちがうな。だまされる喜びなんてないぜ？」

沙希がかすかに反応した。「そうなんですか？」

「ああ。トリックにひっかかるのを楽しむ大人なんていない。きみもいずれ経験するだろうが、自動車教習所ではそのことでさんざん注意を受けるんだ。信号にばかり気をとられるな、歩道を見ろ、対向車を見ろ、ミラーを見ろ。ちがう方向を見るなってね」

「免許とらない人が増えてるんでしょ？」

「クルマを運転しなくても、電話が鳴ったら振り込め詐欺かもしれないと警戒し、マイホームを買うにも欠陥住宅を疑い、知人が声をかけてきたら寸借詐欺の可能性を考える。常に気を張ってて、心に余裕がないんだ。アメリカでも日本でも同じだよ。マジシャンならそれを乗り越えて、人を笑顔にしなきゃな」

沙希は微笑を浮かべた。「刑事さんのお話は、面白いですね。ほかの人とちがってて、わかりやすい」

刑事。沙希はそういった。油断ならない子だと舛城は思った。モップ掃除をしながら、舛城とマリの会話を聞き漏らさなかったようだ。

「じゃあ」沙希がきいた。「どうしたら大人を怒らせずに、マジックが見せられますか」

「そうだな」舛城は五百円硬貨を沙希に渡した。「〝バニッシュ〟やってみな。俺でよければアドバイスしてやるよ」

沙希は目を丸くしていたが、すぐに硬貨を右手に握りこんだ。ふっと息をふきかけ、右手を開く。硬貨は消えていた。

舛城は凍りついた。沙希の手つきを観察しようと身構えているうちに、すべては終わっていた。

沙希は照れたような笑いを浮かべ、左手の中指の付け根に隠し持っていた五百円玉を、舛城にかえした。「手が小さいから、フィンガーパーム、うまくできなくて」

パームという技術のひとつだろう。指で隠し持つからフィンガーパームか。

「どうですか？」沙希がきいた。

マジック・プロムナードの店員が見せた技術にも、それなりに驚きを感じたものだったが、沙希の〝バニッシュ〟はまるでレベルがちがっていた。

これ見よがしな動作はいっさいない。十代の少女による自然な素振りが、トリックの存在を忘れさせている。流れるような手の動き。完璧《かんぺき》だった。たんなるトリックではない、指先の芸術にほかならなかった。

「ああ」舛城は深く感心しながらいった。「すばらしいよ」

「アドバイスは？」

舛城は困惑しながら舞台を眺めた。出光マリが二脚の椅子を運びこんでいた。冗談めかした台詞を口にする。アシスタントがいないから自分でやるの。観客が笑い声をあげた。なぜ沙希をアシスタントに使わないのだろうか。

才能あるマジシャンの卵に、舛城は質問をぶつけることにした。懐から写真を取りだした。防犯カメラに映っていた〝魔法使い〟だった。「きみにアドバイスする前に、ぜひともきいておきたいことがあるんだ」

沙希は写真に目を向けた。その瞬間、表情に微妙な変化があった。「西谷《にしたに》さん……?」

「西谷? きみはこの写真の男を知ってるのか。この男は西谷っていうんだな?」

ところが沙希は黙りこんでしまった。かすかに目が潤みだしている。

舛城は自分の失態に気づいた。質問に入るのが早すぎた。舛城がマジックに関心を持っていないことがわかったせいで、沙希は心を閉ざしたにちがいない。

「すまない」舛城はつぶやいた。「だが時間がない。どうか答えてくれないか。西谷はどこにいる?」

そのとき、客席の男たちがいきなり声をあげた。「はあい」

みないっせいに手をあげている。理由はすぐにわかった。出光マリがしきりに呼びかけている。「ほかに、このマジックに参加されたいかた。どなたかいらっしゃいませんか」

そのていねいな言葉づかいとは裏腹に、マリの尖《とが》った目つきが沙希をとらえていた。

沙希はあわてたように手をあげた。

マリはにっこりと笑った。表情筋の伸縮だけで、無理やりこしらえた笑顔のようだった。「ああ、それではそちらのお嬢さん。舞台におあがりください」

沙希は腰を浮かせた。舛城に視線を向けることもなく、舞台へと駆けていった。

舛城のなかにじれったさが募った。マリが沙希をアシスタントに使っていない理由が判明した。こんな身内ばかりの客席にサクラをまぜておいて、なんになるというのだろう。

辺りに目を配ったとき、壁ぎわの吉賀が気になった。いつしか吉賀には話し相手がいた。切符売りの男ではない。四十代半ばの痩《や》せた男で、眼鏡をかけていた。短く刈りあげた髪を、ていねいに七三にわけている。ずぼらなマジック・プロムナードの関係者らとは異なり、身だしなみがきちんとしている。

どこかで見覚えがある男だ。舛城はそう思った。男がこちらを向いた。先方も同じように感じたらしい。じっと舛城を見つめてくる。

ほどなく男は歩み寄ってきた。いかめしい表情がほころび、ふいに笑顔が浮かんだ。

「舛城さん。おひさしぶりです」

深く澄みきった低い声。たしかに聞き覚えがある。だが誰だったか。

自分の鈍い思考に苛立《いらだ》ちながら、舛城は男にきいた。「たしかどこかで……」

「飯倉ですよ」男は隣りの席に座った。「お忘れですか」

舛城のなかに衝撃が走った。飯倉義信か。菅井課長との話で、名が挙がったばかりだ。

「おい」舛城は笑いかえした。「どうしたんだ。こんなところで会うなんてな。そんな真面目な恰好《かっこう》してるから、まるで気づけなかった」

妙な空気が辺りを包んだ。舞台上のマリと沙希がこちらを見ている。客席の男たちも振りかえっていた。舛城が大声をあげてしまったせいらしい。

「すみません」舛城はいった。「つづけてください」

飯倉が舛城の肩を軽く叩《たた》いた。「でましょう。下の階が私のオフィスですから」

「おまえの？」

「ええ」飯倉は立ちあがった。「このビルの所有者は私です。数年前からね」

意外なところに現れた意外な男。偶然だろうか。舛城は飯倉の十年前の姿しか知らなかった。いまはなにを生業《なりわい》にしているのか見当もつかない。

舛城は席を立ち、飯倉のあとにつづいていった。吉賀がエレベーターの扉を開けた状態に保っている。飯倉が乗りこんだとき、出光マリの声が舛城の耳に入った。では、お嬢さんを眠らせます。

出光マリがぱちんと指をはじくと、椅子に座った沙希がこくりとうな垂れ、眠りにおちた。正確には、そういう素振りをした。マリが両手で〝気〟のようなパワーを送ると、沙希の身体はゆっくりと宙に浮きあがっていった。

マリの演技は評価に値しないが、沙希の身のこなしには目を瞠《みは》るものがあった。身体をまっすぐにしたまま、自然に浮遊しているようにみえる。どこに支点があるのかわからないが、あの姿勢をとりつづけるのは苦痛にちがいない。にもかかわらず沙希は、安らかな寝顔のままだった。

舛城は立ちどまり、そのようすを眺めていた。

飯倉がエレベーターのなかからきいた。「どうかしましたか」

「なんでもない」舛城はエレベーターに乗りこんだ。

菅井から伝えられたことを思いだした。六本目の指の持ち主はまだ子供。手品に詳しくて、やたら知識を披露してきた。育ての親は飯倉義信。菅井はそういった。

あどけない寝顔のまま宙に浮く沙希の姿を、閉じていく扉の向こうにじっと見守る。

詐欺師向けの質問に即答できたわけだ。彼女が飯倉の娘か。

12

舛城はエレベーターを降りた。

六階の廊下は別世界だった。銀座の古ビルにいるのを忘れそうになる。モダンなデザインの間接照明が、インテリジェントビルのような優雅さをかもしだしている。

だがよく見ると、壁紙があちこち浮きあがっていた。一見フローリングに思える床も、フロアマットを敷き詰めているにすぎない。表層だけ綺麗《きれい》にしたのだろう。壁のなかの配管はさびついている可能性がある。

「張子の虎だな」舛城は歩きながらいった。「無理して銀座にこんな古めかしいビルを買うより、郊外に新築のビルを建てたほうが、よほど資産価値があるだろうに」

飯倉は笑った。「銀座にビルを持つというのはひとつの理想像でね。名刺に刷りこむオフィスの住所は、やっぱり銀座じゃないと恰好がつかんでしょう」

「すると、このビルをなにかビジネスの拠点にしているのか」

吉賀が先行し扉を開ける。飯倉は室内に入っていった。舛城も後につづいた。

オーナー専用の執務室として、古典的ともいえる家具の配置がなされていた。ブラインドに覆われた窓を背に、巨大なマホガニーのデスクが据えられている。卓上を彩る調度品の数々、黒革張りの肘《ひじ》掛《か》け椅子、ピアノブラックの光沢を放つキャビネット。ほかにソファとガラステーブルからなる応接セットがあった。

「わかりやすいものが好きなんだな」舛城はソファに座った。「斜陽化しつつある組の事務所は、インテリアも質素になりつつあるんだが」

飯倉は機嫌を悪くしたようすもなく、デスクにもたれかかって腕を組んだ。「うちは堅気ですよ。いまはね」

「堅気か」舛城は吉賀を横目で睨《にら》みながらいった。「だといいんだがな」

吉賀の頰筋が片方のみ痙攣《けいれん》するのを、舛城は見逃さなかった。

「舛城さん」飯倉がきいてきた。「あの劇場に、なにか気になることでも？」

「沙希って女の子、いまいくつかね？」

吉賀がぼそぼそといった。「中卒で十五です」

「ほう」舛城は腕時計に目を走らせた。「午後十時をまわってるな。十五歳なら労働者として雇われる権利はあるが、この時間に働かせるのは労働基準法に反してるだろう」

飯倉が吉賀にきいた。「仕事をさせてたのか？」

「そのう」吉賀がためらいがちに応じた。「出光マリさんの舞台にあがって、空中に浮かんでましたから……。刑事さんはあれが労働だとお考えなんでしょう」

「おい」舛城は吉賀にいった。「しらばっくれるな。まさか挙手で舞台にあがっただけ《ふ》の一般客だといいたいのか？ 直前まで楽屋をモップで拭いてた子だぞ。サクラ以外の何ものでもないだろう。どんな名目だろうが、営利を目的とする行為で雇用した以上、法に抵触するんだよ」

「吉賀」飯倉がため息をついた。「沙希を呼んでこい」

「はあ」吉賀は気乗りしないようすでうなずくと、扉の外に駆けだしていった。

あからさまな上下関係だった。しかし劇場支配人が吉賀だとしても、保護者の義務こそ優先するはずだ。

舛城は飯倉にきいた。「あの子はおまえの娘か？」

飯倉が見かえした。「里見沙希がですか」

「里見？ それがあの子の苗字《みょうじ》か」

「沙希がきてから話しましょう」

「いい提案だ」舛城は時間を無駄にする気はなかった。ほかの関係者についても知っておく必要がある。「あの吉賀ってのは社長兼店長じゃなかったのか。おまえにこきつかわれているように見えるが」

「皮肉はよしてくださいよ。株式会社ソーサリー・エージェンシーもマジック・プロムナードも、私が出資してやったんです」

「すると、事実上おまえがオーナーか。いつからだ」

「二年前からです。吉賀が不渡りをだしてね。マジシャンのプロダクションも専門店も倒産の憂き目にあった。銀行の出資もあてにならないからと泣きついてきたんで、私がカネをだしてやったんです」

「おまえが、売れないマジシャンの巣窟《そうくつ》を助けたわけか」舛城は苦笑した。「どうにもわからねえな。いや、まるでわからねえ」

「なにがですか」

「十年ぶりに再会したばかりだ、俺の記憶もこのビルの配管と同じくさびついてる。思いだすにも骨が折れる。おまえの人となりについてだが、ちがってたらいってくれ。まず生い立ちだ。おまえの親は香川県の農家で養豚業を営んでいた。父親が亡くなったせいもあって二十代で跡を継いだ。ところがおまえは仕事をすっぽかして、上京して遊び放題。すぐに少ない財産を食いつぶし、文無しになった」

「よく覚えてますね」飯倉はすまし顔でつぶやいた。「土くさい仕事は好かなかったんでね」

「だから三十代に入って、よりスマートな職種でひと旗あげようと奔走した。電気工事の会社やら外構工事の会社やらいろいろ立ち上げたな。商売の才覚はあるから、うまくいくことも多かったのに、また遊んで散財しちまう。そんなことの繰りかえしだったはずだ」

「人生は山あり谷ありですよ」飯倉は懐からタバコの箱を取りだし、一本を口にくわえて火をつけた。「誰でもああなる」

「二億円もの借金をこしらえて、親戚《しんせき》一同から縁を切られたうえに、嫁さんにも逃げられた。当時は子供がいなかったのが幸い、そんな境遇だった」

「おかげで目が醒《さ》めましたよ。がむしゃらに働いて返済しようって気になりましたから」

「そう。みごとに返済したな。だがおまえがやったのはペーパー商法に類する詐欺行為だった」

「あの当時は同様の業者も多くいた」

「だから悪くないってのか。警察の投げた石にたまたま当たったのが自分だった、そういいたいのか」

「舛城さん。私は罪をつぐなった。もうあの当時の私じゃありません」

沈黙が降りてきた。舛城は飯倉を見つめた。飯倉も無言で舛城を見かえした。

この男の目は、当時と変わっただろうか。舛城は自問した。わからない。十年もの歳月をはさんだ記憶の残像となると、霧がかかったように曖昧《あいまい》だった。

当時、高利回りプラス元本保証を売りにした詐欺が全国で相次いだ。新宿署管内にも被害者が多数いた。捜査が進むにつれ、飯倉の主宰した〝かがわ共済〟が高い利益を挙げているとわかった。

やがて逮捕状が発行された。飯倉はすでに所有権のない実家の土地を切り売りすると見せかけ、〝かがわ土地定期〟と銘打った集金システムを構築していた。約三千人から計九十六億円をだましとった、それが飯倉の容疑だった。

飯倉はたったひとりで巨額のカネを集めた。新宿区に借りた安アパートを拠点とし、パソコンとプリンターでチラシをつくり、みずから住宅街をまわっては、高齢者から契約をとりつけていた。銀行や郵便局より有利で、株式とも異なる安全な土地取引、元本保証つき。資産運用の知識に疎い連中を、言葉巧みに丸めこみ、ひとりあたり数百万の出資金を取りつけた。むろん飯倉は、香川の土地にまったく手をつけず、なんの投資もおこなっていなかった。

逮捕状の執行に舛城も加わっていた。飯倉に手錠をかけたのは舛城だった。起訴後、裁判で有罪が確定したものの、刑務所内では模範囚だときいた。仮出所も早まった。

飯倉は裁判でも、深く反省していると答弁した。判決もそれを認め、あるていどの情状酌量がなされた。九十六億もの収益にほとんど手をつけず、被害者たちにほぼ全額が返還された事実も、刑の軽減につながっていた。

だが飯倉が本当に悔い改めたかどうか、舛城にはわからなかった。巨額詐欺の主犯となると再犯率も高い。まして飯倉は天才的な知能犯だった。

〝かがわ土地定期〟は、ただ土地を買う契約だけでなく、土地の預かり利息が一割つくとの振れこみだった。百万円を出資する客に対しては、先取り利息十万円を支払わせていただく、よって九十万円で百万円ぶんの土地が買える、そう申し渡していた。すなわち、あたかも利息のみ九年で元がとれるうえ、百万円の価値のある土地が手に入ると錯覚させていた。

顧客心理を巧みに突き、思いちがいで幻惑する手口。やはり油断ならない男だった。外面のよさなど鵜呑《うの》みにできない。

よほど硬い顔をしていたのだろう、飯倉が声をかけてきた。「どうしたんですか。ずっと黙りこんで」

「カネが倍に増えるという手品を追ってきて、行き着いた先に飯倉義信がいた。俺がなにを疑ってるか、子供でもわかりそうなもんだ」

「カネが倍に？　そんな話がどこに？」

「むろん、ここにあると思ってきたんだがな」

飯倉はタバコを口に運ぶと、軽くむせた。苦笑したのかもしれない。蔓延《まんえん》する煙の向こうで飯倉はいった。「そんな話があるなら、あやかりたいですな」

「出所して何年も経たないうちに、銀座にビルを構える実業家さんの言葉とは思えねえな」

「誤解しないでください」飯倉は表情を硬くして、タバコを灰皿に押しつけた。「出所したとき、私の財布には十二万円があるだけだった。ホームレス用に開放されている一泊五百円のデイリーアパートに寝泊まりしながら、新しい商売を考えたんです」

「十二万の元手でできる商売となると、限られてくると思うが。投資で増やしたか」

「ご冗談を。投資には金額が少なすぎます。仮想通貨は乱高下しすぎでギャンブルでしかない。ＦＸも同様で、一年ほど前に大暴落があったじゃないですか」

「ああ。歴史的なクロス円の大暴落ってやつだな。じゃ十二万で手堅い商売を始めたってのか」

「そうです。仕入れや卸しにカネのかかる商売には、とても参入できない。そこでカネをかけずとも、商品を揃えられる店をはじめたんです。『リフレ・チェーン』という名前で、リサイクルショップをね」

「リフレ・チェーンだって？　最近よく目につく看板だ」

飯倉はふっと笑った。「フランチャイズでね、全国各地に加盟店があります。小規模のリサイクルショップは全国にあったので、提携を申しでて、ひとつのグループに吸収していった。フランチャイズ店どうしで商品を交換したり流通させれば、品揃えもよくなりますからね」

「ネット通販が主流の世のなかで、実店舗は不利だろう」

「逆ですよ。ネット通販業者が幅を利かせすぎて飽和状態になり、どこも収益が頭打ちになってた。実店舗があれば信頼度もあがるし、ネット通販と両方経営できる」

「第一号店の業績がよかったってことだな」

「ええ、おかげさまでね。この手の商売で重要なのは、売ることよりも商品を揃えることでして。客から価格の一割で買いとって、販売価格は粗利が七十パーセントになるように設定して売る。これで儲《もう》けがでる」

「一般客の持ちこみ品を買い取るばかりじゃなくて、古物商から買い叩《たた》いたりもするだろう？」

「いや、原則的にしませんよ。仕入れ価格が二、三倍つくんでね。業者からの商品は、委託販売の受注に徹してます。衣類や電化製品の売り手から商品を預かって店頭に並べ、売れたら三割の委託手数料をとる。買い取りの仕入れのほうが利益は大きいけど、リスクも増すんでね。委託なら仕入れはタダです。売れ残っても在庫を抱える心配もない」

「なるほど。そこも実店舗あればこそだな」

「そういうことです」

「いま、儲けはどれぐらいだ」

飯倉は澄ました顔で天井を見上げた。ぶつぶつと計算を口にしたあと、舛城に目を戻した。「年商七十億ってところです」

「それはフランチャイズを含めた全店の売り上げだな。経常利益は？」

即答するしぐさをみせたが、飯倉はふいに警戒心を働かせたように口をつぐんだ。

「舛城さん。税務署に移ったわけじゃないんでしょう？」

さしておかしくもないやりとりでも、控えめに笑いあった。会話はしばらく途切れた。

やはり天才的な商売人だった。一個人の才覚で年商七十億ともなれば、厳密にいえば商法のどこかにひっかかるぐらいのことも、いくつかしでかしているだろう。それが許容範囲におさまっているかどうかだ。

舛城はきいた。「恵まれた商才の持ち主が、どうして商売の第一原則に反するおこないをする？」

「商売の第一原則？　いったいなんですか」

「儲からない商売には手をださない。ところがどうだ、マジシャンのプロダクションにマジック用品店なんてな。儲かるどころかカネをドブに捨てるようなもんだ。理由をききたいね」

「吉賀のやつ、遅いな」飯倉はタバコを灰皿に押しつけた。「あの吉賀ってのは、商いがへたでね。まるで向いてない。私のほうから、いくつかノウハウを提供しましたよ。マジックの専門店の品揃えというのは、仕入れは限りなく安く抑えることができる。それを徹底させた」

「ほう。どんなだ」

「トリックデックって知ってますか。仕掛けのあるトランプのことだが、あれなんか業者から買いつけたトランプをいったんバラして、同じカード、たとえばスペードのエースばかりを二十六枚束ねて、ほかのカード二十六枚と交互にセットするだけで〝スベンガリデック〟という商品になる。トランプ一個あたりの原価は数百円なのに、組み合わせを変えただけで二千円で売れるんです。〝トラベリングデック〟にするためにラフ・アンド・スムーズの加工をするにしても、模型用の透明つや消しコーティング・スプレーを吹きつけるだけでいい。一個あたりせいぜい十円か十五円……」

「バットやグローブならともかく、マジック用トランプの価値なんかわからん。だがそんなに需要があるとは思えねえな。量販店に卸しているわけでもないんだろ。いくら原価を安く抑えても、売り上げなんてたかが知れてる。もういちどきく。なぜマジック業界なんかに手をだした？」

「舛城さん」飯倉はつぶやくようにいった。「十年前の八月二十一日を覚えてますか」

「たぶん、おまえを挙げた日だな」

当時を想起したからかもしれない。うなずいた飯倉の面立ちは、舛城の目にひどく老けこんで映った。自分にも当然、同じだけの年輪がきざみこまれたのだろう。

飯倉はぼそりといった。「暑い日だった」

そう、たしかに暑かった。熱気が舛城の脳裏に蘇《よみがえ》ってきた。

夏の陽射しが照りつける代々木《よよぎ》公園。アスファルトの道の果ては陽炎《かげろう》に揺らいでいた。せわしない蟬の声に、若者が奏でるエレキギターとドラム。耳をつんざく騒音が暑苦しさに拍車をかける。思い起こすだけでも、汗が噴きだしてくるようだった。

舛城は先行し現場に着いた。被疑者の状況を確認し、係長らに知らせる役目だった。飯倉はＮＨＫホール近くのベンチに腰かけていた。当初は木陰になっていたものの、しだいに陽が位置を変えていった。それでも飯倉は動こうとしなかった。少し横にずれれば、また木陰に隠れられる。なのに飯倉は、なぜか陽光に全身をさらしたままだった。

到着した捜査員の群れは十人以上。私服の女性警察官も含まれた。どうして彼女は同行していたのだろう。理由を思いだせない。

ベンチの飯倉が顔をあげた。逃亡する素振りはみせなかった。

「飯倉義信」舛城は飯倉に告げた。「われわれが誰か、なぜここに来たかわかっているな」

「はい」と飯倉は、つぶやくように応じた。

逮捕劇は、たったそれだけだった。脱いだスーツの下に手錠を隠し、並んで歩いた。腰縄もつけなかった。周囲の若者も、捕り物と気づいたようすはなかったように思う。

「舛城さん」飯倉の言葉が、舛城を現実に引き戻した。銀座のビルの一室で、飯倉はたずねてきた。「あのとき一緒にいた女の子、覚えてますか」

女の子。

おぼろげに浮かびあがってきた記憶がある。女性警察官に抱かれた四、五歳ぐらいの幼女の姿だった。

しばらくのあいだ、過去に経験してきたさまざまな事案の残像に交ざりあい、判然としなかった。幼女が関わった事件はほかにいくつもある。だがしだいにはっきりしてきた。

幼女を抱いた女性警察官は、あの暑い代々木公園の一角にいた。アイスを買ってあげようか。女性警察官が女の子にそうたずねた、そのことも覚えている。

そうだった。女性警察官が同行したのは、その女の子を保護するためだ。

女の子がどんな服装だったか、どういう顔かは思いだせない。

飯倉は、その女の子を連れていた。ベンチにも一緒に座っていた。

最初のうち、はしゃいでいた女の子は、しだいに疲れたらしい、ベンチで横になった。飯倉の上着を毛布がわりにして寝そべっていた。

飯倉が暑い陽射しの下にいたのは、それが理由だ。木陰を、その女の子にゆずったからだ。

飯倉は向かいのソファに腰かけた。「あれが里見沙希ですよ」

舛城は黙っていた。記憶のなかの少女と、さっき出会った沙希の面立ち、心のなかで重ねてみた。

だがうまくいかなかった。そもそも少女の顔など記憶しなかったのかもしれない。

飯倉は苦笑にも似た笑いをうかべた。「あとで、沙希とガラスごしに面会したとき、きききましたよ。刑事さんにリンキングリングの手ほどきを受けたそうですね」

かつて代々木公園で耳にした金属音を、いまきいた気がした。

「そうだった」舛城はいった。「あの女の子はずっとリングの手品をしていたんだ。公園を往来する人々が、ものめずらしそうに立ちどまっていた……。おまえはずっと、それにつきあってたんだ」

「お忘れだったんですか」

「ああ。恥ずかしながら、いままで忘却の彼方《かなた》だったよ」

女の子は照れくさそうな微笑をうかべながら、リングの手品を見せていた。集まりだした人々が拍手を送るたびに、ベンチに駆け戻って飯倉の背に隠れた。黒髪からのぞいた耳が真っ赤に染まっていた。照れくさいらしい。

そのわりには、また数分経つと同じ場所に立って、リングをつないだりはずしたり、飽きることもなくつづけていた。


飯倉の腕に手錠をかけたとき、少女は女性警察官によって遠ざけられていた。ところが女性警察官の声が響いた。「あ、まって」舛城が振りかえると、少女は大人たちの手を振りほどき、すぐ近くに駆け寄ってきていた。茫然《ぼうぜん》とした面持ちで飯倉を眺めた。

飯倉が少女を振りかえった。「なあ。この手錠も外せないかな、手品みたいに」

舛城は一喝した。「馬鹿野郎。子供にふざけたことをいうな」

女の子は寂しげな顔で、連行される飯倉の背を見つめていた。肩にかかる髪が、かすかに風に揺れていた。


なにかの手続きの合間だったのだろう。署内の空き部屋で、舛城は少女の相手をさせられた。

机の上には、少女が持っていたリングの手品一式があった。

皺《しわ》くちゃの紙片を取りだし、少女がきいてきた。「ここ、なんて書いてあるの？」

「どれ」舛城は声にだして読みあげた。「右手に切れ目のあるリングを、左手に切れ目のないリングを持ちます。……ふうん。ああ、なるほど。こうなってるのか」

少女は手品の練習をしながら、舛城にいった。「あんまり読んじゃだめ」

「どうして？」

「手品のタネは、ばらしちゃいけないんだよ。おじさん、秘密守れる？」

舛城は笑いかえした。「ああ、覚えておくよ」

断片的にだが、克明に記憶が蘇ってきた。だがまだすべては思いだせない。

舛城は頭をかきむしった。「課長から娘ときいても、ぴんとこなかった。捜査では家族についても調べたはずが、すっかり忘れてる。おまえの子なのに飯倉沙希じゃないのか。里見沙希なんて名も記憶にない。変わった名だ、そう忘れるもんじゃないと思うんだがな」

「覚えてないのも当然ですよ」飯倉は落ち着いた声を響かせた。「あの子の本名は木《こ》暮沙希子《ぐれさきこ》。本人も知りませんがね」

木暮沙希子。

その名前なら、たしかに記憶の片隅にある。しかし本人も知らないとはどういうことだ。

廊下に足音がきこえ、扉が開いた。吉賀に連れられ、沙希が入ってきた。Tシャツにデニム姿のままだが、いまは薄いロング丈のカーディガンを羽織っている。無表情のまま、沙希の大きな瞳《ひとみ》が室内を見まわす。この部屋を訪ねたのは初めてらしい。

「沙希」飯倉はいった。「こちらの刑事さんは……」

思い出話につきあいたくはない。舛城は咳払《せきばら》いした。「おせっかいかもしれないが、十五歳のきみはこの時間働いちゃいけない」

沙希の顔に憂いのいろがひろがった。何度か瞬《まばた》きするうち、瞳が潤みだした。

かつて風営法違反で挙げた店の若い女たちが、こんな顔をしていた。彼女たちにしてみれば、労働の代償に得る賃金は生命線にちがいなかった。沙希にとっても、ここで働くことは重要なのだろう。

だがそれ以上に、沙希の背景には複雑な事情がありそうだった。少年育成課にも知らせておくべきだ。

舛城は沙希を見つめた。「心配はいらないよ。きみに責任はない。雇っているほうがお咎《とが》めを食らうだけだ。ふつうなら保護者に連絡するところだが……」

飯倉が口をはさんだ。「舛城さん。沙希は、児童養護施設暮らしです。両親はいないので、いちおう私が里親なんです」

里親か。たしかに顔は似ていない。

やがて飯倉が自嘲《じちょう》ぎみにつぶやいた。「てっきり事情をご存じかと思ってましたが……」

その言いぐさからすると、逮捕当時から里親だったのだろうか。舛城は困惑を深めた。あまりに記憶が薄らぎすぎている。

舛城は沙希に向き直った。「とにかく、きょうはもう働いちゃ駄目だよ」

沙希はたずねるような目を吉賀に向けた。吉賀は顔をそむけていた。次に、沙希は飯倉を見つめた。飯倉がうなずくと、沙希はあきらめたようにうつむいた。

気が強そうでいて、飯倉には逆らえないと信じている。実の親子のようだった。

舛城は写真を取りだした。「ひとつだけ、どうしてもききたい。さっき質問したことだ。まだ答えをもらっていなかったな。西谷っていう男。何者なんだ？」

吉賀が、あからさまに動揺のいろを浮かべたのを、舛城は見逃さなかった。

すかさず舛城は吉賀にきいた。「なにをびびってる？」

飯倉も吉賀に目を向けた。「この写真の男がどうかしたのか。きみの知り合いか」

「そのう」吉賀はこわばった表情で応じた。「彼はマジック・プロムナードのバイトです。セミプロのマジシャンで……」

舛城は語気を強めてみせた。「いまどこにいる」

「仕事にでてまして」

「ほう。どんな仕事だ」

ふいに沙希が口をはさんだ。「あの、刑事さん。それは、いえないいんです」

「どうしていえない？」

「それは……。マジシャンとしての、義務ですから」

「沙希」飯倉が穏やかに告げた。「刑事さんってのは守秘義務がある。職業上の秘密も守ってくれるんだ」

ところが沙希は泣きそうな顔になり黙りこくった。よほどばらしたくない秘密があるのだろうか。

舛城はスマホの電源をいれた。留守電の着信が複数ある。ほとんど浅岸からだった。だがいまは優先すべきことがある。ブラウザを開き、テレビ番組表の検索窓に入力した。マジック。

思ったとおりだ。舛城はつぶやいた。「吉賀さん。さっき、おまえさんと出光マリさんはいったよな。カネが倍になるマジックについて、来週のテレビを観ればわかりますと。それらしい番組は見当たらないんだが」

吉賀の蒼《あお》ざめた顔に血管が膨れあがり、紫がかった唇が固く結ばれていた。

「刑事さん」沙希がまた割って入った。「マジック番組じゃないんです」

じれったさが募る。沙希はなぜ吉賀をかばうのだろう。

すると飯倉が険しい顔で吉賀にきいた。「なにか番組の仕事が入ってるのか。この西谷というバイトと、関係があるのか」

「あのう」吉賀は口ごもりながらいった。「どっきりカメラ、みたいな特番で……」

「どの局だ」舛城はきいた。「何曜日の、何時何分からだ」

「ええと、火曜日の七時半」

舛城はスマホを操作した。

ところがふいに扉を開け放つ音がした。舛城は顔をあげた。ほんの一瞬のうちに、吉賀は姿を消していた。

沙希が目を瞠《みは》り凍りついている。舛城は沙希のわきをすり抜け、廊下に駆けだした。吉賀がエレベーターの扉に飛びこむのが見えた。大慌てでボタンを連打している。

「まて！」舛城は走りながら怒鳴った。「どこへいく！」

わずか数歩の差だった。エレベーターの扉は閉じた。舛城はボタンを押したが、扉は開かなかった。

ただちに階段を探した。しかし非常用階段につづく扉は、びくともしなかった。外から鍵《かぎ》がかかっているらしい。

飯倉が沙希とともに歩み寄ってきた。「舛城さん……」

「くそ」舛城は怒りをぶつけた。「古いビルがこうなってるのは知ってるが、改装して中から開くようにしとけ。消防署から指導を受けてるだろうが」

「すみません。だが」飯倉は途方に暮れたようすだった。「いったいどういうことです」

「こっちがききたい」舛城は沙希を見つめた。「もう話してくれてもいいだろう。西谷って奴はなんの仕事を受けてた？」

沙希がおずおずと応じた。「西谷さんと、ほかのバイトの先輩たちが……ドッキリの仕掛け人になってるんです」

ドッキリだと。舛城はスマホに視線を向けた。番組表をたしかめようとして、また留守電の表示が目にとまった。

再生すると、浅岸の声がきこえてきた。中野坂上の区民センターにいます。大金が集まっていて、例の〝田中〟もいます……。

いまになってようやく、エレベーターの扉が開いた。舛城は駆けこみながらいった。「ドッキリの仕掛け人ってのは大嘘だ。吉賀はそういう触れこみで、バイト連中を利用してたんだ」

「利用って」飯倉もエレベーターに乗りこんできた。「なんのです？」

舛城はとっさに扉を開けたまま保った。怪しむべきは、ほかならぬこの男ではないのか。

猜疑心《さいぎしん》とともに舛城はつぶやいた。「詐欺の片棒をかつがされてるんだ」

「では追わないと」

「ああ。心配はいらん。どこに行くかはわかってる」舛城は沙希にいった。「きみもこい。なにがあったか教えてくれ」

沙希はわずかに躊躇《ちゅうちょ》をしめしたものの、すぐにうなずくと、舛城の傍らに駆けこんできた。

13

「中野坂上か」運転席の飯倉義信が、ステアリングを切りながらいった。「銀座ランプから高速にあがったほうがいいですね」

「ああ、頼む」後部座席におさまった舛城は、かなり白いものがまじった飯倉の後頭部に怒鳴った。「速度制限は守れよ」

「こんなときにもですか」

「ああ。警察官の辛《つら》いところだ」

隣りに座っている沙希に目をやる。沙希は不安そうな表情を浮かべていた。

この少女が何者なのか、どういう成り行きで飯倉が里親になったのか、まだ詳細をきいていない。

木暮沙希子という少女の記憶は、すっかり抜け落ちていた。飯倉が署に連行されてから、少女がどうなったのか、まるで思いだせない。煩雑なことばかりの現場だ、役割分担もある。もとより少女のことは、当初から構っていなかったのかもしれない。

十年前の記録を繙《ひもと》けば、わかることもあるだろう。

沙希は当時のことを覚えているのか。飯倉の逮捕を。

料金所を抜け首都高速に入った。幸い渋滞もなく、クルマの流れはスムーズだ。ベンツSクラスの乗りごこちは快適だったが、やはりロードノイズは大きく響く。

飯倉は出光マリをこのクルマに乗せたことはないのだろう。彼女はベンツを知らなかった。飯倉とマリは、さほど親しくないと推察される。

ではマリは、吉賀とグルだったのだろうか。それもありえない。吉賀とちがい、マリは舛城が刑事と知っても顔いろを変えなかった。彼女は〝カネが倍になる〟トリックについて心当たりがあったが、西谷らアルバイトがあちこちで演じてまわっているのは、ドッキリ企画の番組収録と信じていたのだろう。

吉賀は社長兼店長にして、すべてのマネージメントをひとりで切り盛りしていた。ほかの誰とも秘密を共有する必要はなかったはずだ。だが知能犯の黒幕には見えない。詐欺の指南役がいるとすれば、ひとりしかいない。いま運転席でステアリングを握っている男だ。

沙希が話しかけてきた。「刑事さん、あのぅ。いまから、どこに?」

「先輩マジシャンの西谷君たちが働いている現場さ。ええと、沙希ちゃん」

「ちゃん付けは好きじゃないです。もう十五だし。沙希って呼んでください」

「わかった。沙希は西谷君たちの仕事が、ドッキリ企画ときいてたと思うが……」

「うん。それはもうわかってる。大勢の人たちが、おカネをだましとられるかもしれないんでしょ。吉賀社長が仕組んだことだよね。さっきエレベーターできいた」

たいした理解力だ。舛城は沙希にたずねた。「ドッキリの仕事について、吉賀が切りだしたのはいつごろか覚えてるか？」

「もうずいぶん前。一年がかりの仕事だっていってた。東京のあちこちでお店を訪ねて、おカネが増えるマジックで驚かせるのを、隠しカメラで撮る。で今夜、だまされてた人たちを集めて、ドッキリでしたって暴露する場面を撮るって」

「誰がどの店に行くのかは、吉賀が指示したのか」

「そう。番組のディレクターさんからきいた決定を伝えてるっていってた」

番組などありはしない。吉賀の自作自演だ。舛城は手帳を取りだした。「で、カネが倍に増えるマジックのからくりは？」

沙希の目つきが鋭くなった。「マジシャンはタネを明かさないの」

「おいおい、頼むよ。なんなら買ってもいいぞ。二十万とかいわれると、ちょっと困っちまうけどな」

「刑事さんはマジシャンじゃないんでしょ？」

「そうでもないよ。知ってるマジックもある」

「どんな？」

「リンキングリングとか」

「へえ。四本のほう？　それとも六本、八本？」

十年前のことは忘れているらしい。当然だろう。沙希は四、五歳の幼女にすぎなかった。

「なあ沙希。きみは出光マリとはちがう。彼女は、他人の考えたリンキングリングのタネをばらし、自分をよくみせようとしたんだ。いまきみが、カネが倍増するタネを明かしても、それは多くの人を助けることにつながる。考案したマジシャンも文句はいわないさ」

「考案したのは、わたしなの」

「なんだって。カネが倍増するトリックは、きみの発案か」

運転席の飯倉が口をはさんだ。「アルバイトや常連客は、自分で考えたタネを吉賀に売りこむんです。いいアイディアなら、商品化されてマジック・プロムナードで売られます」

「そして、雀の涙ほどの報酬が支払われるってわけか」

「ろくに稼ぎもない仕事ですからね。わずかな報酬でも、みんな喜んで受けとります。それに、自分の考えたトリックが商品化されるというのは、マジシャンにとっても名誉なんです」

舛城は沙希にきいた。「カネが倍増するトリックを考えて、吉賀に提出したのか？」

沙希が不本意だという顔になった。「もともとは、おカネが倍に増えるなんてマジックじゃなかった。わたしは、カードマニピュレーション用にバック・アンド・フロントパームしやすい薄いデックをつくろうとして……」

「ちょっとまってくれ。わかるように説明してほしい。まず、なんだって。バック・アンド……パーム？」

沙希はため息をついた。「手からどんどんトランプがでてくるマジック、見たことないですか」

「ああ、あるよ。テレビでならな。一枚ずつ、どんどんでてきたり、いっぺんにたくさんでてきて扇状に広げたりとか」

「あれは、もともと空っぽの手じゃなく、最初からたくさんのトランプを隠し持ってるんですけど……」

「隠し持ってる？　そんなふうには見えなかったぞ」

沙希は出来の悪い生徒を前にした女教師のように、かすかな苛立《いらだ》ちをのぞかせた。

「そこはまた勉強してください。とにかくカードをたくさん隠し持つには、できるだけ薄いほうがいいの。通常のトランプは、五十二枚で一・五センチぐらいの厚みだけど、半分以下にできれば御の字」

「それだけ多くのカードを出現したように見せられるってことだな」

「そのとおり。わたしが考えたのは、おカネじゃなくてトランプ手品用の道具なんです」

「つまりトランプの厚みの圧縮法を思いついたわけか」

「そう。液体のりと中性洗剤を混ぜて、水で薄める。そこに紙製のトランプをひと晩浸して、とりだして、今度はビニール袋にいれてふとん圧縮機にかける。そうすると、変形もせずに厚みだけが半分以下に減るの」

「たぶん紙の繊維質の隙間が潰《つぶ》れるからだろうな。きみはそれを商品として採用してくれるよう、吉賀に頼んだ。その、ええと、バック・アンド・フロントパームってやつに最適のトランプとして」

沙希の顔に翳《かげ》がさした。「でも、あとで欠陥がみつかって……。これじゃ売り物にならないって、怒られました」

ゃうんです」

「トランプが薄くなっているのは、加工をしてから二、三時間だけなんです。表面が乾いていても、なかはまだ湿ってたの。やがてまたトランプの厚みは元通りになっちゃうんです」

「なるほどな。紙幣には和紙が使われてる。製造法は極秘にされてるが、紙は紙だ。トランプでやったのと同じことが、札束でもできた。吉賀はそれを発見したんだな」

防犯カメラ映像を思いだした。二時間近くかけて札束は倍の厚みに膨れあがった。五百万円が一千万円になったのではない。初めから一千万円あったが、半分の厚さに圧縮されていて、それが元に戻っただけだ。

まだ疑問がある。舛城はつぶやいた。「妙だな。カネはマジシャンが用意するんじゃないんだろう？　なにも知らない自営業者から百万円の札束を借りて、それをテーブルに置かせただけで二百万円に膨れあがる。どうやって……」

舛城の思考は、やはり聡明《そうめい》なマジシャン見習いの少女の目には愚鈍に映るらしかった。

沙希が顔をしかめながらいった。「すりかえたのよ。わからない？　ギミックコインと同じ。二百万円の札束を圧縮して百万円の厚みにして、こっそり用意しておく。

相手が百万円の札束をだしたら、それをすりかえて、じつは二百万円の束をテーブルに置く。あとは自然に乾いていけば、おカネが膨れあがって増えたように見える」

「コインは小さいからパームできるだろうが、札束はでかいぞ。どうやってすりかえる？」

　すると沙希は舛城から警察手帳を奪った。両手を叩《たた》き合わせると、そのなかで手帳は忽然《こつぜん》と消えた。左右どちらの手にも隠し持たれてはいない。

　よほど驚いた表情をうかべていたのだろう、沙希は舛城を見つめて笑った。「これはパームほど難しくないの。トピットっていうトリックで、マイケル・アマーってマジシャンのやり方」

　沙希はカーディガンの前を開いた。同じ生地で大きな袋状のポケットが縫いつけられていた。開口部は広く、底は腰のあたりまで達していた。そこから手帳を取りだしながら、沙希がいった。「胸の前に持った物を、このポケットに放りこむだけなの。誰にでも簡単にできる」

「なるほど」舛城は手帳を受けとった。「袖《そで》を使うよりは楽そうだ」

「でしょ？　これはカーディガンだけど、西谷さんたちはスーツのなかに縫いつけてる。本来の内ポケットには、タネの札束をいれておく。相手から借りた札束を、トピットの隠しポケットに放りこむと同時に、内ポケットの札束をだす。手にした札束をテーブルに置く動作の途中で、容易にすりかえられるの」

「防犯カメラに映っていた彼は、カネに指一本触れてなかったと思うが」

「ほんとにそう?」沙希がじっと見つめてきた。

舛城は思わず言葉に詰まった。そうだ、よく考えてみれば、たしかにテーブルに札束を置いたのは、〝田中〟こと西谷自身だった。

澤井から受けとった札束を、なにげなくテーブルに据えた。彼が札束に触れたのは、後にも先にもその瞬間だけだ。

いま沙希の〝トピット〟なる妙技をみれば、あの動作だけで札束をすりかえることは、充分に可能だとわかる。五分の一秒以下の技か。それゆえ偶然にも、防犯カメラ映像には決定的瞬間が記録されなかった。

なぜ西谷がカネに触れていないと思いこんでしまったのだろう。理由は熟考するまでもなかった。澤井がそう証言したからだ。あのひとはカネに指一本触っていない、そういった。澤井だけではない、ほかの参考人らも口を揃えて同じことを告げてきた。おかげで映像を観たにもかかわらず、記憶が改ざんされてしまった。

舛城は唸《うな》った。「思いこみは怖いな。あんな最初の時点で、すりかえがあったとは」

「始まりは終わり。見てるほうは、まだマジックが始まっていないと思って油断してる。おカネが膨れあがって相手が驚くころには、もうなにもかもが終わってる」

あの西谷という男は、膝《ひざ》をテーブルにぶつけ灰皿を落としかけたり、不器用な素振りをしていた。だがそれは、一瞬の器用さを隠すためのカモフラージュだったのだろう。

トピットによるすりかえは、マジシャンの技術としては、さほど難易度が高くないかもしれない。しかし沙希が偶然発案した〝膨張する紙の束〟の原理から、トピット、あらゆるカモフラージュを組み合わせると、なんと奇跡的に見えることだろう。

舛城はつぶやいた。「このマジックの総合演出を手がけた吉賀に、拍手を送りたいね。きみの発案からこんなことを思いつくなんて、ふだんからよほどあくどいことばかり考えてるんだろう」

飯倉が運転しながらいった。「あいつは、人を欺けるほど頭がよくないですからね。マジックの知恵を借りて、詐欺を組み立てようとしたんでしょう」

舛城はルームミラーに映る飯倉の目もとを見つめた。飯倉の視線は逸《そ》れていた。

頭がよくないから、マジックの知恵を借りた。それを指導したのは飯倉ではないのか。

沙希がささやいた。「刑事さん。西谷さんたちは、どうなりますか」

「どうなるって、そうだな。詳しいことは調べてみないとわからないが、たぶん吉賀に踊らされていただけだろう。罪にはならないと思う」

「そうですか」沙希はうつむいた。「みんな、仕事のステップアップになるかもしれないって、がんばってたのに……。テレビ出演なんかない。ギャラもたぶん、嘘ですよね」

「だろうな」舛城は沙希を見つめた。「きみは吉賀からギャラをもらう約束を交わしてあるんだろ？　曲がりなりにも、きみの原案によるトリックなんだし」

「いえ。ドッキリのネタに採用するから、いくらか報酬をくれるっていってたけど……。わたしは断りました」

「どうして？」

「だって、イヤじゃないですか。どっきりカメラにでるなんて、マジシャンの仕事じゃないもの。人をだますなんて……」

「マジシャンは、人をだますのが仕事じゃないのか？」

沙希は両手で顔を覆った。「わからない」

「ごめん、あやまるよ」

「なんであやまるの？」沙希は視線をあげた。切実なまなざしが見つめてくる。

「いや。そのう、マジシャンは、夢を売るのが仕事だよな」

「夢？」沙希がきいた。「夢って、どんな？」

「だから、不可能を可能にみせるとか……」

「でもトリックでしょ？　タネがあるってだけじゃない。刑事さんは、マジックを見て夢を感じたことがあるの？」

「正直なところ、ないな」

ほら、ちがうじゃない。沙希はそんな目つきで舛城を見ると、うずくまるようにして押し黙った。

しばらく間があった。ふっと笑う飯倉の声がした。「舛城さん、変わりましたね」

「なにがだ」

「慣用句ですけどね。丸くなったってことですよ」

丸くなった、か。舛城は心のなかでひとりごちた。男の評価としては、最低の言葉だ。

14

沙希はクルマの後部座席から降り立った。見知らぬ夜の住宅街がひろがる。辺りにひとけはなかった。

中野区か。以前にいちどだけきた。ゼロ・ホールという会場で、出光マリのマジックショーの手伝いをさせられた。観客はお年寄りと子供ばかりだった。

飯倉が運転席から姿を現した。歩きだしながら声をかけてきた。「沙希。こっちだよ」

舛城も飯倉と歩調を合わせている。ふたりの大人の後を追う。ほかに選択肢はない。

あの刑事とはきょう初めて会った。心から信用しているわけではない。大人はいずれ裏切る。どんな約束を交わそうとも、きっと反古《ほご》になる。愛想笑いも偽りでしかない。

十月は日によって寒暖の差が激しい。きょうの風は冷たかった。カーディガンの前を引き寄せて歩く。トピットの隠しポケットのざらついた感触があった。

貧しい暮らしのなかでは、タネの加工もままならない。結局、似た生地の古着を裁断してポケット状にし、カーディガンの裏に縫いつけた。外出するときには、いつもこのカーディガンを羽織る。いつでもマジックが見せられるように。それが人生を変えるかもしれない、そう信じながら。

しかし、いまは馬鹿げた考えに思えてくる。不案内な住宅街で、いったいなにをしているのだろう。流されて生きるしかないくせに、つまらない特技が将来の希望につながるのを期待する。虫がよすぎる。情けなさを自覚せざるをえない。

薄々は気づいていた。こんな似非《えせ》プロダクションに身を置いていても、プロのマジシャンになんかなれないということに。

いま胸のうちにひろがる失意の理由はそれだけではない。心が果てしなく重くなり、深く沈んでいくのを感じる。なぜだろう。自分でもよくわからない。

行く手に大きな建物があった。区民センターの看板がかかっている。玄関の扉は開放されていた。

私服姿が数人、舛城に駆け寄った。そのなかの若い男と、舛城はしきりに話しこんでいた。

やがて舛城は沙希を振りかえり、連れを紹介してきた。「浅岸巡査、それから広川巡査長。彼女は白金巡査だ。三十分ほど前に来訪者の全員が、カネを提出済みらしい。西谷君たちは、どこへともなく姿をくらましたようだ」

沙希は入り口からなかを覗《のぞ》きこんだ。パイプ椅子に整然と座った人々がいる。彼らの眼前には、札束の山が積みあがっていた。

頭上には青みがかった光を放つ照明が下がり、札束の山を照らしつづける。あれは巨大なレプリケーターと説明されたはずだ。来訪者はみな、カネが倍に増える瞬間を期待しながら、固唾《かたず》を吞《の》んで見守っているのだろう。

浅岸が舛城にきいた。「吉賀って奴はどうやってカネを逃がす気でしょう？　あんなに大勢に見守られてたんでは、へたなことはできっこないですが」

沙希は戸惑いをおぼえた。「逃がすって？」

すると浅岸が見つめてきた。「吉賀が現れて、カネを持ち逃げしようとするところを現行犯逮捕する。僕たちはそのために待機してる。前もって吉賀がカネを搬出する方法がわかれば、対処もしやすいんだけどね。きみ、なにか知ってるの？」

呆《あき》れたものだ。刑事もこのていどの思考でしかないのか。

「いいですか」沙希はいった。「あそこに積んであるのが本物のおカネだと思ってる？」

舛城が目を瞠《みは》った。「ひょっとして、すでにすりかえ済みか」

「当然でしょ。積みあげる前にすりかえてる。来訪者からおカネを受けとった西谷さんたちが、ああやって積んだんでしょ？　その都度、トピットですべて偽の札束とチェンジしてる」

白金という女性警察官が眉《まゆ》をひそめた。「トピットって？」

舛城が苦い顔になった。「沙希のいうとおりだ。積んであるのはニセの札束で、本物は持ち去られたとみるべきだな」

広川が納得いかなそうに告げてきた。「状況はずっと撮影してあります。すりかえなどなかったと認識してます」

沙希はじれったさとともにいった。「だから……」

飯倉が片手をあげ制してきた。「沙希。舛城さんはちゃんとわかっておられる」

「ああ」舛城は建物の入り口に向かいだした。「浅岸、ついてこい。広川と白金は外で待機」

広川があわてぎみに声をかけた。「令状なしに立ち入るのは……」

「心配するな」舛城は歩を緩めなかった。「区民センターは開かれた場所だ。運営スタッフらしき姿もない。出入り自由と解釈できる」

舛城と浅岸は靴も脱がず、区民センターに踏みこんでいった。

警察手帳を高々とかざし、舛城が客席の前方へと歩いていく。「警察です。全員、そのまま座っててください。ああ、見た顔も多いな。取調室で会ったみなさん、こんばんは。がめついことですね。カネをいつも以上に増やしてやるといわれて詰めかけたか」

沙希は玄関に近づいた。場内はしんと静まりかえっている。来訪者は中高年ばかりだった。みな顔をひきつらせて舛城を見つめている。

ひとりが立ちあがった。「刑事さん。どこでなにをしようが、私たちの自由でしょう。おカネをそこに置いて、眺めてるだけだ。文句いわれる筋合いはないですよ」

同意の声がいっせいにあがった。

舛城は首を横に振った。「まってください。いいかげん、目を覚ましたらどうですか。みなさん、カネがここにあると本当に思ってますか?」

またも場内は沈黙した。表情は一様に凍りついている。

舛城が浅岸に目で合図した。浅岸は札束をひとつつかみあげた。

「驚いたな」浅岸は札束をパラパラとはじきながらいった。「本物の札はいちばん上だけだ。あとは全部、ちり紙だ」

次の瞬間、来訪者の全員が弾《はじ》けるように立ちあがった。にわかに騒然となった。誰もが悲鳴や嘆きに似た声を発し、いっせいに札束の山へと殺到した。阿鼻《あび》叫喚がひろがっていく。札束と信じた紙束をつかみとるや、へたりこむ者もいれば、絶叫する者、怒声を発する者、さまざまだった。

混乱はエスカレートするばかりだ。ちり紙が床一面に撒《ま》き散らされている。泣き叫ぶ老婦の姿もあった。沙希は場内に立ち入り、老婦のもとに向かった。どうにか慰めてあげたい。

ところが、血相を変えて走りまわる中年男がぶつかってきて、沙希は突き飛ばされた。転倒した直後、膝《ひざ》に鈍い痛みが襲ってきた。

飯倉が駆け寄ってきた。「沙希！　だいじょうぶか」

起きあがろうとしたとき、沙希は床を覆うちり紙のなかに、見覚えのある小さな物体を見つけた。目薬のような半透明の容器だった。マジック・プロムナードの陳列棚に並んでいる商品だ。

沙希はつぶやいた。「自動点火薬」

「なに？」飯倉がきいた。

ちり紙を拾いあげ、質感をたしかめる。沙希は慄然《りつぜん》とした。「危ない。みんなを遠ざけて。早く！」

飯倉は戸惑いをしめしたものの、すぐに周りに怒鳴った。「みんな、静かにしろ！

ここを離れろ！」

群衆はまるで聞く耳を持たなかった。紙くずのなかに点在する本物の紙幣を回収しようと、必死の形相で駆けずりまわっている。

舛城が走り寄ってきた。「どうかしたのか」

「これ！」沙希は紙片をつかみあげた。説明するのももどかしい。「ぜんぶフラッシュペーパー」

「フラッシュペーパー？」舛城の顔に緊張が走った。「それなら知ってる。火がついたらバッと一瞬で燃え尽きる、あれだろ」

「それに、この容器。フラッシュペーパーに点火するための粉と液体。混ぜると火がつくの」

フラッシュペーパーの山のなかに、自動点火薬の粉と液体がばらまいてある。混ざり合うことで発火してしまう。紙束を山積みのまま放置するぶんには、なにも起きない。しかし大勢で掻《か》きまわしている以上、いつ点火するかわからなかった。ひとたび火がつけば、フラッシュペーパーすべてが一瞬にして燃えあがる。

舛城はすべてを察したらしい。パニックを制しにかかった。「やめろ！　どいつもこいつも、紙を置いて外にでるんだ！　危険だ、早くでろ！」

舞い散るフラッシュペーパーのなかに、ちらほらと一万円札が見てとれる。大人たちは舛城の声にも耳を貸さず、本物の紙幣を奪いあっている。

「おい！」舛城は罵《ののし》った。「馬鹿どもが。でろというのがわからんのか！」

制服警官が雪崩れこんできた。浅岸が怒鳴った。「中野署からの応援です！」

突入させたのはいい判断だと舛城は思った。緊急事態と解釈しうる以上、警察官職務執行法の第五、六条に基づき、令状がなくとも鎮圧を優先すべき状況といえる。

舛城も声を張りあげた。「こいつらを外にだせ！　紙は取りあげて捨てさせろ！」

警官たちはいっせいに中高年を取り押さえにかかった。暴れて抵抗する者や、泣き叫ぶ者もいた。

ようやく暴動がおさまりつつあった。まだ中央には、かなりの量のフラッシュペーパーが、山積みのまま残されている。

沙希はそのなかに飛びこんだ。「西谷さん！　なかにいるんでしょ！　でてきて、危ないから！」

舛城が駆けつけた。驚きのいろを浮かべながらきいた。「このなかに、西谷たちが？」

マジック的発想のない人間はこれだから困る。いや、困りものなのは自分の思考かもしれない。もどかしさだけが募る。説明しようとしても、うまく伝わるものではない。沙希は舛城に叫んだ。「とにかく、なかにいるの！　助けだして！」

間髪をいれず、舛城がフラッシュペーパーの山を崩しにかかった。海原のようにひ海原のようにひろがる紙くずのなかを、乱暴に掻き分け進んでいく。

ふいにフラッシュペーパーの山のなかから、ひとりの男が頭を突きだした。西谷だった。目を瞬《しばた》かせながら、西谷はのんびりとした口調でたずねてきた。「収録、もう終わったの？」

ドッキリのオチのために、フラッシュペーパーの下に隠れていろ、そう指示されたにちがいない。札束が閃光《せんこう》とともに消えうせ、その下から仕掛け人が現れる。吉賀からそんなふうに伝えられたのだろう。

「もう！」沙希は怒りにまかせていった。「西谷さんたちって、クロースアップばっかりやってるから、どれだけ危ないかわからないのよ。これだけのフラッシュペーパーが燃えたらどうなると思う？　ポーズとって現れるどころか、全員丸焦げじゃん！」

「え」西谷の顔がこわばった。「もしかして逆ドッキリとか？　ちがうの？」

バイト仲間たちが、次々と紙の山から頭を突きだした。声を聞きつけたらしい。誰もが愕然《がくぜん》とした表情を浮かべている。

「よかった」沙希はつぶやいた。「無事で」

西谷はまだ状況が把握できていないらしい。「沙希。なんで泣いてる？」

舛城がうんざりしたようにいった。「西谷。沙希はな……」

そのとき浅岸が声をあげた。「舛城さん！　火が」

沙希は息を呑《の》んだ。床に散らばったフラッシュペーパー、その一角に火の手があがっていた。

「逃げろ！」舛城の声が響いた。「外に駆けだせ！」

ずっと横になっていて、体力をもてあましていたのだろう、西谷たちは真っ先に飛びだしていった。

沙希も走りだそうとしたが、足がもつれて動かない。だが直後、誰かに抱きあげられた。すぐに舛城だとわかった。

舛城が出口に向かって走る。沙希は後方を振りかえった。

区民センターの内部に閃光が走った。

ステージとしてはラスベガス級の閃光。沙希の目にはそう映った。一瞬だが、すさまじい火力だった。突きあげる縦揺れの衝撃と爆発音、熱風が押し寄せ全身を包みこむ。肌が焼きつくされるかと思うほどの高温だった。

だがそれも一秒たらずのことだった。数秒ののち、光は失《う》せていた。くすぶる火があちこちに見えるほかには、焦げた場内だけがひろがっていた。壇上にはもうなにもない。フラッシュペーパーの山は跡形もなく消滅していた。

沙希はまだ舛城に抱きあげられていた。舛城の硬い顔を見上げた。遠くを眺めていた舛城の目が沙希に向いた。その表情から氷が溶け去ったように感じられた。照れくささが沸き起こる。沙希はつぶやいた。「降ろして」

「ああ」舛城が指示に従った。

自分の脚で立てている、そう確認できてほっとした。沙希はまともに舛城と目を合わせられなかった。うつむきながらささやいた。「ありがとう。舛城さん」

舛城がどんな顔をしたかはわからなかった。沙希が視線を向ける前に、舛城は踵《きびす》をかえしていた。

「消防を呼べ」舛城は怒鳴ってから、辺りを見まわした。西谷に目をとめると、歩み寄りながらきいた。「きみ、本物のカネはどうした?」

やっと状況を理解したのか、顔面蒼白《そうはく》の西谷が舛城に応じた。「おカネは、ですね……。じつはトピットですりかえて、隠しポケットに……」

「それはわかってる。隠しポケットにいれたカネは?」

「すりかえるたびに、裏口から外にでて……。クルマに」

「クルマに積んだのか。車種と色は？」

「ええと。白、いやグレーに近いかな。ワゴンっていうか、バンっていうか……」

「マジシャンはクルマにゃ詳しくねえのか。浅岸、裏口にまわるぞ」

はい。浅岸が応じた。広川や白金とともに駆けていく。

飯倉が歩み寄ってきた。「沙希。怪我はないか」

沙希は黙ってうなずいた。やはりその顔を見かえせない。照れているのではない。

大人が怖くなってきた。

15

菅井課長は新宿署の廊下を進みながら、渋い顔で告げてきた。「マスコミが集まってる。話すことは話して、さっさと追いはらえ」

舛城は並んで歩きながら、菅井の横顔を眺めた。「公式の記者会見はおこなわないんですか」

「七億もの大金を奪われて被疑者逃走中。そんな失態を報告するための会見か。論外だ」

ロビーを突っ切り、エントランスをでた。空が明るくなってきている。外階段の下に報道陣が群がっていた。

カメラの放列が見上げてくる。目もくらむフラッシュが連続して閃《ひらめ》く。テレビ取材クルーの強烈な照明に、脳が溶けるような気さえした。不眠不休で働きどおしだ、こんな取材攻勢に遭ったのでは身が持たない。

舛城は立ちくらみを堪《こら》えながら取材陣にきいた。「コメントは行きわたってますか。さっき配布されたはずですが」

カメラのシャッター音と閃光が連続するばかりで、誰もひとことも発しない。

「結構」舛城はため息とともに告げた。「昨晩起きたことはぜんぶそこに書いてあります。それ以外にお伝えすることはありません。では」

舛城が引きかえそうとすると、記者たちからいっせいに質問が飛んだ。なにを喋《しゃべ》っているのかはさだかではない。

「わかりました」舛城はうんざりしながらマスコミに向き直った。「すみませんが、質問はおひとりずつお願いします」

記者のひとりがきいた。「逃亡した吉賀欣也容疑者は、全国に指名手配されたとのことですが、その後の足取りは？」

「まだわかってません。ほかのかた、どうぞ」

「けさ未明に検問を突破した怪しいクルマがあったとの未確認情報がありますが、それと容疑者の関係は？」

「未確認情報についてコメントは差し控えたいと思います」

「検問突破の件は、マスコミ各社に匿名の電話があったんです。SNSにも目撃情報が頻出しています」

舛城は苛立《いらだ》った。詳細の確認はまだこれからだ。「調査中です。検問突破を図った者がいたとしても、朝帰りの酔っ払いかもしれません」

「おカネが倍になるというトリックを見破ったのは、吉賀容疑者の事務所所属のマジシャンとのことですが、誰ということはあきらかにできませんか」

「できません。それにまだ、マジシャンといえるかどうか」

「というと、デビュー前の新人ってことですか」

「あの、みなさん。マジシャンというのは、たしかに芸能人の分野に入るとは思いますが、事務所とか所属とかいっても、リポーターのみなさんが想像されるような世界とは、若干ちがっています。詳しく話すと長くなりますが、とにかく、詐欺行為はあきらかになり、被疑者は逃亡中。全力で行方を追っているところです。それだけです」

「その秘密を暴露した新人マジシャンと、社長である容疑者が、グルになっている可能性は？」

「ありませんね。というのも、事務所内の人間関係は少々複雑でして。私の目には、仲良しクラブにはみえませんでしたね。では」

舛城は素早く身を翻した。報道陣の声が舛城を追いかけてきたが、エントランスに飛びこむと同時にシャットアウトされた。

ため息が漏れる。菅井と目が合った。やれやれという顔をしている。同感だと舛城は思った。

菅井がつぶやいた。「ご苦労さん」

「どうも」舛城はうなずいた。「里見沙希に要らぬ関心が向かないようにしないと」

「飯倉の娘か。こんなことになるとはな」

「実の娘じゃないでしょう？」

「生活安全課においては、血縁などで分け隔てをするなというのが、前の課長からの申し送り事項でな。実際、警察からすれば保護者と子供の関係性は、ふつうの親子と変わらん」

「養子縁組してるんでしょうか」

「してなかったと思う。家庭裁判所がそんな許可をだしていれば、去年あの子を保護したとき、情報として伝わったはずだからな。でも十五歳になったから、本人の意思で養子縁組も可能だろう」

「飯倉が懲役刑を経て、里親の資格をはく奪されてもですか」

「十五になれば、あらためて本人の意思が優先されるようだ。こんな風変わりな事件は初めてだな。気を抜かずしっかりやってくれ。手品に翻弄《ほんろう》されるなよ」

わかりきったことだった。舛城は淡々と応じた。「ええ。指が六本ないかどうか、常に目を光らせます」

舛城は菅井と別れたのち、二階の廊下に歩を進めた。署に戻り、報告書の作成にとりかかったのが午前三時。仕上がったのはほんの一時間前だ。仮眠をとる暇もない。熱いコーヒーでも飲むか。

すれちがった男が声をかけてきた。「舛城係長ですね」

リポーター特有の発声だった。舛城は足をとめた。相手の年齢は四十歳前後、油断のならない目つきをしている。見慣れた顔だと舛城は思った。

舛城はきいた。「どこの局だったかな」

「フリーですよ。いちおうでる番組はきまってますが」男は愛想よくいった。「牧田《まきた》といいます。昨晩は、いろいろたいへんだったようですね」

「ああ。テロでも起きたような忙しさだ。芸能関係のリポーターが、勝手に入っていいのか？」

「別の用で訪ねてまして」

「搦《から》め手か。正当性が認められないと問題になるぞ」

「そこは心配いりません、副署長とも知り合いですし」牧田が見つめてきた。「ぶしつけで恐縮ですが、昨晩の事件、たいへん興味を持っています」

「コメントに書いてあるとおりだ。それ以上なにもない」

「まってくださいよ。興味があるのは事件だけじゃありません。それよりもトリックを暴いた女性マジシャンを追っかけたくてね」

「女性マジシャン？」舛城はしらばっくれてみせた。「誰だいそいつは？」

「出光マリさん。けさ、会ってきました」

「なんだと？」舛城は面食らった。「出光マリが、あの詐欺のトリックを暴いたってのか」

「ええ。吉賀社長のソーサリー・エージェンシーに所属するマジシャンというと、限られてきますからね。それで電話できいたところ、出光マリさんが警察の捜査に協力されたそうで」

売名につながりそうなところには、なんであれ媚《こ》びを売る。出光マリがやりそうなことだった。舛城はいった。「冗談じゃない。彼女は質問に答えてくれたが、協力関係といえるほどじゃない。バイト連中の危ないところを救ったりしたのは別人だぜ」

「誰です、それは？」

「さっきの記者発表をきいておくんだったな。ずぶの新人、まだこれからって子だよ」

「名前を教えてくださいよ。その子が有名になるチャンスでもあるじゃないですか」

「副署長と知り合いといったな。いまから一緒に会いに行くか？」

牧田の表情が凍りついた。舛城は歩きだした。だが背後に牧田の声をきいた。わかりましたよ、自分で調べますから。牧田はそういった。

舛城は振りかえらなかった。有名になるチャンスだと。とんでもない発想だ。詐欺師の里親という醜聞を知ったが最後、連中は面白おかしく報じるだろう。里見沙希は十五歳だ、まだ将来がある。営利をむさぼるばかりの大人たちの犠牲にしてはならない。

16

生活安全課の刑事部屋に隣接する給湯室で、舛城はインスタントコーヒーをこしらえていた。ドアの開く音をきいた。

浅岸が紙を手に近づいてきた。くたびれたスーツにやつれた顔。徹夜仕事のペース配分に不慣れな、若い世代に特有といえる朝の顔だった。

舛城はコーヒーカップを片手にたずねた。「どうだった」

「検問突破のクルマについて、いくらか進展がありました。もうすぐ報告があがってきます」

「よし。飯倉と里見沙希は？」

「小会議室のほうにきてます」浅岸は紙に目を落とした。「飯倉はたしかに当初、沙希の里親でした。十二年前に里親制度の認定を受け登録しており、十年前、つまり逮捕の直前に、両親を亡くした沙希の養育里親になりました」

「本人の希望に沿うかたちで、行政から児童の養育を委託されたわけだな。沙希が成人するまで面倒をみるわけだ」

「そうです。もっとも飯倉は逮捕を受け、里親の資格を失いましてね。沙希が暮らす場所は児童養護施設となり、いまでもそこで寝泊まりしてます」

「施設暮らしか。どうして孤児になった？」

「里見沙希、本名木暮沙希子の両親、木暮清隆《きよたか》と木暮……ええと、旧姓三芳《みよし》匡子《きようこ》は、十年と三カ月前に事故で死亡しています」

「ふうん。事故死か」

「神奈川県警に記録が残ってました。夜中に横浜港の埠頭《ふとう》にクルマを乗りいれ、そのまま海に転落したとみられます。運転していた父親、木暮清隆の体内からアルコールも検出されたとの報告があります。巨額の借金を抱えており、無理心中の疑いもあったんですが、書類送検とはなりませんでした。証拠不十分だったようで、事故と認定されたようです」

思いだしてきた。舛城はきいた。「たしかその借金の貸主が飯倉だったな？」

「そうです。責任を感じて、沙希の養育を引き受けたんでしょう」

「里見沙希って名前に変わったのは……」

「保護者だった飯倉が、区役所と裁判所に改名の手続きを申請し、受理されたんです。両親の死が大きく実名で報道されてしまったので、将来性を考慮してのことだったそうです」

「ずいぶん親身になってたわけだな、飯倉は」

納得いかない。純粋にやさしさゆえの行為だったろうか。あの男は逮捕後もなかなか罪を認めようとはしなかった。

舛城はコーヒーをすすった。「飯倉にも事情をきかなきゃならんな」

「行きますか」

ああ。舛城は歩きだした。どうやらきょうも休めそうにはない。

廊下に待機していた白金恵子巡査がドアを開けた。

舛城が浅岸とともに小会議室に入ると、真っ先に沙希が立ちあがった。ただし微笑はない。仏頂面のまま頭をさげてきた。「おはようございます」

昨晩と服は変わってはいるものの、チュニックにデニムと、あいかわらずカジュアルな装いだった。

隣りに座っていた飯倉は、読書中だったらしい。顔をあげ、眼鏡ごしに舛城を見つめてきた。「なにかわかりましたか？」

「ああ」舛城はうなずいてみせた。「検問突破したクルマについて、浅岸から報告がある」

浅岸が手帳を片手に、内容をホワイトボードに書き写しながらいった。「長野ナンバー、平成十六年式のトヨタアルファード。色は白。検問突破の際に接触したらしく、ウィンカーランプのカバーの破片が落ちてました。該当する車種を調べたところ、甲《こう》府《ふ》市内で右ウィンカーランプが破損した車両を発見。所有者は甲府に住む独身のサラリーマンです」

恵子が告げてきた。「県警刑事部の鑑識課が早朝から甲府に赴き、車庫に停まっていたクルマのランプカバーの破損箇所を調べました。落ちていた破片と一致したそうです。共犯者の可能性がありますね」

舛城はきいた。「そのサラリーマンの身柄確保は？」

「まだです。捜査共助課を通じて長野県警に協力を要請したんですが、クルマの所有者は電車で通勤しているらしく、すでに会社にでかけています。営業職で外勤らしいので、会社のほうでもまだつかまらないといってます」

沙希が声をかけてきた。「あのぅ、刑事さん……」

「まってくれ」舛城は片手をあげて制した。「浅岸、ほかになにかあるか？」

「塩尻《しおじり》の交番に拾得物として一万円札八枚がとどけられました」

「拾得物？　それがどうかしたのか？」

「被害にあった自営業者のうち何人かは、区民センターに呼びだされたことに警戒心が働き、持っていく札束の番号を控えていました。塩尻の交番に届けられた一万円札のうち、二枚が同一の番号でした。ＧＳ０３５６４０Ｎ、ＴＨ２１２６２８Ｃ」

「たしかか」

「はい。塩尻署で確認したとのことです」

舛城は立ちあがり、書棚から全国地図帳を取りだすと、テーブルの上で開いた。該当する地域に付箋《ふせん》を貼る。甲府、塩尻。

「あの」沙希がまた声をあげた。「刑事さん。ちょっと話したいことが」

「すまないが、もうちょっとだけまってくれ」舛城は地図に記された高速道路と国道を指でなぞっていった。「あきるの市から奥多摩《おくたま》、甲府に向かったか。小淵沢《こぶちさわ》経由で塩尻に達した。この方面なら、目的地は長野市内じゃないだろう」

浅岸が唸《うな》った。「富山ですかね。あるいは金沢か」

「いや。ここまでくるには時間がかかることを、吉賀も知ってたはずだ。都市部の警察は動くのも早い。奥飛騨《おくひだ》か、それとも輪島《わじま》のほうにあがったか」

恵子がスマホを操作した。「グーグルマップでルートの可能性を検討してみます」

するとそのとき、紙を破く音がした。沙希が千円札の縁を破っている。

舛城は驚いた。「なにしてる？」

沙希が憤ったようなまなざしで一瞥《いちべつ》した。破りかけの千円札をかざし、恵子につぶやいた。「スマホのカメラで、これ撮ってくれません？」

恵子の眉間《みけん》に皺《しわ》が寄った。「警察署にいるのに大胆すぎない？　貨幣損傷等取締法違反に……」

「ならない」沙希はきっぱりといった。「自分の紙幣を破るなら、罪には問われない」

飯倉がうなずいた。「道徳的には好ましくない行為ですが、法的な規定がない以上、罪刑法定主義が適用されるため、処罰されることはないでしょう」

浅岸が呆気《あっけ》にとられた顔になった。「元保護者の言葉とも思えませんが。道徳的に好ましくないとわかってるのに」

「私は沙希の意思を尊重してますので」

舛城はため息をついた。「白金巡査」

恵子が腑《ふ》に落ちない顔のまま、スマホのレンズを千円札に向け、シャッターを切った。

すると沙希は、破れかけの隅をつかんだ。容赦なく千円札から完全に破りとった。

その縁の切れ端のみを、テーブル上に滑らせ、舛城に押しやってきた。沙希はいった。

「番号を読みあげてください」

ちょうど番号が印刷されている。舛城はいわれたとおりにした。「DM702784H」

浅岸が沙希の手もとにある千円札をのぞきこんだ。「たしかに」

恵子も撮影した画像をチェックしながらうなずいた。「撮れてます」

沙希は千円札を右手に持った。次の瞬間、赤い閃光《せんこう》を放ち、千円札は消滅した。沙希の両手には、もうなにも残っていなかった。

「え？」恵子が目を瞬《しばた》かせた。「なにそれ」

舛城は唸った。「沙希。サムチップもないし六本目の指でもない、バニッシュの技法でもないな。でも紙幣がフラッシュペーパーになってるわけはないから、どこかに消したうえで、隠し持ってたフラッシュペーパーに点火したんだろ」

浅岸が迷惑そうな顔で沙希にきいた。「千円がどこへ行ったかきいてほしいのかい？　悪いけど、手品にはまたこんど暇になったらつきあってあげるから……」

沙希がぼそりといった。「その本の下」

妙な空気が漂った。テーブルの上には、飯倉がさっきまで読んでいた本が置いてある。沙希から手が届く距離ではあったが、千円札のマジックが始まって以降、本に触れたようすはなかった。浅岸が本を持ちあげた。

一同に驚きの声があがった。縁の破りとられた千円札が、本の下から出現した。

舛城が縁の切れ端を、恵子がスマホの画像を持ち寄った。番号はすべて同一だった。紙幣の破られた縁に、切れ端を合わせてみる。ぴたりと一致した。

浅岸は目を丸くした。「びっくりだ」

恵子が難しい顔になった。「いまやることじゃないけど」

すると飯倉が居住まいを正した。「あのう、舛城さん。沙希は話をきいてもらえないので、わかるように実証したのだと思います」

舛城は沙希を見つめた。「どういうことだ?」

斜に構えて座っていた沙希が、やれやれという態度でつぶやいた。「紙幣が消えて、本の下に移動したように見えたでしょ。でもそんなことあるわけない。消えたはずの紙幣はこっち」

沙希は膝《ひざ》の上から、小さく折りたたまれた紙幣を取りあげた。

浅岸が腑に落ちないようすできいた。「番号は?　切れ端との断面も一致したんだけど」

と思う？」するると沙希は軽く鼻を鳴らした。「その切れ端、ほんとにこの場で破りとった物だと思う？」

「ああ」舛城はようやく沙希のいわんとすることが理解できた。「たしかに縁を破ったが、切れ端はすりかえたんだな。あらかじめ用意してあったのを渡した」

「そう。さっき前もって本の下に隠した札の切れ端」沙希はチュニックの襟もとから、もうひとつの切れ端を取りだした。「わたしが破ったのはここにある」

恵子がきいた。「番号は？」

「書き加えた」沙希が頬杖《ほおづえ》をつき説明した。「銀行で一万円札を両替すると、たいてい千円札十枚が連番ででてくる。下ひと桁《けた》の1を取りだして、ボールペンで加筆して4にする。これで同じ番号のできあがり」

浅岸がボードから紙幣を剥《は》がした。「たしかに下ひと桁が4だ。加筆の跡はないな」

当然だ。沙希の消したほうが、番号に書き加えた紙幣だったのだろう。舛城はホワイトボードの記述を眺めた。「塩尻の交番に届いたのは、千円じゃなく一万円札だ。それも一枚の下ひと桁は0だが」

沙希はぶっきらぼうに応じた。「わかるでしょ。下ふた桁が40。預金の百万円を新札でおろせば、下ふた桁が00から99まで揃う。10に加筆すれば40のできあがり。一万円札の場合、3の形状も千円札とちがって、書き足せば8に見える」

舛城は納得せざるをえなかった。「暴走族のテンプラナンバーと同じ仕組みか。自営業者らのもとで増やしてみせた紙幣のなかに、書き加えた紙幣を混ぜておいたんだな。主犯は自営業者らが番号をメモるのを予測してたんだ」

浅岸が真顔になった。「クルマの破片もいまのと同じですね。吉賀はあらかじめ無関係の人間が所有する同じクルマを探しだし、ウインカーランプを壊したうえ、その破片を持っていた。検問を突破する際に、わざとそれを落としていった。甲府に住む会社員のクルマと破片がぴったり合うはずです」

鑑識が断面を詳細に調べれば、検問突破とは時間差があったことが、いずれは判明したかもしれない。しかしそれ以前に、捜査はおおいに攪乱《かくらん》される。長野方面を重点的に調べることになっただろう。巧みな陽動だ。ひっかからなかったのは、沙希のマジックのおかげだった。

恵子が咎《とが》めるような目を沙希に向けた。「手品が終わったのに千円札は破れたまま。マジシャンならくっつけられないの？」

沙希はしらけたような顔で応じた。「それをやるなら下ふた桁を44にしとかなきゃ。同一番号が四枚も作れるから、破れた札も元通りにしてみせられる」

「あなたね、それは手品でそう見せられるってだけの話でしょ。この破った紙幣をどうするの」

「セロテープで補修すると光沢を放つけど、メンディングテープなら目立たない。貼り合わせればふつうに使えます」

「同じ番号二枚の千円札を？」

「気になるなら銀行へ持って行けばいいんです。新しい札に交換してくれるし、貼り合わせられた札は破棄されます。落書きもその時点で問題なくなる」

「紙幣に落書きすること自体が罪……」

「ならないってば」

飯倉がまた同意をしめした。「日本銀行券は貨幣損傷等取締法の対象外です。国立印刷局も、法令上ただちに違法な行為とはいいきれないって見解をしめしています」

恵子は憤りのいろを浮かべた。「どういう指導をなさってるんですか。手品だからってお札を破っていいなんて、子供に教えることですか」

「私は」飯倉が首を横に振った。「手品については、ほとんど詳しくありません」

沙希がため息まじりにいった。「こんな手品、もうとっくに廃れてる。誰もやんないって。あげ足をとるばっかりの世のなかだし。テレビどころかユーチューブですら炎上するでしょ」

「なら」恵子が不満げにうったえた。「いまもやるべきじゃなかったでしょ。まして警察官の前で」

「話をきいてくれてれば、実演せずに済んだんだけど」

「千円札の番号に書き加えたのは、いまじゃないでしょ？　前もってそういう準備をした千円を持ってたのよね？　吉賀の犯行について説明したばかりなのに、おかしくありません？」

「いつでも即席手品ができるように用意してあるの。番号が同じ千円ぐらい持ってる」

「ついさっき廃れた手品といってなかった？」

「破るのはね。番号を同じにした千円は、破らなくても瞬間移動のマジックとか、いろいろ使えるの」

「お札に落書きするのが習慣化してるの？　違法じゃなくても褒められたものじゃないでしょ」

「わたしの場合はボールペンじゃなくフリクションペンで加筆してる。千円札を使うときには消してるからだいじょうぶ。誰にも迷惑はかけてない」

「フリクションペンのインクは消しても、氷点下十度以下でまた浮かびあがってくるの。お札が真冬の雪国にまわらないとは限らないんだし……」

舛城は両手をあげてみせた。「そのへんにしてくれ。沙希、礼をいうよ。おかげで無駄足を踏まずに済んだ。警察官とあろうものが、マジックに翻弄《ほんろう》されるところだった」

浅岸が地図を指さした。「長野方面が攪乱だとすると、おそらく……」

「そうだな」舛城はつぶやいた。「各地の緊急配備をそう易々と突破はできん。遠方に逃げおおせたと見せかけて、実際にはまだ都内近郊だろう」

気を呑《の》まれるほどの脅威になりつつある。マジックそれ自体ではない。巷《ちまた》のマジシャンは、売っているタネをそのまま演じるだけだ。詐欺師になる応用力など備わっていない。だが沙希は別だった。逃走犯の偽装を看破しえたのは、同じ発想の持ち主だからだろう。飯倉に育てられたがゆえか。

舛城は飯倉に声をかけた。「ちょっときてくれ」

飯倉は立ちあがると、黙ってついてきた。

ふたりで廊下にでた。舛城は飯倉にきいた。「おまえ、あの子の里親だってな」

「沙希の目の前で私を逮捕したのに、知らなかったっていうんですか」

「ああ、知らなかった。捜査ってのは分担作業だ、俺はおまえしか眼中になかった」

するとゆ飯倉は小さく鼻を鳴らした。「まあ、いいでしょう。沙希も当時のことはすっかり忘れているみたいだから」

「いまでも沙希は、おまえを親代わりに慕ってるわけか」

「いえ。それほど愛情は感じませんね。あの子は大人びている。私のことも、立身出世のための足がかりとしか見なしていないはずです」

「ずいぶん寂しい話だな」

「私としちゃ、それで本望ですが」

「吉賀のマジック・プロムナードやソーサリー・エージェンシーを買収したのも、沙希の将来を考えてのことか」

「まあ、そんなところです」

「ずいぶんとやさしいんだな。心中した沙希の両親に、よほどの罪悪を感じていたわけか」

飯倉の表情が険しくなった。「だとしたら、なんです？」

「おまえは詐欺で何十億円も稼いだ。心中に追いこまれた被害者は、沙希の両親だけじゃなかったはずだ」

「舛城さん」飯倉がため息をついた。「私が当時知りえたのは、沙希の両親の死だけだった。そのことに心を痛め、ひとり残された娘の里親を希望したんです。ほかの被害者にまで考えは及ばなかった」

「そんなに自分のしでかしたことを悔いていたのなら、どうして出頭しなかった？」

「沙希がふたたび独りになる。そうさせたくはなかったからです」

「親心だってのか？　筋が通らねえ話だ。児童福祉法の規定により、里親は罰金刑以上の罪に処せられたことのない者が選ばれる。おまえは犯罪者なのを自覚していただろう。なのに沙希の里親になった」

「法には背いてません」

「里親に選ばれた当時、おまえの犯罪が発覚していなかっただけだ」

飯倉は冷静にきいてきた。「舛城さんには、お子さんがいましたね」

「ああ。ひとりな。娘だ」

「ならおわかりでしょう？　私はあの純真無垢《むく》な少女に出会って、自分の罪深さを知ったんです。なら出頭したはずだとあなたはいう。しかし私には、その道は選べなかった。卑怯《ひきょう》者と思ってもらって結構。私はただ沙希の世話をすることが、亡き両親への供養になると思ったんです」

「おまえにはもう、里親としての責任も義務もないはずだ」

「それもわかってます。でも刑務所をでたあと、リフレ・チェーンのほうもうまく軌道に乗ったのでね。今度こそ真っ当に、彼女のために役立てると思ったんです」

「沙希の足長おじさんになったわけか。だが沙希のためになっているといえるのか。食えないとわかってる業界に身を投じさせるなんて、保護者気どりにしちゃ酷《ひど》くないか。沙希もあまり幸せそうにみえないけどな」

「いえ。沙希が自分で、絶対に辞めたくないといってるんです。少なくともプロになるまでは、下積みだと思って頑張るといってました」

下積み。そんな言葉を口にする十五歳は数少ないだろう。とはいえ、あながち嘘とも思えない。

舛城はつぶやいた。「中卒でマジシャンか。沙希はなんでそんな道を選んだ？」

「わかりません。きいても、なにも答えないのでね。あの子は口数が少ない」

飯倉がまっすぐに舛城を見つめてきた。澄んだまなざしだった。だがもとより詐欺師の目は澄んでいるものだ。

近づいてくる靴音を耳にした。舛城が振りかえると、見慣れた中年の顔が近づいてきた。「舛城さん。ちょっといいか」

生活経済係の水口和弘《みずぐちかずひろ》警部補だった。経済犯罪の分析を担っていて、係長の役職にある。舛城にとっては古くからの知り合いだった。

「なんだ?」舛城はきいた。

水口は飯倉を一瞥《いちべつ》してから、舛城に向き直った。「きのうの事件だがな。詐欺での立件はあきらめたほうがいい」

舛城はドアを開けた。「なかで話そう」

室内では沙希が、浅岸や恵子を相手に、コインマジックを披露していた。ふたりの巡査はすっかり感心しているようすだった。

ドアを閉めてから、舛城は水口にきいた。「立件をあきらめろとはどういうことだ」

「これは詐欺や、広義での経済犯罪に該当しない」水口は淡々と説明した。「窃盗だ。3係の仕事だよ」

「きみの判断か」

「いや。俺の仕事は、犯罪行為における被疑者の利益の算出だ。判断するのは上さ」

「その算出結果とやらをきこうか」

「カネが倍増する恩恵にあやかった自営業者に対し、吉賀容疑者が投資した額の合計が八億一千百六十四万円。ゆうべ区民センターに集まったカネは七億二千二百四十三万円。計画的犯行だとしても、事前に投資した金額と比較し、約一億円もの赤字がでている計算になる」

「赤字だと？」

「なんら利益がでていないがゆえ、詐欺を被疑者の犯行目的と見なすことは難しい。そこで状況から明白になっている窃盗および殺人未遂のみ、立件するのが妥当と判断された。ま、そういうことだ」

水口が舛城の肩を軽く叩《たた》き、ぶらりと部屋をでていく。

苛立《いらだ》ちが淀《よど》のごとく心に溜《た》まりつつある。舛城は黙りこんだ。犯行目的が理解不能だ。吉賀は損益分岐点すら見極められなかったのだろうか。

飯倉が呼びかけた。「舛城さん」

「なんだ」

「そのう、蛇の道は蛇と思ってもらってもかまわないんだが」飯倉はためらいがちに告げてきた。「被害に遭ったのは自営業の連中だといってましたね？　カネが倍に増える奇跡を歓迎したからには、当初から現金に飢えていたってことでしょう」

「ああ。クレジットカードやサラ金からは閉めだされ、闇金融に手をつけてる奴ばかりだ」

「ならそういう連中が、ここしばらく返済をどう考えていたか、察しもつきますね」

濃霧がふいに晴れたかのようだった。そのとおりだと舛城は思った。「闇金融なんて契約があってないようなもんだ。客の羽振りがよくなれば業者のほうも、いちいち返済せずにしばらく借りてくれと、うわべだけは愛想のいい顔をするにきまってる」

「ええ」飯倉が見つめてきた。「業者にとってはそうしないと、ちっとも利息がつかず、儲《もう》けもでないですから」

「カネが倍になると信じちまった以上、連中の金銭感覚は根底から崩れている。返済の手続きをとる手間を渋り、借金を借りっぱなしのまま放置した可能性が高いな。ところが儲けをすべてかっさらわれた今になって、返済の義務が生じる」

「一年も放置しましたからね」飯倉が微笑した。「トイチで借りてれば莫大《ばくだい》な金額になります」

「トニやトサンならなおさらだ」舛城は飯倉にきいた。「吉賀と闇金融がグルだな？」

「おそらく」飯倉は同意をしめしてきた。

「おまえの紹介じゃないだろうな」

「勘弁してくださいよ。私はもう足を洗ったんです」

「吉賀ってやつは、マジシャンとしての経験はあるのか。ずいぶん派手な演出を心がけてやがる」

「きいた話では、若いころはそこそこ活躍したマジシャンだったとか。まあ話半分にきかなきゃなりませんがね。どうもマジック業界の連中は、法螺《ほら》話が好きなようだから」

吉賀の犯行は常に大胆かつ挑戦的だった。劇場型犯罪でマスコミを騒がせることで、マジシャンとして大成できなかった鬱憤《うっぷん》を晴らすつもりか。

沙希が歩み寄ってきた。「舛城さん。わたし、これからも協力できますけど」

未成年者を巻きこみたくない。だが無下に断れば沙希のプライドを傷つける。沙希はそんな少女だった。

「ありがとう」舛城はひとまず礼を口にした。「もしきみの知恵を借りたいことがあったら、連絡するよ」

「吉賀さんの行方を追うつもりでしょ？　わたしなら、吉賀さんが次にどんな手でくるか予想できるかも」

「そうだな。だから協力してもらうときには、こちらからきみの施設に電話を……」

「わたし、もっと積極的に関わりたいの。犯罪捜査に」

戸惑いに満ちた沈黙が室内にひろがった。

舛城は沙希にきいた。「捜査に関わる？　なぜだ？」

沙希が真剣な面持ちで応じた。「吉賀さんがマジックのタネを犯罪に利用してるのなら、警察はそれを暴くんでしょ？」

「ああ」

「暴いたらそれを、記者発表するわけでしょ？」

「まあ、そういうことになるな」

「それが困るの。マスコミって、平気で手品のタネをばらすじゃない。ギミックコインの製造業者が捕まったときにも、ニュース番組のキャスターがドヤ顔で百円玉にタバコを通して、仕掛けを暴露しちゃってさ」

浅岸が苦笑した。「そういうこともあったらしいね。複数のプロマジシャンが連名でテレビ局を提訴したそうだけど」

「そう」沙希の目が鋭く光った。「刑事さんたちはそのこと、どう思ってる？」

恵子が投げやりにいった。「タネ明かしはほかでもおこなわれてるから、報道だけが原因で財産的価値が低下したとはいえない、よって訴えを却下。それが裁判所の判断だったはず。法に抵触するタネを使うほうが悪いでしょ」

「やっぱりね」沙希は醒《さ》めた顔になった。「わたしたちにとって、タネは死活問題なの。刑事さんにはそのことがわかってない。だからわたしが捜査に協力する代わりに、記者発表していいタネかそうでないかを吟味してあげるからさ、公表するにはそれを踏まえてほしい」

舛城は半ば呆《あき》れながら沙希を見つめた。「おいおい！　きみは警察の情報開示に関与しようってのか？　前代未聞だよ」

飯倉が落ち着いた声を響かせた。「舛城さん。株のインサイダー取引などの摘発では、情報の公開に慎重になるでしょう？」

「まあたしかに、専門家の知識を仰ぐことはあるけどな」

「沙希はマジックの専門家です。しかもすでに事件捜査に関わっています。彼女の意見に耳を傾けるのは、誤りでないと思いますが」

浅岸も恵子も無言を貫いている。弱りきった、あるいは苦りきった沈黙に思えた。

むろん舛城も同感だった。こんなふうに自分を売りこんでくる少女に、警察はどう対処すべきだろう。

17

舛城は沙希を連れて牛込神楽坂《うしごめかぐらざか》の繁華街を歩いていた。

夜もまだ早い、酔っぱらいのだみ声も聞こえてこない。会社帰りのスーツ姿や学生らしき若者の往来がある。十五歳の少女を連れて歩くには、ぎりぎりの時間帯といえるかもしれない。

いや、実のところ問題にちがいなかった。非公式ながら少女を捜査に協力させるなど、法に抵触せずともモラル違反だ。刑事としては最低の判断だろう。

するとと沙希が、まるで心のなかを読んだかのようにいった。「そんなに不安がらないで。施設の所長も了承したわけだから、保護者の認可を得て働いてるのと同じなんでしょ」

「都合よく解釈すればな。だけどな、沙希。なぜそんなに捜査に協力したがる？　警視総監賞なんて、たいして儲けにもならんよ」

「へえ。いくらぐらい貰《もら》えるの？」

「表彰状と紅白餅《もち》のほか、金一封は最大でも五万円ぐらいだ」

「五万かぁ。わたしには充分かな。それだけあればハイテクマジックの道具も買えるなぁ。磁気センサーで隠した宝石の場所がわかるやつとか」

「ひょっとして、プロマジシャンになるための足がかりと考えてるんじゃないだろうな」

「だったらなに？　事件解決して有名になったら、マジシャンとしての地位もあがるかもしれないじゃん」

「やめとけよ。だいたい、どうしてそこまでしてプロマジシャンになりたい？　顔を売る仕事ならほかにもあるだろ」

「たとえば？」沙希がきいた。

「アイドル・グループのオーディション受けたりしないのか。うちの娘は、坂道に行きたいというから、裏通りの勾配に連れてったら、これじゃないとか怒りだしたが」

「そんなの、もっと可愛い子がやることでしょ」

「きみは充分、そのう」舛城は口ごもった。沙希のルックスに問題はないが、褒めるのは苦手だった。

沙希はため息をついた。「お世辞はいいの。それにアイドルはいまじゃ数が多すぎて、お金持ちの家の子じゃないと売れない。小さいころから楽器やダンスを習ってなきゃ、とてもついていけない」

「きみはそうじゃなかったのか」

「わたし、小さいころ親に手品グッズ買ってもらって……。それだけ。なぜかそここ使いこなせるようになったんだよね。暇だったから、ほかにやることがなかったからかもしれないけど。それ以来、人前で誇れる特技といったら、マジックだけ。やればとりあえず人をびっくりさせられる。関心を向けさせられる。だからやるの」

「マジックはあくまで趣味にしておいて、ほかの職業に就くことも考えられるだろ？」

「ほかのって？　いまから新しいことに手を染めたんじゃ、後《おく》れをとるじゃない」

「まだ十五だろ。これからだよ」

「もう十五なの。わたし、負けたくないし。できることっていったら、これしかないし」

「いかがわしいショービジネスに首を突っこまなくても、ユーチューブで実演を配信したらどうだ？　きみなら視聴回数も伸びるだろ」

「やってみたけど全然だめ。コメント欄に粘着して、毎回タネ明かしを書きこむ奴とかいて最低。やっぱメディアで有名にならないと、配信なんか観てもらえない」

「どうしてもその道でいくのか」

「そう。どうしても」

舛城は黙るしかなかった。世間知らずのひとことで片付けるのはたやすい。だがどう説得しようとも、少女の決心は揺るぎそうになかった。

沙希が吉賀のトリックのいくつかを見破ったのは明確な事実だ。なにより菅井課長が意外にも、沙希をオブザーバーとして同行させることを認めた。これは公務だ。彼女をひとりで帰らせるわけにもいかない。

吉賀は現在も逃亡中だ。再犯を防ぐためにも、マジックを利用した詐欺を看破しうる専門家の目が必要になる。沙希が適任であることも否定できない。

しかし沙希の里親は、元詐欺師の飯倉だった。釈然としない。沙希はどれぐらい飯倉の影響を受けているだろう。道を踏み外したりはしないだろうか。

そもそも飯倉が沙希に親身になっているのには、なにか理由があってのことではないのか。

舛城は沙希にきいた。「飯倉はきみに対して、父親らしく振る舞ってるか？　おかしなことはしでかさないか？」

「おかしなことって？」沙希はさらりとたずねかえした。「援交とか？」

「そういうわけじゃないが……」

「ねえ」沙希はいたずらっぽく笑った。「たぶんわたしたち、そう見られてるかも」

「馬鹿をいえ」

「ご心配なく。飯倉さんとは日曜に会って、お昼をごちそうになるだけ。お父さんみたいな人っていえば、そうなのかな」

「小遣いとかはくれないのか」

「くれるっていったけど断った。だってわたし、ちゃんとお仕事があったんだし。しかもその職場は、飯倉さんがオーナーでしょう？　お給料以外のおカネを受けとったら、ほかのアルバイトの人たちに悪いじゃない」

案外しっかりしている。ただ背伸びしているだけではないようだ。心も相応に早熟だった。しかしだからといって、手放しで自立を認めるわけにはいかない。

目的の店が見えてきた。スナックとパチンコ店の狭間《はざま》、細い雑居ビルの入り口わき。〝新国金《しんこっきん》ローン〟と記された看板がある。壁に無造作に貼りつけられたチラシに「五十万円まで無審査、自社貸付」と記されていた。その下に小さく「一万円を毎日わずか二十五円の利息で貸付ＯＫ！」とも併記してある。

わずか二十五円と少なく思わせているが、計算すれば年利九十パーセントの高利貸しだ。しかもおそらく、業者の実態はそんなものではないだろう。

舛城はスマホをとりだした。一八四を押して非通知にしてから、チラシに記載されている番号にかける。

呼び出し音三回で相手がでた。野太い声が応じた。「はい」

店名を告げないのは闇金融の業界では当たり前のことだった。舛城はいった。「広告を見たんですが」

「いくら借りたい」と相手がきいてきた。

「五十万」

「五十万ね。ま、うちも五十万までなら無審査でやってるからね。とにかく、事務所のほうにきてよ」

「うかがいます」舛城は電話を切ってから付け加えた。「いますぐにな」

「刑事さん」沙希がきいた。「ここは？」

「吉賀の共犯と思われる闇金融業者だ。カネが倍になると思いこんだ自営業者たちは、みんなここでカネを借りていた。事前に売りこみがあったんだな。いまは吉賀に全額持ってかれたために、くだんの自営業者らは泡を食ってる。ここへの返済義務が残ってるからな」

「わたしはなにをすればいいの？」

「それがな。どうもこの店は、カネを借りさせることについて、とんでもない魔力を秘めてるらしい。いかにカネに困っていても、闇金融にはなかなか手をだせないのがふつうだが、ここを訪れた連中はほとんどが即金払いを求めてる。吉賀の息がかかってる以上、なんらかのトリックがある可能性が高い」

「それを見破れって？」

「できたらな」舛城は階段に足をかけた。「行こうか」

「ちょっとまって」沙希がいった。

舛城は振りかえった。「どうした」

沙希の目が、舛城の胸もとに向けられていた。「そのネクタイ。どこで買ったの？」

「これか？　女房にプレゼントされたものだが」

沙希はやれやれといった顔をして、舛城の喉《のど》もとに手を伸ばした。十五歳とは思えない器用な指先が、するりとネクタイの結び目をほどいた。「このネクタイ、プラダでしょ？　おカネに困ってる人が身につけてるわけない。その腕時計も外して」

「そうか、気がつかなかったな」舛城はいわれるままにネクタイと腕時計を取り払い、ポケットにしまいこんだ。「女房以外の女にネクタイを外されたのは、これが初めてだ」

沙希は笑った。「奥さんに報告する？」

「いや。遠慮するよ。殺されかねないんでね」

舛城は階段を上りだした。沙希には観察眼の鋭さと知識も備わっている。末恐ろしい十五歳だった。飯倉の教育の成果とは思いたくない。

沙希は狭く急な階段を上った。先行する舛城の後ろ姿を見上げた。飯倉よりも大きな背中がある。かすかに記憶に残っている父の背が、ぼんやりと思い浮かんだ。

こみあげてくる依存心を自覚し、沙希はその思いを打ち消そうとした。やさしくしてくれる大人に出会うたび、肉親と同一視したがる。内なる甘えの感情でしかない。大人の側にそんな気はまるでないことを、いい加減に納得すべきだ。心を通わせようと歩み寄ったところで、ただ利用されるだけでしかない。

舛城が立ちどまった。「ここだな」

踊り場に面したドア一枚。〝新国金ローン〟のプレートが貼りつけてあるほかには、なんの装飾もない。舛城はドアを押し開けた。

驚いたことにフロアには大勢の人間がいた。靴脱ぎ場は履物に溢《あふ》れている。その向こうはフェルト張りの床で、中高年の男女が列をなしていた。会話はなく、ただ黙々と並んでいる。比率は男のほうが圧倒的に多いものの、赤ん坊を抱いている女もいた。列の行く手は、奥に見える開放されたドアだった。隣りの部屋へとつづいているようだ。

日焼けした顔の男が近づいてきて、舛城に目でたずねた。

舛城は男に告げた。「カネを借りにきたんだが」

男が応じた。「靴を脱いで、列に加わんな。待ち時間は、さほどでもねえよ」

ふたりで指示に従う。列に並ぶと、男は離れていった。

初めて見る光景に、沙希の自信は揺らぎだした。大見得をきったものの、大人たちの世界を熟知しているわけではない。むしろ知らないことばかりだった。

沙希はささやいた。「なにもわからないかも」

「だいじょうぶだよ」舛城が小声で応じた。「中野坂上でもそうだったじゃないか」

「あれはドッキリって振れこみだったから、トリックもこれ見よがしだったでしょ。だけどもっと複雑な状況に埋もれてたら、わたしなんかじゃ気づけないかも」

「どうかな。吉賀はむしろ、これ見よがしなやり方を好んでるんじゃないかと思う。

いわゆる劇場型犯罪ってやつだ」

「劇場型？」

「世間の注目を集めることを目的のひとつとする犯罪だよ。犯行声明なんかもそこに含まれる。吉賀は声明こそださないが、マスメディアに取りあげられるのを狙ってる気がする」

「お昼のワイドショーで報じられるみたいな？」

「まさにそうだ。マジックに基づいてるだけに、謎も不可解で話題になりやすい。その謎を解いた人間がいるとすれば一躍、時代の寵児《ちょうじ》だろうな」

「じゃあ頑張る」沙希は軽い口調でいった。

ふいに怒鳴り声が、沙希の耳に届いた。ずいぶん明瞭《めいりょう》にきこえる。壁と思っていたが、じつはパーティションにすぎないようだ。広いフロアを間仕切りで分割してある。

沙希はパーティションの隙間に気づいた。向こう側が覗《のぞ》ける。

事務用デスクがふたつ並んでいた。受付カウンターの体をなしている。いかつい顔つきの屈強そうな男たちが、それぞれデスクにつき、客と向かいあっていた。どちらの客も萎縮《いしゅく》しきっている。ひどく哀れな姿に見えた。

沙希にはわからないことだらけだった。「ねえ舛城さん。ここ、おカネを借りにくるところなの？　ネットで広告を見かける、なんとか信販とかそういうの？」

「それは街金だ。表の業者だよ。大昔はサラ金といった。三十年前にサラ金規制二法が施行される前は、表も裏もなく、みんな高利貸しの悪徳商売だった。いまは表と裏にわかれてる。ここは裏の業者ってわけだ。まあ、くわしいことは知る必要はない。きみの歳ではな」

「子供扱いしないでよ」

「しっ」舛城が制してきた。「なにか喋《しゃべ》ってるらしい」

パーティションの向こうから会話がきこえてきた。「十日で二割の利息ですか」

舛城がつぶやいた。「トニか」

沙希はふたたび隙間を覗いた。

男が客にうなずいた。「そう。あなたには二十万円の融資ってことだから、十日に四万の利息がつくわけ」

客がぼそぼそと応じる。「なんか、その、ちょっと高くないですか」

「うちは無審査だからね。あなた、いろんなところから借りまくってるだろ。ブラックリストに載ってると、あちこちまわったところで、片っ端から断られるのがおちだよ」

「ブラックリストですか」

「そう。うちみたいな業界はね、みんな共通のブラックリストみたいなのを持ってる。見せようか」

男はタブレット端末の画面を客に向けた。名簿らしきものをスクロールさせる。

「ほら」男はきいた。「このなかに、あなたの名前ない？」

客はしばし画面を見つめていたが、やがて驚きの声をあげた。「ある」

「だろ？　じゃサラ金からもキャッシングからも弾《はじ》かれちまうだろうな。この名簿は、あらゆるところにでまわってるからな」

客はかなりの衝撃を受けたらしい。震える声でたずねた。「ここでは、貸してもらえるんで？」

「貸すよ」男は引き出しから一枚の書類をとりだすと、客の前に置いた。「ここにサイン。印鑑は持ってきてるね？　それをここに押して」

「免許証、見せたほうがいいですよね」

「いや、いらないよ。あんたを信用する」男は一万円札の束を取りだした。「はい。十六万ね」

「十六万？」客は不満そうにいった。「二十万のご融資をいただけると……」

「最初の十日間の利息は天引きになってるんだよ。だから四万引いて十六万」

「そのう、現金で二十万ないと困るんですが……」

「じゃ、もうちょっと借りなきゃ」男は電卓を弾いた。「二十八万でどう？　それなら五万六千円の天引きで、二十二万四千円を現金で渡せるけど」

「……それでお願いします」

ふいに男の声がきこえた。「お客さん。困りますね」

沙希はびくっとして振りかえった。さっき玄関で応対した男が、いかめしい顔で見下ろしていた。

舛城が割って入った。「ああ、すまん」

男は舛城を一瞥《いちべつ》し、次いで沙希を睨《にら》みつけてきた。沙希はすくみあがった。だが男はなにもいわず、パーティションをずらして隙間をふさぎ、立ち去っていった。

助かった。沙希はほっとしながら舛城にささやいた。「ごめんなさい」

「いいんだ。なにが見えた？　声からすると名簿を閲覧させたようだが」

「そう。タブレットで」

列がゆっくりと進んだ。沙希は舛城とともに歩を進めた。

舛城が辺りを見まわしてから、小声で告げてきた。「どうも変だな」

「なにが?」沙希はきいた。

「業界のブラックリストとやらに、客の名が載ってたんだろ? だがそんなリストが存在するなんて、いままできいたことがない」

「ブラックリストって存在しないの?」

「リストはある。それぞれの業者別にな。でも業界全体のリストなんて、あるわけねえんだ。銀行とサラ金は情報交換しないし、信販会社とサラ金にもつながりはない。銀行だけなら全銀協、サラ金だけならJICC、クレジットの類《たぐ》いならCICと、それぞれ信用情報のチェック機関があるんだが、横のつながりはねえ。あるように世間に思わせてるだけでな。だから銀行やキャッシングで多額の借入金があるなんて、ここではわかるはずがねえ」

「でもさっき、そういう共通のブラックリストを見せてたんでしょ?」

舛城はうなずいた。「ふつう、口先だけのはったりで客を脅すもんだが、本当にリストを見せるとなるとな……。それも客の名前が載ってるなんて、考えられねえ」

「でっちあげのリストかな。事前に免許証かなにかで名前をチェックして、入力しておいたんじゃないの?」

「ああ、最初はそう思った。だがさっき、客は免許証を見せようとしたのに店側が拒んだろ？　事前に免許証を提示したなら、あんなやりとりはないはずだ。面接まで知らなかった客の名前を、どうやってリストに入っているように見せたか……」

またパーティションごしに怒鳴り声が響いてきた。「返せんとはどういうことだ」

「だから」女の声が応じた。「さっきもいったでしょう。返すつもりだったんですけど、きょう銀行にいったら、預金がなくなってて……」

「預金がなくなった？　なんだよそりゃ。あんた、クレジットカードで買い物しまくったんじゃねえのか」

「してませんよ、そんなの。銀行のキャッシュカード、こちらに預けておいたじゃないですか。信用調査だとかいって」

「さあ」男の声はわずかにトーンダウンした。「そんなのは知らねえな」

「キャッシュカード、預かるっていったじゃないですか。それであなたがたが、おカネを引きだしたんじゃないですか？」

「おいおい」男の声に怒りの響きがこもった。「うちが盗みを働いたとでもいいたいのか。キャッシュカード置いてったって、暗証番号はどうやってわかるんだよ。だいたい、うちはカードを預かったりなんかしねえ。もうでてけよ。早くでてけ！」

列に並んでいる大人たちの反応は冷ややかだった。さも他人ごとと言いたげに素知らぬ顔を決めこんでいる。

舛城がしかめっ面で沙希にささやいてきた。「やれやれ。トラブルの多い店みたいだな。もっとも、こっちにとっちゃ好都合だが」

沙希はきいた。「キャッシュカードで信用調査って？」

「ありえないな。女はだまされたんだろう。印鑑を持ってこなかったかなにかで、代わりに身分証明書の提示を求められ、それもなかったから銀行のキャッシュカードを貸せといわれた。ふつうじゃ応じないだろうが、多重債務に苦しむ崖《がけ》っぷちどもの集まるところだからな。妙な要請にも応じちまうんだろう」

「女の人がいってたこと、本当かな。カードで預金を引きだされちゃったって話」

「暗証番号がどうやってわかるのか疑問だが、もし本当ならこの店には、窃盗の容疑もプラスされるってわけだ」

牛の歩みのように、遅々として進まない列に辟易《へきえき》させられる。ただしおかげで時間は充分にある。沙希はこの異常な金貸しのからくりを考えていた。

ブラックリストは存在しないと舛城はいった。ない物をあると見せかける。どうやれば実現できるだろうか。

リストにありそうな名前を並べておいて、偶然客の名前が一致するのをまつ。いや、苗字《みょうじ》か名前のいずれかならともかく、フルネームで一致となると確率は低い。商売にならないだろう。ほかに方法があるはずだ、百パーセントに近い方法が。

列がゆっくりと進んだ。戸口を抜け、廊下に達した。蛍光灯に照らされた短い廊下には、十人ほどが待機している。ところがそれらの人々は、妙な作業に追われていた。クリップボードを手にして、書類にペンを走らせている。

さっきとは別の男がやってきて、舛城にクリップボードを手渡した。「空欄すべてに記入してくれ」

舛城は眉《まゆ》をひそめた。「住所や名前、職場まで書くのか？　無審査だときいていたが」

「もちろん、おたくのプライバシーに立ち入るつもりはないよ。その書類は記入したら、自分で保管しておいてくれればいい。こっちに見せてもらう必要はない」

「じゃ、なんで記入が必要なんだ」

「全額返済したときに提出してもらうのさ。契約書を破棄するために、名前を確認しなきゃならないんでね。とにかく、契約までは名前をきいたりしないから、安心しなって」男は舛城の肩をぽんと叩《たた》くと、立ち去っていった。

舛城は首を傾げた。「おかしな話だな。返済のときに書類を提出しろなんてな。だがとにかく、いまこの紙を見せずに済むんなら、俺の名前は連中にばれないわけだな。

タブレット端末に入力するのも無理だ」

「まって」沙希はいった。気にかかることがある。「それを貸して」

舛城は訝《いぶか》しげにクリップボードを差しだした。

手にとった瞬間、沙希の疑問は氷解した。「なんだ。こういうことだったの」

「どうした。なにかわかったのか」

「ええ、舛城さん。マジシャンがお客さんに数字とか文字とか書かせて、その紙を見もしないで、言い当てるって現象があるでしょ」

「超能力っぽいパフォーマンスだな」

「そう。正しくはメンタル・マジックというジャンル。このクリップボードがそのタネ。メンタル・マジックに必需品の商品で、マジック・プロムナードでも三千五百円で売ってる」

「なに？　これがか」

沙希はクリップボードから紙を外した。

クリップボードは一見木製にみえるが、触れると木目調の壁紙シールが表面に貼りつけてあるだけだとわかる。だがマジックの観客はそこまで注意を払わない。この場でも同様だった。

壁紙シールの縁を爪で起こし、びりびりと剝《は》がしていった。タネの構造は手にとるようにわかっていた。

アクリル製の白い板に、ひとまわり小さめなカーボン転写用紙を置き、その上から板にぴったりのサイズの壁紙シールが貼ってある。ただそれだけの構造だった。原価は二百円に満たない。それが三千五百円で売れる。三千三百円はアイディア料だ。マジック用品の価格は、すべてどんぶり勘定で算出される。

壁紙シールと転写用紙は一体化したまま剝がれた。残る白い板には、舛城が書類に書きかけた記入事項が、くっきりと転写されていた。

舛城が腑《ふ》に落ちた顔でつぶやいた。「これだったか」

「そう」沙希はうなずいた。「書類に名前を書かせて、各自に持たせる。クリップボードは回収する。こっちが列に並んで待たされるあいだに、裏で誰かが壁紙シールを剝がして名前を確認し、パソコンでデータをアップする。あのタブレット端末が同一サイトに接続し、名前の交ざったリストが表示される」

「うまい手だ」舛城がいった。「客は記入内容を店側が知るはずないと思いこんでる。だからタブレットのリストに自分の名が現れてびっくりする」

「それに、見て。この書類にはこんな設問もある。契約内容の問い合わせに必要になりますので、自由にきめた四桁《けた》の暗証番号を記入してください、だって」

舛城が鼻を鳴らした。「なるほどな。いくら紙を見せない前提でも、キャッシュカードの暗証番号を書けといわれたら、さすがに客も警戒する。だが自由に四桁の番号を書けといわれればな。いまの世のなかは四桁の暗証番号だらけだ、キャッシュカードにクレジットカード、スマホの問い合わせ用、運転免許証のICチップ情報用。ばらばらにすると覚えきれないから、ぜんぶ同じ番号にしている人間が多い」

「ええ。ここにキャッシュカードの暗証番号を書きこむ人も少なくないでしょう。そのうえで、さっきの女の人みたいにカードを預けてしまうと……」

「カネを下ろされちまうってわけだ」舛城はクリップボードを眺めまわした。「こんな小道具があるとはな」

「古典的な方法。いまじゃもっと洗練された道具が売ってる。筆圧を感知してデータを画像送信する仕組みのもあるし。でもこれはマジック・プロムナードに売ってる廉価版そのもの」

「ここの連中が同じ仕掛けの道具を作ったんじゃなくて、これ自体がマジック・プロムナードの商品なのか？」

「そう」

「なんでわかる？」

「わたしが内職で作らされたから。壁紙もカーボン紙も素材屋で選んできた。いい出来でしょ」

舛城は苦笑した。「吉賀がこの店に関わってる可能性も高まったわけだ。むろん別の人間がマジック・プロムナードで商品を買ったといえなくもないから、確たる証拠とまではいかないが」

「これからどうするの？」

「まかせとけ」舛城はクリップボードの壁紙シールを、元通りに貼り直した。「こんな詐欺行為は許せねえ。お灸《きゅう》をすえてやる」

沙希は廊下の人々を眺めた。みな黙々と書類の記入をつづけている。沙希と舛城の会話に、耳をそば立てていたようすもない。むしろ聞くまいとしていたかのようだ。無審査で金を貸してくれる、そんな店に否定的な情報など、ここの大人たちには願い下げなのだろう。

さっきの男が現れ、クリップボードの回収を始めた。人々は書類を折りたたみ、大事そうにポケットや財布にしまいこんだ。

舛城もなにくわぬ顔でクリップボードを男に返した。

牛歩が再開した。沙希は舛城とともに列に並んだ。かなりの時間を経て、ようやくふたつ目の戸口を抜けた。

やっとのことで〝新国金ローン〟の窓口にたどりついた。舛城が事務用椅子に腰かけた。沙希も隣りに座った。

接客係は、パーティションの隙間から見たのと同じ男だった。眉を細く剃《そ》っている。ワイシャツの胸もとをはだけ、ネクタイはない。さも悪ぶった態度をしめしている。

男は眠たげな目つきを舛城に向けた。「きょうは、いくら?」

舛城がいった。「五十万お願いしたい」

「十日に二割の利息でどう。それなら担保も保証もいらないし、無審査だし、いま現金持って帰れるけど」

「二割ねえ。十日で十万も利息がつくことになるな。一日一万、ひと月で三十万。そりゃちょっときついな」

「いやならやめときなよ」男は沙希を横目に見た。「このお嬢ちゃんと豪勢にいきたいってんなら、思いきって借りてみなよ」

「思いきるのはいいが、トニの高利貸しと知ってれば、こんなとこには来なかったな」

トニという業界用語をだされたからだろう、男の顔が硬くなった。「あんた、どういう素性の人で?」

「どうって、みんなと同じさ。あちこちで借りて大変な思いをしてる、それだけだ」

「じゃ、うち以外じゃ借りられないってことだな」男はタブレットを取りだし、舛城に画面を向けた。「これは業界のブラックリストってやつだ。よく見なよ。あんたの名前も、きっとあるはずだ」

「ああ」舛城がうなずいた。「あった」

「うちで借りたほうがいいだろ?」

「いや。そうは思わん」

男の眉間《みけん》に皺《しわ》が寄った。「どうしてだ」

舛城は声をあげて笑った。「こりゃいい。ふつう詐欺師の検挙には、長期にわたる内偵が必要だ。なかなか材料が揃わないんでな。ところがおまえの店じゃ、自分たちで証拠を並べ立ててくれる。夢の現行犯逮捕ってわけだ」

「現行犯?」男の顔に警戒のいろがひろがった。「いったいなんのことだ」

「見なよ、このリストを。剛田武《ごうだたけし》って名前があるだろ。気づかねえか? これはドラえもんにでてくるジャイアンの本名だぜ? むろん俺の名前じゃねえ。ただし」舛城は書類をひろげた。「これがなんだかわかるな? さっき廊下で渡されたこの紙に、俺は剛田武と書いておいた。こんな名前、そうあるもんじゃないぜ。記入用紙とでっちあげのブラックリスト。みごとな物証だな。もうなにをいいたいかわかるだろ」

男が顔をひきつらせ硬直した。すると隣りのデスクの男が、跳ね起きるように立ちあがった。

「動くな！」舛城は一喝した。

その声をききつけたらしい、さらにふたりの男が部屋に駆けこんできた。玄関と廊下でそれぞれ見かけた男たちだった。四人は凄《すご》みながら舛城を囲んだ。

舛城は警察手帳をしめした。「まさか殴りかかってくるんじゃないだろうな。詐欺以外にも容疑を増やす気か」

室内の空気が瞬時に変容した。男たちがたじろぐ反応をしめした。一様に怯《おび》えのいろを浮かべている。

隣りにいた客も、ぽかんと口を開け舛城を眺めていた。廊下で待機中の客たちが、なにごとかと覗《のぞ》きこんでくる。

店側のひとりが目を剝《む》いた。「刑事かよ」

「そういうことだ」舛城が正面の男を見つめた。「おまえ十日で二割とかいったな。出資法で定められた法定金利を軽く上まわってるな」

「勘弁してくださいよ。こういうのはうちだけじゃない。知ってるでしょう」

「まあな。だがこざかしいトリックを使って、客を契約に追いこむのは感心できねえな」

「あれは、俺が考えたわけじゃない」

「ほう、誰だ」舛城はたずねた。

男が気まずそうに視線を逸《そ》らした。

舛城は身を乗りだし、男の胸倉をつかんだ。「吉賀欣也はどこにいる」

「知らねえって」男は動揺をあらわにした。「きのうやばいことになったんで、それ以降連絡はとってねえ」

「なら連絡をとろうと思えばとれるんだな？　方法は？」

「刑事さん。頼みますよ、組に迷惑かけるわけにゃいかないんです」

「どこの組かは知らねえが、下っ端だろ。幹部はおまえらなんかトカゲの尻尾《しっぽ》切りに等しい連中と見なしてる。ひっぱられたら見放すだけだ」

男のひとりが仲間たちに怒鳴った。「おい。なにも喋《しゃべ》るな」

舛城は男を引き立てると、壁ぎわに突き飛ばした。「そっちに並べ。応援がくるまでじっとしてろよ。お客さんがたも、いましばらくご辛抱願います」

客たちのざわめきのなか、四人の男たちは観念したらしく、すごすごと壁ぎわに立ち並んだ。

あっけないものだった。舛城がスマホで連絡している。沙希は舛城に寄り添った。

「お見事」沙希は震える声でささやいた。

「こっちの台詞《せりふ》だ。たいしたもんだよ、きみは」

目が合った。沙希は思わず微笑した。舛城も控えめに笑いかえした。

18

夜の牛込神楽坂、〝新国金ローン〟の看板がかかったビルの前に、パトカーの赤色灯が波打っている。制服警官たちが被疑者らをひとり一台ずつ乗せていく。通りには野次馬の人垣ができあがっていた。みなスマホのレンズを差し向けてくる。

舛城は苦々しく思った。動画配信は避けられないだろう。顔が知られると捜査に支障がでるが、昨今の風潮には歯止めがかからない。

人混みを搔《か》き分け、浅岸が駆け寄ってきた。「舛城さん」

「おう。早かったな」

「吉賀について、なにかわかりましたか」

「あてといどのことは、もう連中が自白した。だがちょっと予想に反してたな」

「どういうことです」

「この闇金融が吉賀の相方だと思ってた。自営業者たちにカネを貸す一方、吉賀がカネの倍増するマジックで甘い夢を見させる。そのうえで全額を没収し、自営業者らに多額の返済義務を背負わせる。そんなコンビ技の犯罪かと想像したんだが」

「ちがったんですか?」

「的外れというほどでもないが、同格の共犯ではなかったんだな。この闇金融を営んでたヤクザどもは、カネが倍になるマジックについて、いっさい知らなかったらしい。吉賀からクリップボードの利用法を教授され、いずれ礼金を払う約束になってた、それだけのことでな」

「クリップボード?」

「署に帰ってから説明してやる」

浅岸はパトカーの車列を眺めた。「要するにあいつらは、犯行の全容を知らされないまま、片棒を担がされてたわけですか」

「そうだ。マジック専門店のバイトたちと同様、この闇金融の連中も、吉賀に利用されてた。どうやら吉賀の奴、組事務所や闇金融業者を片っ端から訪ねて、詐欺に使えそうなトリックを売りこんでたらしい」

「もともとマジックのために開発されたタネを、詐欺師たちに売りまわったってんですか。詐欺に使うための実践法つきで」

「そうとも。それぞれの詐欺による相乗効果が、吉賀の利益を生んだわけだ。見てくれはゴリラに近かったが、とんでもない狸だな」

浅岸がビルを見上げた。「ここは吉賀に踊らされてた詐欺師グループのひとつにすぎなかったんですね」

「ほかにもいるんだろう。吉賀から売りこまれたトリックを利用してる詐欺師たちが」舛城はふと気になり、辺りを見まわした。「ちょっとまて。沙希はどこだ?」

群衆のなかに目を凝らすと、野次馬たちの輪のなかに、沙希の姿が見えた。やけに光り輝いている。近くに照明が掲げられているからだ。音声マイクもぶら下がっている。それにビデオカメラ。街角の取材ていどなら汎用《はんよう》型の4Kカメラが使われるが、いま沙希に向けられているのは、肩に掲げるサイズの本格的な撮影用機材だった。スタッフらはうやうやしく沙希に接している。

舛城は人垣のなかに身を捻《ね》じこませた。強引に輪の中心へと近づいていく。

沙希にハンドマイクを向けているのは、見覚えのある顔だった。けさ署内で会った、たしか牧田という名の芸能リポーターだ。

「なにしてる」舛城は怒鳴った。

一同が凍りついた。沙希は目を丸くして舛城を見つめた。牧田の顔には、まだ笑いが留《とど》まっていたが、しだいに表情がひきつりだした。とめてくれ、牧田がカメラにそう告げた。照明が遠ざけられた。

牧田がふたたび笑顔を取り繕った。「舛城係長、けさはどうも」

「こりゃいったいなんの真似だ」舛城のなかに憤りが募った。「沙希。勝手に取材を受けるな」

すると牧田が口をはさんだ。「それは彼女の自由でしょう？」

「あのな」舛城は牧田に向き直った。「この子には任意で協力してもらってるだけだ。しかも未成年者だぞ」

「わかってます。あくまで取材です。百歩ゆずって彼女の仕事と解釈されるにしても、まだ十時前です。問題はないでしょう？」

「捜査に関する極秘事項だ。彼女のためにもならん。顔にはモザイクをかけてくれ」

「モザイク？」牧田は呆《あき》れたようにいった。「舛城さん。周りをよくご覧になってください」

　野次馬たちはスマホで沙希を撮影している。テレビ放送よりネットに動画があがるほうが早い、牧田はそう主張したいのだろう。

　舛城は牧田に詰め寄った。「この大げさな撮影隊はなんだ。報道でも街頭取材でもないだろ」

「綺麗《きれい》に撮ってあげないと、彼女が可哀想じゃないですか」

　芸能リポーターだけに、取材対象を乗せるのがうまいらしい。たしかにさっきまで、沙希もまんざらでもない顔をしていた。

　牧田が愛想よく笑った。「ご心配なく。記者発表の内容と照らしあわせたうえで、問題のない部分のみ抜粋します」

　商売になりそうなネタをつかんだ。牧田の顔には、そんな達成感が見え隠れしている。

　憤慨したところで状況は変えられない。現状では、取材を中止させる法的な根拠は見当たらない。沙希がみずから望んで取材を受けている以上、質疑応答にも介入できなかった。

　舛城は沙希にいった。「早く済ませろよ。向こうでまってるからな」

持て囃《はや》されても舞いあがっていない。沙希はいたって冷静な面持ちでうなずいた。

「はい」

ふたたび沙希に照明が向けられる。大きな瞳《ひとみ》が輝いていた。陽光を受けた花のごとく生気に満ちている。舛城に見せたことのない、一片の曇りもない笑顔があった。

19

報告書の作成を終え、帰宅できたのは夜中の零時すぎ。舛城を迎える者はいなかった。妻はもう就寝している。娘も夜更かししているものの、いつもどおり口もきいてくれない。

さっさと寝るにかぎる。だが妻を起こしたくもない。舛城は午前一時すぎ、ひとりリビングで毛布にくるまり、ソファに横たわった。

朝の番組が気になっているせいか、浅い眠りを漂うばかりで、しきりに目が覚める。まだ夜明けが遠いと知っては毛布に潜る。その繰りかえしだった。

取材を受ける沙希の笑顔が、いっこうに頭から離れない。おかしなかたちで有名にならなければいいのだが。そこだけが気がかりだった。

心配ばかりが募るうち、これは親心という感情ではないのか、そんなふうに思った。実の娘に相手にされない代わりに、沙希を娘のように見なしているのか。愚かしい発想だ。疲労と眠気のせいか、論理的でない思考が働く。本来の親子関係を取り戻すべく、いま娘の部屋を訪ね、話し合いを求めるべきか。それも唐突すぎる。娘にしてみれば突然の過干渉だろう。

いっこうに睡眠が深まらず、何度となく寝返りを打った。ふいにスマホが鳴った。まだ窓の外は暗い。跳ね起きて画面を眺める。署からの連絡だった。

殺人事件の通報があった場合、初動捜査は現場の保存から始まる。黄いろいテープを張りめぐらし、一帯を立ち入り禁止にする。犯人の姿がない場合、交番やパトカーに情報が伝えられ、不審者に対する警戒が強化される。

次いで鑑識員が現場の写真撮影、状況の記録や計測、痕跡《こんせき》の保存を実施。指紋と血痕《けっこん》の検出のほか、遺留品や残留物、足跡を確認。つぶさに証拠を採集していく。捜査1係の刑事らが、周囲の住人らに聞きこみを開始。付近の防犯カメラ映像の収集もおこなわれる。必要に応じ警察犬も駆りだされる。

遺体はまず着衣の乱れ、外傷の有無がたしかめられる。身元をしめす物があれば照会がかけられる。生前、なんらかの捜査対象になっていれば、ここでようやく担当者に連絡がくる。

午前四時、冴《さ》えない頭のまま現着した舛城は、それだけの経緯があったのを理解していた。1係も現場検証をあらかた終えているだろう。自分はただ、事実を知らされるために呼ばれたにすぎない。さほど時間も与えられていなかった。検視医も早めに遺体を搬出したがっているにちがいない。

現場は新宿二丁目の雑居ビル、地下ボイラー室だった。舛城はゴム手袋のほか、ビニール製の靴カバーを履き、アームカバーを身につけた。さらにヘアキャップをかぶる。毛髪を落とさないため義務づけられている。黄いろいテープをくぐると、幅三十センチほどの歩行帯が敷かれていた。そこから踏みださないよう、慎重に歩いていく。

遺体が放つ特有の酸っぱいにおいが漂う。非常灯のみが照らす暗がりで、舛城は1係の知り合いに声をかけた。「香取《かとり》」

「おう」香取はにこりともせず応じた。「舛城。来たか」

「ホトケは？」

「その隅だ。消火栓の陰になってる」

舛城は奥をのぞきこんだ。床を覆うシーツは、死体の体積だけ浮きあがっている。

「見ていいか」舛城はきいた。

「どうぞ」

朝っぱらから憂鬱《ゆううつ》な気分だ。舛城は床にしゃがみ、シーツをまくった。

すでにきいていたが、実際に死体をまのあたりにすると、愕然《がくぜん》とせざるをえない。銀座の小劇場で会った中年男。ゴリラのような鼻の低さ。吉賀欣也に相違なかった。

皺《しわ》だらけのスーツを羽織り、だらしなくワイシャツの襟もとをはだけている。銀座の小劇場で会った中年男。

無残な姿だった。首筋は血にまみれている。ロープが巻きつき食いこんだ痕《あと》があった。さらに無数の引っかき傷ができている。

舛城はつぶやいた。「吉川線《よしかわ》か。ロープを外そうとして、喉《のど》もとを掻《か》きむしったな」

「そう」香取が見下ろした。「自殺に見せかけた他殺の疑いがあるってことよ」

「犯人はロープを天井のパイプにかけ、吉賀を引っぱりあげたわけだ。腕力に自信のある奴じゃねえと無理だな」

「ここに吉賀が長く潜伏してた痕跡はない。午前一時半、このビルの前で防犯カメラに映ってる。そのあとボイラー室に降りてきて絞殺されたわけだ」

「人目を避けて誰かと密会する約束があったんだな。それでここを訪ねた。ほかに理由は考えられねえ」

ものいわぬ死体となった吉賀を、舛城は眺めた。都内のあらゆる詐欺師にマジックのタネを売りまわった、一連のマジック詐欺の主犯と目された男。スーツは粗末なままだった。とても大金をつかんだとは思えない。

すべてを牛耳っていた真犯人は別にいるということか。やはり最も可能性の高い被疑者は、飯倉義信になる。

そのとき浅岸の声が呼びかけた。「係長。ちょっといいですか」

黄いろいテープの外で、浅岸が手招きしている。舛城は路側帯を戻っていった。

「どうした」舛城はテープをくぐりながらきいた。

「こちらへ」浅岸は通路にでた。階段をあがり、一階の管理人室に先導していった。

舛城はヘアキャップと手袋を脱ぎ、後につづいた。部屋に入ったとき、浅岸がテレビを指さした。

映っているのは日没後の繁華街だった。牛込神楽坂、昨晩の現場だとわかった。新国金ローンが入っていた雑居ビル前、大勢の取り巻きのなか、インタビューを受けている少女がいる。里見沙希だ。

舛城はリモコンを手にとり、ボリュームをあげた。

「では」牧田の声がきこえてくる。「中野坂上にある区民センターの事件を解決したのも、あなただったということですね」

沙希は戸惑いがちに応じた。「解決っていうか、マジシャンには特有のものの考え方があって、その筋道で考えたら、たまたまそれが真実だったというだけで……」

「でもきょうこの闇金でも、事件解決に貢献したんですよね？　警察に協力を依頼されたんでしょう？」

「わたしのほうから、お役に立てればと思って願いでたんです」

「闇金業者はマジックのタネを応用して、客の名前を読みとっていたわけですよね？　まったく恐ろしいことです。いったいどんなトリックだったんですか？」

「タネを明かすわけにはいかないんです。多くのマジシャンに迷惑がかかりますし」

牧田はカメラに向き直った。「いやしかし、警察が手をこまねいている難事件を、十五歳の少女がひとりで次々と解決に導いているとは、まったく驚きです」

画面の隅に表示されているテロップに、舛城はようやく気づいた。〝天才少女マジシャン　凶悪詐欺事件を続々解決〟

ふしぎなものだった。テレビの画面を通すと、カリスマ性を備えた特殊なキャラクターに見えてくる。いや、カリスマ性なら最初から彼女のなかにあった。テレビという媒体はそれを、極端なまでに増幅させる。

素早いカットの切り替わりは、まるでミュージックビデオのようだった。沙希をとらえた映像が次々と画面に現れた。

散歩中の沙希。ファーストフードでハンバーガーを食べようとする沙希。駅のホームにたたずむ沙希。ナレーションがかぶった。「里見沙希ちゃんは現在十五歳。夢は世界で活躍するプロマジシャンになることだそうです。現在も、先輩マジシャンである出光マリさんのショーで助手をつとめているとのこと。銀座アイボリー劇場、夜八時から……」

「なんだ?」舛城は思わず声をあげた。「報道番組のくせに、ごていねいに営業活動の告知までついているとは。こんなものいつ撮った?」

浅岸がため息まじりにいった。「あの牧田ってリポーターが尾《つ》けまわしたんでしょう。もう接触してたのかもしれません」

すると、沙希が捜査協力を申してでたのもそのせいか。牧田にそそのかされて、自分の名を売る絶好の機会と踏んだのか。

「まずいな」舛城は唸《うな》った。「マジック詐欺の黒幕は吉賀じゃなく、ほかにいる可能性が高い。タネを見破って事件を未然に防いでいるなんて、マスコミで公言したら……」

「ええ」浅岸がうなずいた。「彼女の身が危険です」

ただしそれは、主犯が第三者だった場合の話だ。黒幕が飯倉なら、すでに事情のすべてを把握している。だとしたら飯倉は、沙希をどうするつもりだろう。沙希の亡き両親への償《つぐな》いだと飯倉はいった。けれども詐欺師の言葉には、信憑性《しんぴょう》などかけらもない。

舛城は部屋をでた。沙希をほうってはおけない。身に迫る危険という意味以外でも。

20

銀座和光《わこう》の時報が響いてくる。午後七時だった。舛城は銀座アイボリー劇場へと昇るエレベーターに乗りこんだ。

いちおうテレビでの告知があったとはいえ、ここは銀座だった。新宿や渋谷《しぶや》ならいざ知らず、あのていどでは人も集まらないだろう。

エレベーターの扉が開いたとき、舛城は見当ちがいを痛感した。

耳に飛びこんできたのは喧騒《けんそう》だった。次いで熱気が全身を包みこむ。群衆がひしめきあい、座席が見えないほどの混雑ぶりだ。老朽化したビルだけに、空調も正常に作動しているか疑わしい。酸欠になるのではと不安がよぎる。にもかかわらず会場を埋め尽くした人々は、危険など微塵《みじん》も感じていないようすだった。連れだって来場した客が多いのか、談笑する声が渦となって響き渡る。ときおり弾《はじ》けるようにあがる甲高い叫びもある。

沙希と同じく十代の若者が中心になっていた。男女の比率はほぼ半々、銀座のさびれた小劇場という印象はどこへやら、渋谷のクラブかライブハウスのような様相を呈している。

近づいてくる人影があった。牧田だった。上機嫌そうに笑いながら牧田がいった。「どうも、舛城係長。こんなところにおいでとは」

「こっちの台詞《せりふ》だ」舛城はうんざりしながら応じた。「見ちがえるような盛況ぶりだな。テレビの力ってわけか」

「とんでもない。アイドル歌手のイベントにさんざん告知を打ったのに、集まったのは十人足らずなんてことはざらです。一日にしてこれだけの反響があるのは、まぎれもなく沙希ちゃん本人の力ですよ」

フロアにはテレビのクルーがいた。撮影用機材も充実し、ほとんどスタジオ収録に近い。こんなところまで追いかけてくるとは、おそらくけさの放送が好評だったのだろう。

舛城は鼻を鳴らしてみせた。「十五歳の少女をたぶらかして飯のタネにするのか。芸能リポーターがきいて呆《あき》れる」

「私は視聴者に真実を伝えているだけですよ。金メダルのフィギュアスケーターは国民にとってヒロインですが、沙希ちゃんはその上です。難事件に立ち向かう名探偵ですからね」

「よせ」舛城は吐き捨てた。「馬鹿げた話だ」

「今後はプロダクションの社長にも、まともな人材が就任するでしょう。投資すれば儲《もう》かるかもしれません。係長もどうですか」

「公務員に認められる副業の条件はな、本業に支障をきたさず、職務上の秘密が漏れず、信頼性を損なわないものであることだ」

「ああ。警察官は投資できないんですか」

「禁止されてはいないが誰もやらない。警察官は平日昼間の勤務が多い。株式市場もその時間に開いてる。職務中にスマホで取引していて、懲戒免職になった者もいるからな」

「気の毒ですね。投資を楽しむ自由もないとは。ではせめて沙希ちゃんの最大のファンとして応援なさっては？　インタビューに応じてくれますか」

「お断りだ」舛城は牧田に背を向け、人混みを掻《か》き分けて進んだ。

それにしても、こんなに大勢の人間が沙希ひとりを観るために集まったのだろうか。まったく信じられない光景だ。舛城は圧倒されていた。

ふいに甲高い女の叫び声が耳に入った。「冗談じゃないですよ、こんなこと！」

客席の隅で大人たちが輪になっている。声の主は出光マリだった。メイクの途中で楽屋からでてきたのだろう、ステージ衣装を着てはいるものの、頭にはカーラーがついたままになっていた。

ある意味ではそれも目を疑う光景といえた。ショーの主役が客席に現れ、大声を張りあげているにもかかわらず、観客は一様に無関心だった。注視する若者はひとりもいない。

寄り集まった大人たちのなかに、飯倉の姿が見える。ほかの男たちは知らない顔ばかりだった。劇場運営のスタッフとは思えない。テレビのクルーだろう。

マリの目が舛城に向いた。輪から抜けだし、駆け寄ってくると、マリはすがるようにいった。「刑事さん。ひどいんですよ」

対話の相手にはマリでなく、飯倉を選びたかった。舛城は飯倉に問いかけた。「どうかしたのか？」

飯倉はため息まじりにいった。「こちらのテレビ局の方々が、沙希のステージマジックを収録したいというんです」

ディレクターらしき髭面《ひげづら》の男が腕組みをした。「これだけお客さんが集まったんです。沙希ちゃんのステージを見せるのが妥当だと思いますよ」

「まってよ」出光マリは怒りをあらわにした。「あの子はまだしろうとなのよ。それにここは、わたしのショーなの。なんであの子に、ショーを譲らなければならないの」

髭面がじれったそうに告げた。「だからいってるでしょう。あなたにショーをおこなうなとはひと言もいってない。あなたのショーの前座に、ほんの五分だけでいい、沙希ちゃんにマジックを演じさせてくれといってるんです」

「だめよ、そんなの。やるなら、わたしのあとにしてちょうだい」

「メインのあなたが、しろうとの沙希ちゃんより前に演じるので？」

「ええ、そうよ。そうしてあげるわ」

マリの腹のなかは見え透いている。おそらくテレビクルーも同感だろう。沙希が前座では、彼女の出番が終わった時点で、客に帰られてしまうからだ。

別のクルーが口をはさんだ。「だめですよ。沙希ちゃんはすでに舞台のセッティング中です。彼女が演じてからでないと、舞台は使えません」

マリが噛《か》みついた。「セッティングなんて中断させてちょうだい。取っ払わせてよ。わたしの舞台なのよ。どうしても前座をやるっていうんなら、わたしのショーの手伝いも、ちゃんとやらせなさいよ！」

飯倉が物憂げにつぶやいた。「それは沙希が拒否してる」

舛城は苛立《いらだ》った。どいつもこいつも、自分のことしか考えていないのか。「なあ飯倉、ちょっといいか」

浮かない顔の飯倉が輪を離れ、舛城に近づいてきた。

「飯倉」舛城は声をひそめてきいた。「これはいったいなんの騒ぎだ？　吉賀が殺されたってのに、おまえたちはなにをやってる」

「私の都合では公演は中止できませんよ。テレビ局のたっての希望でね」

「希望だと？　いいか、マスコミは面白おかしく報道できそうなネタを見つけて、ただ有頂天になってるだけだ。事件報道に沙希という主役を据えて、数字を稼ごうとしてる。わからねえのか」

「ご存じでしょう、出光マリの公演は毎日おこなわれていたんです。吉賀が死んだのはショックだったが、事件捜査はあなたたちの仕事ですよね。私はオーナーとして、従業員らを食わせていかねばなりません」

「よくいうな。飯倉。詐欺師のおまえが沙希にやたら執着してたと思ったら、マジック詐欺が流行して、沙希を売りだすのに絶好の機会が到来した。あまりに段取りがうますぎないか」

「なにを仰《おっしゃ》りたいんです。私になにかききたいことでも？」

「けさ午前一時半から二時、どこでなにをしていた？」

飯倉は表情を硬くした。「家で寝ていましたよ。私が吉賀を殺したというんですか。馬鹿にせんでください。調べたきゃ勝手にどうぞ。でも公演は妨害しないでくださいよ」

返事をまつ素振りもなく、飯倉は背を向け歩き去っていった。

詐欺師が本性を現しつつある、そう思えた。勝手にどうぞ、か。オーナーの許可が下りたと解釈してよさそうだ。遠慮なく自由にさせてもらおう。

舛城は幕の下りたステージに向かった。沙希とは、いますぐ話しておきたい。

照明の灯《とも》っていない舞台は暗かった。

舛城は闇のなかを歩いた。誰もいない。道具ひとつ置かれていなかった。沙希はどこにいったのだろう。

そのとき突然、沙希の声が飛んだ。「気をつけて！」

舛城はびくっとして立ちどまった。と同時に、警告の意味に気づいた。

目の前に黒いワイヤーが張られている。インビジブルスレッドのように細く頼りない代物ではない、かなりの太さのある針金だった。視認できなかったのは、金属の光沢が抑えられ、舞台の闇のなかに溶けこんでいたからだ。つや消し剤でも吹きつけてあるらしい。

そのワイヤーを避《よ》けて歩を進めようとしたとき、また沙希の声が呼びかけた。「そっちもだめ。まっすぐきて」

ようやく声のする方向を悟った。沙希は舞台の下手側の袖《そで》近くにいた。髪を後ろで結っている。両手には軍手をはめ、なんらかの作業に没頭している。上半身はTシャツだが、下半身は衣装用とおぼしきラメの入ったピンクいろのスラックスだった。

舛城の目が暗闇に慣れてきた。沙希がワイヤーを引っぱっているとわかった。舞台にはいまや、無数のワイヤーが張りめぐらされている。まるで蜘蛛《くも》の巣に捕らわれた虫の視界だった。

沙希はワイヤーどうしを結びつけると、工具入れからペンチを取りだした。ワイヤーの余った部分を切り落とす。次いで袖のなかに入り、脚立に登った。驚いたことに、袖に隠れた支柱にも、無数のワイヤーが絡めてあった。沙希はさらにワイヤーを支柱に巻き、その先端を持って脚立から飛び降りた。舞台上の蜘蛛の巣の合間を縫うように、上手側へと走っていく。

舛城はただ作業を眺めるしかなかった。ふと鳩の鳴き声を耳にした。近くに鳥籠《とりかご》が置いてある。三羽の白い鳩がおさまっていた。

傍らのハンガーにはジャケットがかけてあった。沙希のスラックスと同じピンクいろだった。ジャケットの襟もと近くには、白い紐《ひも》が数本垂れ下がっている。なんだろう。舛城は手を伸ばした。

すると沙希が怒鳴った。「やめてください！　衣装に触らないで」

「すまん」舛城は手をひっこめた。「紐が絡まってたんで、とろうとしたんだ」

「絡まってるわけじゃないの。鳩を隠しポケットにおさめなきゃいけないから、〝取りだし紐〟をだしてあるの」

「鳩を？　そうか。ハンカチから鳩をだしたりするんだな？　いままでふしぎだったが、上着に仕込むのか。そうか」

沙希は舛城に歩み寄ってくると、冷やかにいった。「マジシャンの舞台裏に入りこむのは、マナー違反でしょ」

「なあ沙希。少し話せないか」

「いま忙しいの」

「そういわずに、ほんのちょっとだけだ」舛城はため息をついた。「こんなやり方はよくない。売りだし方としては邪道だよ」

「どうして？　わたしは多くの人たちの願いに応《こた》えてるだけよ」

「ここは出光マリのステージじゃないか。やるなら自分の公演を持つんだ。人のものを横取りするな」

「わたしは前座にすぎないの。大勢の人が集まってくれてるのに……」

「沙希。要領よくやってる連中が勝ち組と呼ばれる世のなかだが、常にそれが正しいとは限らん。きみにもショックだろうが、吉賀も死んだばかりだ。事件を売名行為に利用するなんて不謹慎だよ」

「マジシャンは芸人なの。売りだす機会を逃さないようにしてなにが悪いの？　飯倉さんもやるべきだっていってた」

「あの男はきみを利用している可能性がある」

「え？」沙希は眉《まゆ》をひそめた。「どういうこと？」

「すべてはあいつのシナリオかもしれないってことだ。マジックを利用した詐欺で儲《もう》け、きみをまんまと売りだし、きょうも満員御礼で黒字収入だ。よく考えてみろ。吉賀亡きいま、一連のできごとで儲かっているのはあいつひとりだ」

沙希は怒りのいろを漂わせた。「よくそんなことがいえますね。飯倉さんは立派な人」

「覚えてないか？　きみが五歳のころ、俺はきみと会ってる。飯倉ともな。代々木公園のベンチの下で、俺は飯倉に手錠をかけた」

「手錠……」沙希は目を瞠《みは》った。「逮捕したっていうの？」

「ああ。俺はそのときまみと、リンキングリングのやり方を勉強して……」

「そんなの嘘よ！　舛城さんなんか知らない」

「よく考えてみろ。飯倉はきみの里親になっていたが、刑務所に入ったせいで無効になった。あいつはきみにかこつけて、吉賀のマジックショップを買収したんだよ。飯倉は詐欺師だった。マジックの世界は、人をだますトリックにあふれ、詐欺師としては需要が……」

「やめてよ！」沙希が憤然として叫んだ。「そんな話ききたくない！　でてって！」

暗がりでもわかるほど、怒りに顔面が紅潮している。いまの沙希は、ヒステリーを起こした出光マリと大差なかった。

舛城は立ち去ろうとした。そのとき、床に投げだされたノートが目についた。

無数の糸が描きこまれた図面。初めて沙希に会ったとき、彼女が見せてくれたティッシュペーパーの浮遊術。沙希自身が発案したトリックだった。

しばしそのノートを眺めるうちに、舛城は衝撃を受けた。舞台を見渡す。いまこの舞台にあるのは、この小さなマジックの拡大版だ。

舛城のなかで不安が募った。「沙希。あのときのティッシュペーパーのように、きみ自身が飛びまわろうってのか？　この縦横無尽に張りめぐらしたワイヤーに引かれて」

沙希は顔をそむけていた。返事はない。ただ黙々と作業をつづけるばかりだった。

「やめとけよ」舛城はいった。

「なぜ」

「危険じゃないか。吊《つ》られただけでも身体に相当な負担がかかる」

「ハーネスで痣《あざ》だらけになるのは承知してる。ずいぶん前から実験してたから。おかげで施設のお風呂《ふろ》にも、遅い時間まで待ってひとりで入るしかなかった。全身にベルトの痕《あと》がくっきり残ってるし」

「そこまですることか。まして弾力や遠心力で終始振りまわされるんだろ？　ワイヤーにぶつかったら、身体が切断されちまうぞ」

「舛城さんには関係ないじゃん」

まったく。舛城は焦燥に駆られた。女はすぐこれだ。しかも十代となると、さらに始末に負えない。「きみの身を案じていってるんだぞ」

「結構です。早くでていってください」

「だめだ。中止しろ」

「なんの権限があって、そんなことというの」

「労働基準法第六十二条。満十八歳に満たない者が、機械や動力伝導装置に関わる危険作業に従事してはならない。危険有害業務の就業制限ってやつだ。この劇場のオーナーである飯倉は、それを守る義務がある。元保護者となればなおさらだ」

「舛城さんは関係ない。赤の他人じゃん」

「俺は赤の他人に法律を守らせる仕事をしてる。見過ごすわけにはいかない。差し止める権限もある」

沙希は動揺したように振りかえった。大きな瞳《ひとみ》が潤みだしている。「お願い。お願いよ。せっかく得たチャンスなの。マジシャンはほかの芸能人とちがって、売りこみの機会なんかほとんどないの」

「危険を冒してまでやることじゃない。ほかのトリックをやれば……」

「だめよ、ほかのなんて！」沙希の目から涙があふれでた。「テレビを通してインパクトを与えられるマジックなんて、ほとんどない。これをやるしかないの」

「よせよ」

「お願い、舛城さん。ワイヤーで飛ぶのは映画でもやってるでしょう？　スタント専門の会社に知り合いがいて、ワイヤーに吊られたときの身のこなしを、ちゃんと教わってるの。何度も練習した。怪我なんていちどもしていない。だからやらせてよ。お願いだから」

沙希の目に大粒の涙が膨れあがり、雫《しずく》となって頬を流れおちた。

躊躇《ちゅうちょ》せざるをえない。十代の少女が、危険をかえりみず決死のスタントに挑もうとしている。見過ごせるわけもなかった。

だが一方で、相反する感情が湧いてくる。

いま目の前にいる沙希は、舛城が危惧《きぐ》したように、ねじ曲がった根性の持ち主だろうか。飯倉から悪い影響を受け、他人を陥れてでも有名になろうとしているのか。そうではあるまい。沙希は純粋に成功を目指しているだけだ。大人たちの奸智《かんち》のなかで、ひとりもがき苦しみ、這《は》いあがるすべを模索してきた。その延長線上に今夜の挑戦がある。

だが沙希がいうほどのチャンスだろうか。テレビ出演とはいえ、基本的には取材でしかない。大げさにいって命を賭《か》けるほどの価値があるのか。

舛城はきいた。「なぜそこまでする」

「プロになりたいから」

「なんでプロになりたい？」

沙希は言葉に詰まった。「わたしには、それしかないから」

どうしてそう感じるのかを、沙希に問いたかった。しかし言葉にできなかった。なにを話そうとも、沙希は心変わりすまい。

両親を失い、養護施設で育った沙希が、人生を変えたいと望むのは当然だった。マジシャンになりたがっていても、明確なビジョンはない。突拍子もない技で名をあげることばかり考えている。常識に欠けている。なにもできない無力感のなかで、これしかないと過剰なまでに信じている。

無知なだけに一途《いちず》だった。その絶対的な思いを否定しうるほど、自分は常識人だろうか。

みずから発した言葉とは信じがたいひとことが、舛城の口をついてでた。「わかった」

沙希が茫然《ぼうぜん》と見つめてきた。「ほんとに？」

愚かな判断かもしれない。事故が起きたらすべての責任を負うことになる。そう自分にいいきかせてもなお、考えは変わらなかった。

己れの意思の弱さに失望しつつ、舛城は沙希にいった。「好きにすればいい。ただし、こんな乱暴なやり方は今回だけだぞ。次からは事前に安全性をしっかりチェックして、居合わせるすべての大人たちの同意と許可を得るんだ」

沙希が涙を拭《ぬぐ》いながら、震える声でささやいた。「舛城さん。ありがとう」

「頑張ってな」そういうよりほかにない、そんな気分だった。舛城はその場を去った。

幕を割ったとたん、超満員の喧騒《けんそう》のなかに飛びこんだ。客たちの談笑がひどく耳障りに感じられる。本気で身を案じるなら制止するべきだった。この期に及んで少女の無事を祈るなど、甚だ理不尽にちがいない。

21

沙希は暗がりのなかで深呼吸した。

スタント専門の会社に知り合いなどいない。せいぜいワイヤーに吊られたときの動きを理解するため、アクション映画の配信動画を繰りかえし観た、それだけにすぎない。

「えー」若い男の声がきこえる。たぶん番組スタッフのADだろう。「みなさま。永らくおまたせしました。本日は出光マリさんのマジックショーの前座として、里見沙希ちゃんの独演があります」

拍手と喝采《かっさい》が響く。舞台の袖《そで》にひろがる闇のなかで、沙希はそれを耳にした。

夢に見た瞬間のはずなのに、昂揚《こうよう》する気持ちはなかった。なにも感じていないに等しい。思いをめぐらしているのは現実的な問題ばかりだ。練習は夜の公園で、遊具のあいだにワイヤーを張り、部分的におこなうしかなかった。すべてを通しての動作は、理論上可能と考えているにすぎない。一発勝負も同然だった。

籠《かご》から鳩をだす。羽がひろがらないようにそっと身体を支えながら、白い袋におさめた。これら三羽の鳩は、マジック・プロムナードで商品用に飼われていた。西谷らアルバイトが、発表会でマジックを演じるたび貸しだされてきた。マジック用の鳩は飛ばないよう、羽が減らしてあったりするが、この鳩はちがう。ゆえに気をつけないと、客席に飛んでいって混乱を招く。

小道具はほかにもある。キーホルダー並みのサイズの〝自動鳩笛〟。鳩を引き寄せる周波数の超音波をだす仕組みだった。屋外で鳩に効率よく餌をやるために用いられる。外国製だが、国内のホームセンターでも千円ていどで手に入る。今回の演技には必要不可欠だった。スイッチをいれ、胸のポケットにおさめた。

ふたたびADの声が響く。「沙希ちゃんの前座は、番組用に収録します。みなさんにお願いがあります。取材用カメラを遮ったり、移動する先をふさいだりすることは、絶対にやめてください」

鳩が白い袋におさまっている。鳩は翼をひろげれば大きくみえるが、じつは痩《や》せ細っていた。非常に小さくなる。長年にわたりマジックに使われている理由だった。仕込みはステージにでる寸前におこなう。ポケットに隠れている時間は短いほどいい。長いと鳩がぐったりとしてしまう。沙希の経験上、取りだした鳩が美しく羽ばたくには、せいぜい二分が限度だと感じていた。

鳩のくぐもった鳴き声がこだまする。沙希は袋をジャケットの隠しポケットにおさめながら、静かに声をかけた。「少し我慢してね」

〝取り出し紐《ひも》〟を引きやすい長さに調整する。鳩の鳴き声は依然、胸のあたりから響いてくる。これ以降、鳩をステージ上で解放するまでは、乱暴な動作は慎まねばならない。

ＡＤの声が告げた。「そろそろ幕をあげます。沙希ちゃんの前座です」

素人同然の呼びこみだったが、観客はひときわ大きな歓声で応《こた》えた。

まともな劇場なら大勢の裏方がいる。ここには誰もいない。演目の規模を考えたら非常識な話だ。だがかえって好都合だと沙希は思った。自分ひとりでできるほうが悔いも残らない。

沙希は舞台袖から控室に向かって走った。このあたりにもワイヤーが張りめぐらされている。沙希はジャケットをまくりあげ、服の下に身に着けたハーネスに、ワイヤーの端を連結させた。腰の左右からワイヤーが突きだすかたちになった。空中ブランコの命綱と同じ位置になる。ワイヤーに吊《つ》るされても、腰を支点にして前転、後転が可能だった。

次いで沙希は、控室の壁面にあるダストシュートに向かった。最近のビルでは馴染《なじ》みが薄いが、この古ビルには、一階のゴミ捨て場まで縦方向に抜ける穴がある。ここにゴミを投げ落とすのが本来の使い方だった。分別がうるさくなってからは、使われていないときく。ひとりの助手もいないマジックの〝動力源〟としてはうってつけだった。

ダストシュートの大きな扉の前に、五十キロ分のバーベルをおさめた網の袋があった。ワイヤーの一端はこの袋にくくりつけてある。〝錘《おもり》〟をダストシュートに落下させれば、ワイヤーは引かれていく。ワイヤーにはいくらか弛《たる》みがあるため、ステージに駆け戻って鳩をだすまでの四十秒間、まだ沙希の身体がひっぱられることはない。理論上はだが。

ADの男が、控室をのぞきこんだ。「準備いいですか」

「はい」沙希は答えた。「いつでも音楽、スタートさせてください」

沙希が顔をあげたそのとき、額に鋭い痛みが走った。頭上すれすれに張られていたワイヤーに接触した。指先で額に触れてみる。血がにじんでいた。

五十キロの重さに耐えるワイヤーだけに頑丈だった。このバーベルの落下によって引かれたワイヤーが、沙希の身体を宙に振りまわす。いまからやろうとしているのは、たったそれだけのことだ。果たしてこれは、賢い選択だったといえるだろうか。

怖《お》じ気づいた心に活をいれた。助手はいなくても、費用はかけられなくても、最高の奇跡を実現せねばならない。

なんのために。またその疑問が頭をかすめる。だがもう沙希は迷ってはいなかった。

華やかなパーカッションのイントロが響きわたった。BGMがきこえてきた。もう後には退《ひ》けない。

沙希はバーベルの袋を力ずくで押した。一瞬、びくともしないと思われたその袋が、けたたましい音とともにダストシュートのなかに落下していった。

あと四十秒。音楽の前奏部分が終わったときに幕が開く段取りだ。沙希は駆けだした。幕があがったときには、ステージの中央に立っていなければならない。

フィギュアスケートを思わせる流麗なオーケストラ曲だった。舛城は客席の後方に立ち、まだ幕のあがらないステージを注視していた。

隣りには飯倉がいる。飯倉は自前の4Kカメラを舞台に向けていた。口もとが歪《ゆが》んでいる。まるで娘の発表会にきた父親の横顔だった。彼とは対照的に、出光マリは顔をそむけ着席していた。ふたりのうち、どちらが笑顔になるかで、沙希の運命もちがってくるだろう。

客席の若者たちがひときわ甲高く歓声をあげた。拍手が鳴り響く。幕があがった。

観客は沙希になにを期待しているのだろう。舛城は考えた。たしかに沙希はルックスがいい。年齢不相応な話し方も、生意気さと可愛げが交ざりあい、魅力的に感じられる。と同時に個性的で、どこか風変わりな印象を漂わせる。だがそれだけでは、ここまでの集客力を発揮しなかっただろう。

テレビがさかんに報じた、詐欺事件のからくりを見破った頭のよさが、若者に受けいれられたのだろうか。汚い大人の権威性と悪知恵が生んだ犯罪、それを打ち砕く少女という構図に魅了されたのか。同世代のヒロインと見なし支持しているのだろうか。

幕のあがったステージには、沙希ひとりがぽつりと立っていた。

驚いたことに、ワイヤーはまったく見えなかった。背景の銀いろの幕の効果もあるようだ。

沙希はアイドルのような微笑を浮かべると、音楽に合わせ両手を胸の前で交差させた。瞬間的に一羽の鳩が出現し舞いあがった。どよめきが起きるなか、沙希の両腕は流れるような動作で左右にひろがり、それぞれの手から一羽ずつ鳩が飛び立った。

歓声と拍手。開幕前とちがい、舛城もいまは観客の反応が受けいれられる気がした。

沙希の演技はすでに、ほかのマジシャンとはかなり異なっている。コンテンポラリー・ダンスを髣髴《ほうふつ》させる、前衛的でスピーディーな振り付け、矢継ぎ早に起きる現象。

沙希は神々しく輝いていた。ついさっき舞台袖にいた少女とは、まるで別人だった。

舞いあがった三羽の鳩を、沙希は見上げた。その両手をひろげる。すると沙希の身体は、宙にゆっくりと浮きあがった。

音楽が滑らかに変調した。それと同時に、沙希の身体は回転しつつ、舞台の上を飛びまわりだした。その速度もどんどん増していく。

客席のどよめきは、ビル全体をも揺るがすほどだった。沙希はいまや自由自在にステージを飛びまわっている。三羽の鳩が沙希と戯れながら、その軌跡を追っていく。

信じられない光景だった。沙希の身体はワイヤーに吊られていることをまったく感じさせない。自分の意志で宙に浮き、飛びたい方向へ飛ぶ。しかも鳩たちを従えている。

沙希は舞台の床すれすれに低く飛び、のけぞって上昇しながら、客席に向かって笑顔で手を振った。そして舞台下手へと、星のように飛び去っていった。

その瞬間、客席の若者たちが総立ちになった。興奮は絶頂に達し、歓声は雷鳴のようだった。椅子の上に立って騒ぎだす者も多かった。舞台に駆けあがろうとする者、それを押しとどめようとする者とで、にわかに大混乱になった。

茫然《ぼうぜん》自失とはこのことだ、舛城はそう思った。

魔法をかけられた。それ以外に形容のしようがない。想像を絶する沙希の能力に、いまはただ圧倒されるしかなかった。

声援と拍手は沙希の耳にも届いていた。しかし沙希は、それどころではなかった。ワイヤーが沙希の身体を宙吊りにしている。袖《そで》に向かって飛び去るのをフィニッシュにした以上、支柱に身体が打ちつけられる事態も避けられなかった。マットを巻きつけてあったものの、衝突にともなう痛みは想像を超えていた。

さらに問題がある。痺《しび》れを堪《こら》えながら熟考した。ここからどう下りるかだ。沙希はワイヤーを切断するため、ペンチを支柱の上方にとりつけておいたが、手が届かなかった。無理に伸びあがろうとすると、身体がちぎれそうなほどの激痛に襲われた。腰が固定されているため、むやみに体勢は変えられない。ここではハーネスを外すのも不可能だった。

必死で身体を引っぱりあげ、ペンチに手を伸ばす。全身の関節が抗議するのを感じる。歯を食いしばってペンチをつかんだ。だが目の前には三本のワイヤーが絡んでいた。切断すべきワイヤーがどれなのかわからない。身体をねじればワイヤーの行方を確認できそうだったが、それは無理というものだった。勘で一本を選び、ワイヤーにペンチの刃を這《は》わせる。満身の力を手にこめ切断した。身体が解放され、床に落下する。幸い正解だったらしい。残るワイヤーにより、身体がずるずると引っぱられていく。

拍手がしだいに手拍子にかわる。みな沙希が舞台に戻って挨拶《あいさつ》するのを望んでいる。できればそうしたい。ここから脱出できればすぐにでも。

ベルト。そうだ、ベルトを外さねば。床を滑りながら、沙希は腰に手をやった。バックルを引きあげ留め金を外す。指先がなにかにひっかかった。針で刺すような痛みがあった。それでもぐずぐずしてはいられない。

身体が控室のほうへ向かっている。ダストシュートの扉が目前に迫った。このままでは竪穴《たてあな》に引きずりこまれる。そう思ったとき、ベルトの留め金が外れた。まだ上着にひっかかっている。沙希は身をよじらせジャケットを脱いだ。布が裂ける音がした。

と同時に、沙希の身体は静止した。ようやくワイヤーの支配から抜けだした。

ふたつに裂けたジャケットのうち、ベルトが絡みついたほうの切れ端が、ダストシュートに吸いこまれていった。一瞬ののち、突きあげるような衝撃が襲った。錘《おもり》がダストシュートの床に激突した。

静寂が生じた。いや、耳がきこえないのだ。沙希はそう悟った。自分の鼓動のみ響いてくる。それ以外には、なんの音もしない。

目を閉じ、深呼吸を繰りかえす。そのうち聴覚が戻ってきた。手拍子、歓声。観客が呼んでいる。ようやく確信できた。無事に終わった。

鳩の鳴き声をきいた。近くに三羽の鳩が戯れていた。沙希は思わず笑った。まだ〝自動鳩笛〟のスイッチが入っていた。

沙希は身体を起こした。身体が古綿でできているような感覚があった。背筋に重く鈍い痛みが走る。嘔吐《おうと》がこみあげてきそうだった。

〝自動鳩笛〟を床に置く。鳩たちはそこにすり寄っていった。籠《かご》に戻すのはあとでいいだろう。

めまいをこらえながら、舞台に向かって歩いた。ふと自分の腕に目をやる。Tシャツ姿になった自分の腕は、擦り傷だらけで血にまみれていた。痛々しいところを観客には見せられない。控室の床に散乱した衣類のなかから、カーディガンをとりあげ羽織った。腕には痺れるような痛みが残る。それでも心は舞台へといざなわれていた。

沙希は観客の前に戻った。割れんばかりの拍手を浴びた。人々の笑顔が視界にある。夢のようだと沙希は思った。目の前にひろがる光景が信じられなかった。この声援、万雷の拍手は自分ひとりに向けられている。

光が揺らぎ、ぼやけながら波打つ。涙が滲《にじ》んでいるせいだった。こんな感覚を味わったことはなかった。見ず知らずの人々が自分を受けいれてくれている。

沙希は肩を震わせて泣いた。至福のときを感じながら、観客に向かって頭をさげた。ひときわ大きな拍手が、沙希の全身を包みこんだ。

22

出光マリが吠《ほ》えた。「あんなものは茶番よ！　どこがマジックなの。たんなる曲芸じゃないの」

舛城はマリの甲高い声を聞き流しながら、がらんとしたアイボリー劇場の客席を見渡した。

本来なら前座につづき、マリがショーを演じる時間帯だ。だがそれは中止にならざるをえなかった。沙希が引っこむと、客はひとり残らず帰っていった。客席に残されたものは紙コップや空き缶、スナック菓子の空袋と、散乱した椅子だけだった。

テレビのクルーもすでに撤収している。残されたのは、マリのほかに飯倉、沙希、そして舛城自身。ほかには誰もいない。

マリは執拗《しつよう》にまくしたてた。「だいたい演技自体が模倣でしょ。沙希のオリジナルなんかじゃないわ。アメリカの有名マジシャンの演目をパクるなんて、身の程知らずもいいとこよ」

飯倉が苦い顔でつぶやいた。「そんなことはないだろう。私も詳しいことは知らないが、アメリカのイリュージョンはもっと大掛かりな舞台装置を使ってる。ワイヤーの着脱をコンピューターで自動制御するそうじゃないか。沙希はたったひとりで、素晴らしい演技をなしとげたんだぞ」

「一分間かそこらしかないショーなんて、ショーと呼べるわけないわ」

「沙希は前座だった」

「だとしても沙希の演技はマジックじゃないでしょ。浮遊なら大きな輪を通したりして、ワイヤーに吊《つ》られていないことをしめさなきゃだめよ」

舛城はからかい半分にいった。「当然、切れ目のあるリングであらためるんだろ。蛇足だよ。固定観念に縛られた考えが、演目を古臭くしてるんじゃないのか」

マリが食ってかかってきた。「あなたはマジックのことなんかご存じないでしょう。失礼ですが、飯倉さんもそうよ。沙希、あなたも一緒。わたしたちがどんなに苦労していまの地位を築いたのか、あなたにはわからないでしょう。先人の知恵をただ真似るだけで、拍手を受けていい気になって。いっておくけど、あなたはマジシャンじゃないわ。あなたに仕込みを頼むといつも、サムチップにいれておくシルクのハンカチもくしゃくしゃになってるじゃない。ずさんにもほどがあるわ。基本をわかっていないから……」

沙希が唐突に口をきいた。「基本をわかってない？」

低く響く声が、一同を威圧した。マリも押し黙った。

沙希は怒りに満ちた顔をマリに向けた。「わからないって、いったいなにがわからないっていうんですか。わたしは毎日マジックのことを考えて生きてきた。あなたがマジシャンで、わたしがそうじゃないなんて、どこからそんな話がでてくるんです。マリさんはわたしよりうまくコインバニッシュができるの。ダンシングケーンができるの。四つ玉やカードマニピュレーションは？　ひとつでも、わたしより上手なマジックがあるの？」

マリはたじろいだようすだったが、負けじとばかりに、ひきつりぎみの冷笑を浮かべた。「よくいうわよ。そりゃあなたは暇を持て余してるだろうし、練習する時間があるから、技術だけはあるかもしれないわね。わたしはプロだから、もっといろんなことにこだわってる。見せ方とか、お客の心理を考えて……」

「心理ですって？　マリさんがお客さんの心理をとらえているのなら、なぜいつもバイトしかいない空席祭りなんですか。あなただけじゃなくて、有名でもないのにプロマジシャンを自称してる人はみんなそうよ。本に書かれた伝統的トリックをただ演じるのみ。工夫もなにもない」

「失敬ね。ちょっと満員のお客を相手にしたからって、いい気にならないでよ。あなたはアマチュア、わたしはプロ。ほんの一時的な流行《はや》りになんか乗らない。お客がいてもいなくても、頑張るのがプロなのよ」

「なら」沙希は舞台を指さした。「さっさと舞台に立ってください！　お客さんがいなくても、あなたのステージの時間でしょう！　なにもせずに、人の悪口ばかりいって、なにがプロなんですか。馬鹿にしないで！」

沙希の言葉は、弱体化していたマリにとって、最後のストレートも同然だったろう。マリは打ちのめされたようにうつむき、両手で顔を覆った。

多少の罪悪感がよぎったのだろう、沙希はためらいがちに口をつぐんだ。それでも憤りはおさまらなかったらしい。沙希は近くにあったパイプ椅子を蹴《け》った。

飯倉が咎《とが》めるように声をかけた。「沙希」

だが沙希は振りかえらなかった。舞台に向かって立ち去ると、袖《そで》へと消えていった。物音が響く。後片づけを始めたらしい。

客席には、マリのすすり泣く声だけがある。やりきれない、舛城はそう思った。ここに限っていえば、たしかに沙希は大成功した。だが得たものはなんだろう。重要ななにかを失ったのはまちがいないが。

23

沙希が銀座の小劇場で飛びまわってから、もう一週間が過ぎた。舛城は刑事部屋のデスクで天井を仰いでいた。

マスコミは定期的に、まるっきり無名だった人間にスポットライトをあてる。大衆の関心を呼ぶできごとが背景にあってこそ成り立つ話だが、あるていど知名度が高まると、あとは有名人のひとりとして持て囃《はや》す段階に入る。沙希がいい例だった。ワイドショーのスタジオゲストに呼ばれ、無数のインタビューを受け、マジックとは無関係のイベントにまで駆りだされている。新宿署の一日警察署長に推す声まであがっているのには、開いた口がふさがらない。里親は詐欺罪の前科持ちだ。死人もでている。事件の全容はいまだつかめない。なのに、このお祭り騒ぎはなんだろう。

ネットでは疑問視する声もあがっている。もとよりネットはマスコミの押しつける流行を拒絶したがる。沙希を揶揄《やゆ》する書きこみも頻繁に見かける。いまのところ飯倉との関係を話題にする者はいないようだが、発覚は時間の問題に思えた。週刊誌が先に暴露するかもしれない。牧田も沙希を持ちあげるのに飽きてきたら、次は醜聞で視聴率を稼ごうとするにちがいない。テレビ屋などそんなものだ。

沙希の功績が報じられるたび、警察が槍玉《やりだま》にあがる。十五歳の少女が気づきえたトリックを、警察は見抜けなかった。無能だ税金泥棒だと、容赦ない非難が浴びせられる。当事者の舛城にも風当たりが強かった。外部からばかりではない。なんとしても早期に主犯を特定し逮捕せよ、署長から直々にそんな申し渡しがあった。吉賀欣也の殺人事件捜査本部からも、有力な情報をあげるよう求められている。

せっつかれなくても、やるべきことはわかっていた。複数の捜査員が交替で飯倉をマークしているが、依然として尻尾《しっぽ》がつかめない。

捜査が進展しない最大の理由は、マジック詐欺自体が鳴りを潜めたからだ。新たな証拠を得る機会に恵まれずにいる。

飯倉への監視の目を強めたとたん、事件が起きなくなったことを考慮すれば、やはり怪しいのは飯倉だった。だが現時点ではあくまで要注意人物、重要参考人にすぎない。被疑者とするには証拠が必要になる。

浅岸が近づいてきた。疲労感を漂わせている。張り込みから戻ったところらしい。

舛城はいった。「お疲れ。どうだった？」

「まるで変化なしですよ」浅岸は上着を脱いでデスクに放りだした。「飯倉の自宅の向かいにあるアパートに陣取って、三日三晩張りついてみましたが、まるで収穫なしです。リフレ・チェーンの店長たちを集めて経営会議を開いたほかは、ずっと引き籠《こ》もってます。ひそかに誰かと接触しているようすもないですね」

「吉賀のほうはどうだ。なにかわかったことは？」

「捜査員からはなにもきいてません」

すると近くのデスクで、白金恵子巡査が椅子をまわしていった。「こっちにはあります」

「ほう」舛城は恵子に目を向けた。

恵子が立ちあがり歩み寄ってきた。「聞き込みでわかってきたんですが、吉賀には恋人がいたみたいです」

「恋人だと？」

「貢いで関係を維持していたという意味では、愛人に近いんですが、いちおう吉賀は独身なので。相手もそうですし」

舛城は手帳を開きペンをとった。「名前は？」

「元橋鮎子《もとはしあゆこ》、四十二歳。いまはネットカフェを渡り歩く生活で、住所不定の無職です。競馬マニアですから、日曜に府中《ふちゅう》へ行けば見つかるかもしれません」

「女か」舛城は唸《うな》った。「まあな。吉賀が主犯だったなら重視すべき存在だが、あまり期待できそうにもないな。吉賀はどうせ、飯倉に使われてただけだろう」

恵子が浮かない表情で告げてきた。「そうでしょうか。飯倉の素行には犯罪者らしいところが、まるで見当たらないんですが。ホシは別にいるってことはないでしょうか」

「あとは誰がいる?」舛城はきいた。「出光マリか?」

浅岸が首を横に振った。「このあいだ会ってきましたが、彼女には無理でしょう。いちおうプロではあっても、マジックの才能に恵まれてはいないようです。逆にいえば、マジックを詐欺に応用できるだけの知識と技量を有する者なら、誰であれ主犯になりうるのではないでしょうか」

舛城は頭を掻《か》きむしった。「飯倉を除外して絞りこもうとすれば、結論はひとつだな。よくわかってる」

恵子がいった。「最も恩恵に与《あずか》っているのは里見沙希です」

厭《いと》わしい気分がこみあげてくる。舛城はうんざりして吐き捨てた。「馬鹿げた話だ」

「わたしも考えたくないですが、すべて自作自演なら、次々と事件を解決できて当然……」

「あのな」舛城は片手をあげ恵子を制した。「沙希はまだ十五だ。バイト連中すら先輩にあたる。黒幕として人を動かせると思うか」

「飯倉の後ろ盾を利用し、吉賀を操るのは不可能ではないでしょう。あくまで仮説ですけど」

「もういい」舛城は手帳に目を落とした。

成人ならその線もあると考えただろう。だが沙希という少女に、そんな奸智《かんち》が潜んでいるとは思えない。沙希はただひたすらまっすぐなだけだ。その純真無垢《むく》な性格はある意味、最もマジシャンに向いていないかもしれない。いかにも素直そうな少女に見えながら、人をだますトリックに精通する。そこに生じがちなギャップを珍しがられ、大衆に支持されている気もする。とはいえ沙希自身は、そんなことをまるで意に介していない。奇抜さで注目されているにすぎないのに、社会が自分を受容してくれたと思いこんでいる。移り気なマスコミなど、いつ掌《てのひら》をかえしてもおかしくないというのに。

浅岸がつぶやくようにいった。「ひとまず、吉賀の恋人という女を監視すべきでしょう」

「そうだな」舛城は応じた。「ほかにたどれる線もない」

デスクの内線電話が鳴った。浅岸が受話器を取りあげた。「はい」

書類をまとめて引き出しにしまいこむ。舛城は腰を浮かせた。じきにまた捜査会議がある。

ふと注意が喚起された。浅岸が表情を険しくしながら、舛城に視線を向けてきたからだった。

浅岸が受話器を手で押さえ、舛城にささやいた。「監察医です」

24

病院以外で人が死ねば、警察が介入し、検視がおこなわれる。事件性が疑われるうえ、司法解剖が必要と判断された場合、警察署ではなく病院へと運ばれる。今回もそのケースに当てはまる。

タイル張りの室内は冷凍室に似て、ひどく肌寒い。壁面にはロッカーのごとく、四角い金属製の扉が縦横に連なる。扉自体のサイズは当然、寝かせた死体を出し入れ可能であることが基準になっている。

何度足を運んでも慣れない。いつも息が詰まりそうになる。生前に顔を合わせていた人間とのふいの再会が、この遺体安置所だった、そんな経験も少なくない。

いまも同様だった。ストレッチャーの上に寝かされ、シーツをかけられている遺体の、頭部だけが露出している。仰向《あおむ》けになり、深い眠りについたように両目を閉じる、飯倉義信の顔がそこにあった。

蒼白《そうはく》になった肌は艶《つや》やかで、蠟《ろう》人形を思わせる。シーツの端は顎《あご》にかかっていたが、監察医の報告を踏まえれば、そこから下にずらすべきでないとわかる。とりわけ、この男に育てられた少女が立ち会っている以上は。

突然の連絡だったことは、沙希の服装を見ればあきらかだ。とりあえず黒いものを組みあわせることを考えたのだろう、ジャケットとブラウス、膝丈《ひざたけ》スカートのいずれも生地がちがっていた。

沙希は長いこと、無言のまま飯倉の遺体を見下ろしていた。職員にうながされても、なんの反応もしめさなかった。

だがやがて、見開いた目に大粒の涙が膨れあがった。頽《くずお》れるように膝をつき、ストレッチャーにすがりついた。

「飯倉さん」沙希は声を震わせ泣きだした。「どうしてなの。こんなこと、あるわけないじゃない。もうやだよ。飯倉さん」

覚悟はしていたが、沙希の悲痛な呻《うめ》きは想像以上に胸に応《こた》える。舛城は床に目を落とした。室内に反響する嗚咽《おえつ》に、ただ耳を傾けるしかなかった。

整列した捜査関係者の全員がうつむいている。浅岸がためらいがちに耳打ちしてきた。「詳しいことは司法解剖をまたなきゃなりませんが、まず他殺だそうです。喉《のど》もとを掻き切られている一方、手や腕に防御創が多く見受けられるので」

争ったのなら加害者の血液なり唾液《だえき》なり、死体に残っている可能性もある。皮膚から指紋も採取できる。生きていれば皮膚が新生するため消えてしまうが、死体ならその心配もない。

「凶器は?」舛城は小声できいた。

「それが、強く張られたワイヤーのようなものに、強引に首を接触させられたとか」

舛城は沈黙した。詳細をたずねたいとは思わなかった。

当初は吉賀の死についても、首吊《くび》りを装って引っぱりあげるには、かなりの力が必要とみられていた。だがその後、ロープをこすった跡がボイラー室じゅうにあると判明した。複数のロープを巧みに張りめぐらせば、体重を分散させられる。子供の力でも吉賀を引っぱりあげることが可能だ、そんな専門家の見識が届いた。

　こじつけっぽいうえ、あきらかに沙希を意識している。捜査関係者のなかにも、沙希を被疑者にしたがっている者がいるらしい。少女が事件解決人として持て囃《はや》され、組織の面子《メンツ》が潰《つぶ》されたことに腹を立てるほど、警察は幼稚ではない。だがあらゆる可能性を疑うという捜査の基本理念が、おかしな見解を生んでいるように思える。沙希にそんなことができるはずがない。

　しかし加害者が誰であれ、沙希に罪をなすりつけようとしているのは、まずまちがいない。二度の殺人とも、手口があの浮遊マジックに結びつきすぎている。しかも最初の殺人は、沙希の実演以前に発生した。沙希があのマジックを準備していた事実を知る者の犯行だろう。

　そこまではたしかだが、それ以上の憶測は禁物だった。きのうまで飯倉こそ主犯と見なしていたではないか。

　十年前に挙げた男。被疑者と目された男。飯倉義信がものいわぬ死体と化した。見立てちがいだった。マジック詐欺の主犯はほかにいる。

　舛城は、泣きじゃくる沙希の背を眺めていた。

いまや沙希は、各局の番組に引く手あまたの売れっ子だった。飯倉の死亡推定時刻、きのうの午前十時から十二時のあいだは、沙希も都内を移動中だったらしい。同伴者もいなかったという。飯倉の家を訪ねて犯行に及んだ、その可能性を明確に否定できるアリバイはない。だがありえなかった。多忙をきわめていた彼女が、警察の監視下に置かれていた飯倉に近づき、殺害に至る。まず考えられない。

そもそも警察が張りこんでいた飯倉の自宅に、加害者はどうやって忍び入ったのか。侵入経路はダイニングのサッシで、ガラスが割られていたが、庭に踏み入る際には捜査員の目にとまるはずだ。そこもマジックに思えてくる。

舛城は頭《かぶり》を振り、その思考を追い払った。号泣する沙希の声に、偽りの響きは感じられない。被害者遺族の嗚咽をきくのは初めてではない。直感がまちがっているとは考えにくい。

ずいぶん時間が過ぎていた。舛城は沙希の背に歩み寄った。

「沙希」舛城は声をかけた。「そのう。なんといえばいいか」

すると沙希は泣き声を押し殺し、舛城を振りかえった。

充血し腫《は》れあがった目が睨《にら》みつけてくる。沙希がまくしたてた。「舛城さんのいうことなんて、嘘ばっかり。飯倉さんを犯人呼ばわりして、本当の犯人を野放しにして。わたしの両親のときもそうだった。なにもしてくれない。もうたくさん。警察なんて大嫌い！」

「ほんとに済まない。謝るよ。飯倉が狙われているなんて、予想すらできなかった」

それからまた沈黙がつづいた。職員が静かに声をかけ、対面の時間の終わりを告げる。飯倉の遺体が収納される前に、一同は退室を求められた。

無言で廊下を歩く。舛城は沙希と並んだ。嫌われてもそうするつもりだった。

沙希はしきりに涙を拭《ぬぐ》っていたが、やがて落ち着きを取り戻していった。鼻の頭を真っ赤にし、洟《はな》をすすりながらも、視線をおとさず歩くようになった。

「誰なの？」沙希はたずねてきた。「飯倉さんを殺したのは」

「まだわからない。動機も明らかじゃない。なにかきいてないか」

「いいえ。全然。このところ、ずっと会ってなかったし」

「あの銀座の劇場以来か？」

「ええ」

「そうか。飯倉の事務所を調べたが、詐欺の犯行を裏付けるような痕跡《こんせき》はなにもなかった。完全なる見当ちがいだ。本当に申しわけない。代わりに、これがでてきた」舛城は内ポケットから書類をとりだした。

沙希は書類を受けとった。「なんなの？」

「出演契約書だな。来月の七日、池袋《いけぶくろ》の東亜《とうあ》銀行ホールでのチャリティー・イベントがあるようだ。音楽のアーティストが中心だが、オープニングアクトはきみが務める。例の浮遊術でな」

「じゃあ」沙希が目を丸くした。「飯倉さんがこのスケジュールを？」

「そうだよ。あいつ、純粋にきみのためを思って、あちこち手を尽くしてたんだな。イベント業者とも打ち合わせ済みらしい。東亜銀行ホールはアイボリー劇場とちがって、本格的な舞台装置が揃ってる。ワイヤーを自動的に巻きあげる設備もある。速度も調整可能だというから、役に立つだろう。舞台の安全面を管理するプロフェッショナルがセッティングしてくれるらしい」

「ほんとですか」沙希はまた涙ぐみ、唇を嚙《か》みしめた。「これを飯倉さんが」

「あいつの最後のプレゼントになっちまったな」

病院の玄関を抜け外にでた。脆《もろ》い陽射しが辺りを照らす。煉瓦《れんが》畳の広場にすずかけの落葉が舞い散っては、絶えず風に吹き寄せられている。

沙希の声が冷静にきいてきた。「捜査のほうはどうなったの？　進んでる？」

「いや。進んでるとはいいがたいな。飯倉も死んで、振りだしに戻ったところだ」

「わたしに手伝わせて」沙希が切実にいった。「また力になれると思うの」

舛城は困惑とともに立ちどまった。「だけど、きみは……」

「お願い」沙希の泣き腫らした瞳《ひとみ》が、なおも潤みがちになっていた。「もう牧田さんに会ったりしないから。取材なんか受けない。わたし、飯倉さんを殺した人をつかまえる手助けがしたいのよ。絶対に許せない。だから……」

「そうはいってもな」舛城は遠くに目を向けた。

浅岸と恵子が視野にいた。ふたりとも静止し振りかえっている。会話はきこえただろうが、口をはさむようすはない。その態度にふたりの意思が垣間《かいま》見えた。

吉賀の恋人をマークし始めたところだ。沙希を引き合わせれば、そこでなにか判明するかもしれない。少なくとも沙希の態度を見れば、彼女自身の嫌疑について白か黒か、おのずからはっきりしてくるだろう。

捜査員なら、そんな思考をたどって当然だった。気は進まない。だがほかに方法もない。

「わかった」舛城は沙希にいった。「もういちどだけ、協力を頼むよ」

涙にくれた後の沙希の瞳は、雨あがりの空のごとく澄みきっていた。「ありがとう、舛城さん」

25

日曜の府中競馬場は混んでいた。ビッグレースはないものの、晴天だからだろう。

舛城はパドックの一角にたたずんだ。遠くに見える木々が葉を落とし、冬景色の様相を呈してきている。

浅岸が駆け寄ってきた。「舛城さん」

「おう」舛城は目立たないよう、手にした競馬新聞を眺めながらきいた。「吉賀の女はいたか」

「きょうはまだ姿を見せてませんね。ただし元橋鮎子という名を知ってる人間は、大勢いますよ。ここの競馬マニアには有名人ですね」

「なぜ名が知れてる？」

「予想屋として超一流らしいです。百発百中、外したレースはないってほど、的確な読みが評判になってるとか」

「ほう。女の予想屋ね。どこで人を集める？」

「それが、ふつうの予想屋とちがって、おおっぴらには動かないらしいです。ぶらりと現れて、ひとりの客あるいは数人のグループに声をかけてくるんだそうで」

「ひとりか数人だと。そんな少人数を相手にしてたんじゃ、予想屋としては稼ぎにならねえだろ」

「いえ、それが」浅岸は声をひそめた。「予想を売るわけじゃないらしいんです。すでに券売所で馬券を購入済みの客に声をかけ、一緒にレースを見物する。出走直前に女が予想をお披露目する。レース後、予想が的中して、客はびっくり。そんな具合らしいです」

「なんの儲《もう》けにもならない話だな。女の目的はなんだ？」

「正規の馬券より高い倍率で賭《か》けられるところがあると、ひそかに持ちかけてくるとか」

「なんだ。〝抜けイチ〟か」舛城は新聞をたたんだ。「競馬場の客をノミ行為に勧誘する役目だ。ノミの主催者の暴力団員から、紹介した人数に応じて礼金をもらう。それだけのせこい商売だ」

「でも、いつも予想が的中してるって噂はどうなんでしょう」

「知らないのか。ふつう、関東の〝抜けイチ〟はすべての馬を単勝で買っておく。レースが終わったあと、勝ち馬の馬券を見せ、さも的中したように思わせるのさ。馬券代は〝抜けイチ〟にとって必要経費みたいなもんだな」

「ええ、それなら知ってます。僕もそう指摘したんですが、元橋鮎子を知る連中は、そんな見え透いた方法じゃなかったって証言してます。名刺の裏に赤鉛筆で連勝複式の番号を書き、封筒にいれるというんです」

「レースの後じゃなく、先に書くのか？」

「そうです。それが的中するんです。あとで名刺の番号に電話すると、ノミの店ってわけです」

「インパクトのある勧誘だな。予想が毎度、的中する女か」

「元橋鮎子は、吉賀の女ですから……」

「これもマジック詐欺のひとつの可能性が高いな。競馬の客たちを信用させるトリックだ」

「ところで」浅岸が辺りを見まわした。「里見沙希はどこですか」

舛城は指さした。群衆のなかにたたずむ沙希が見える。ゆっくりとパドックを進む馬を、無言で眺めている。

浅岸が訝《いぶか》しげにきいた。「あんなところでなにを？」

「べつになにも。俺とは一緒にいたくないってことらしい」

「協力を申してたのは、あの娘《こ》のほうでしょう」

「それはそうだが、両親につづいて飯倉を失っちまったんだ。二度もな。最初は逮捕、次は死別。どっちも俺に奪われたように感じてるだろう」

「舛城さん」浅岸が躊躇《ちゅうちょ》をしめしながらたずねてきた。「沙希本人を被疑者と見なすかどうかについては、どう思いますか？」

沙希は微風に泳ぐ髪を手で押さえていた。舞台上を自由に浮遊した少女。奇跡を成し遂げたとは思えない、ひとりの少女の横顔がそこにある。

「ありえんよ」舛城はつぶやいた。「とても考えられない」


府中競馬場のスタンドで、浅岸が声をあげた。「現れた」

舛城は並んで座っていた。あわてて腰を浮かせる。「どこだ」

満員の群衆のなか、元橋鮎子の姿は際立っていた。真っ赤なスーツに派手なスカーフ、白の帽子に、サングラスときている。イギリスのドンカスター競馬場なら、あんな女性客もいるかもしれない。だが軽装の中高年がほとんどの府中競馬場では、くっきりとめだつ赤い染みも同然だった。

舛城はオペラグラスで女を観察した。横顔が見てとれる。事前に確認した顔写真と同一人物だった。

「尾《つ》けろ」舛城は浅岸に指示した。「女が客に接触したら合図を送れ。俺もそっちへいく」

「了解です」浅岸が客席の通路を歩きだした。

陽が傾きつつある。最終レースだった。この機を逃せば、鮎子との接触は来週の日曜までおあずけになる。任意で事情を聴くことも可能だが、それでは遠まわりになるだろう。マジック詐欺の現場を押さえ、取り調べに持ちこみたい。不可解な手段で勧誘をおこなっている以上、この女も一連の詐欺事件や、連続殺人事件の被疑者に数えうる。

沙希が近づいてきて隣りに座った。「誰かきたの？」

「ああ」舛城は応じた。「吉賀の女だよ」

「さっきの写真の人？」

「そう。きみは面識ないな。元橋鮎子。勝ち馬の予想を的中させて客の気を引き、ノミ行為に誘うそうだ」

「ノミ行為って？」

「まあ、未成年者のきみが知る必要はない」

「教えてよ」沙希は不服そうな顔になった。「捜査に協力するんなら、知らないことはなんでも知らなきゃ」

舛城はため息まじりに答えた。「暴力団が資金集めのため、競馬の胴元になることだ。利益率が高いために、そっちに走る客も多い」

「ふうん。元橋鮎子さんはいま、どこ？」

「浅岸がマークしてる」

舛城はスタンドを眺め渡した。人混みのなかに浅岸の姿を見つけた。浅岸がさりげなく片手をあげ合図した。

「あそこだ。行こう」舛城は沙希をうながした。

満員のわりに静かだった。この時間のレースになると、客たちも朝の活気はどこへやら、負けを取りかえそうと神頼みになるらしい。誰もが祈るようにコースを見守る。ノミ行為への食いつきがよくなる時間帯といえるかもしれない。元橋鮎子はそのタイミングを見計らい、姿を現したことになる。

客席のなかの階段を下っていく。浅岸が鮎子の位置を視線でしめした。

着席している鮎子の後ろ姿があった。隣りの五十歳代の男に声をかけている。会話がきこえるよう、舛城は浅岸と入れ替わって立った。フィールドを眺めるふりをしながら、鮎子の白い帽子を見下ろす。

「ほんとかよ」男性客は驚いたような声をあげた。「あんたが予想を外したら、俺に一万くれるって？」

「そう」女の声は低く落ち着いていた。「予想が当たっても、あなたからおカネをもらうわけじゃないのよ。ただわたしの名刺を受けとって。それだけでいいわ」

「へえ。まあ、なんでもいいや。損する話じゃねえのなら。でもなんの名刺だ？　あんた水商売か」

「ちがうわよ。ただ確実に勝ち馬を当てる、凄腕《すごうで》のギャンブラーが集う場所があるの。ここの券売所で買うより、ずっといい倍率がつくのよ。少ない投資でより多く儲けられる」

客は警戒心を抱いたようすだった。「なんだか、やばそうな場所だな」

「あら、怖《お》じ気づいたの。度胸のあるギャンブラーを探してたのに、残念ね」女はそういって、腰を浮かせようとした。

「まちなよ、わかった」一万の儲けを逃したくないと思ったらしい、男があわてぎみに引き留めた。「予想してみなよ。当たってたら名刺をくれ。ただし、外れたら一万、この場でちゃんと払ってくれよな」

「もちろんよ」鮎子はそういって、ハンドバッグに手をいれた。取りだした名刺の裏に、赤鉛筆で走り書きする。

なにを書いたのかは、男性客に見せていない。舛城からも視認できなかった。鮎子はすぐに名刺を小さな封筒におさめた。名刺がぴったりおさまるサイズの封筒だった。鮎子が封筒をかざした。「この予想、絶対当たるわよ。約束するわ」

「予想を見せろよ」

「この封筒のなかにあるわ。結果は見てのお楽しみ」

「ふん」男性客は腕組みをした。「外れたからって、逃げるなよ」

鮎子が前方に視線を向けた。舛城も目で追った。最終レース、千二百メートル、芝、左、十六頭。まだ数頭がゲートに入っていない。

沙希が背伸びして、舛城に耳うちしてきた。「大人の女って感じね。誘惑する言いまわし、参考になるかも」

「からかうなよ」舛城は沙希にささやきかえした。「あの名刺の裏に書いた予想が当たらなかったら、女は一万払わなきゃならん。ずいぶん自信があるんだな」

「レースのあと、わたしが合図したらすぐに彼女の右手をつかんで。親指を、ほかの四本の指に接触させないこと」

もうトリックに気づいているのだろうか。舛城は浅岸につぶやいた。「きいたか」

「ええ」浅岸がうなずいた。

「女の後ろにぴったりと張りつけ。沙希がいったとおりに行動しろよ」

「わかりました」

ゲートが開いた。歓声が沸き起こり、観客が総立ちになる。

各馬がいっせいに走りだした。外枠がいいスタートを切っている。5番の馬がやや出遅れたようだが、猛然と速度をあげ、ほどなく先頭に立った。外から6番、絡んでいた13番、四番手に7番。最後尾は12番で、先頭まで七馬身か八馬身の差がある。

舛城は鮎子を観察していた。封筒は右手に持たれている。隣りの男性客は上機嫌だったが、鮎子は緊張の面持ちだった。その表情は服装と同じく、周囲の客から浮いていた。

レースを視界の端にとらえる。第三コーナーのカーブに入っていた。先頭の5番が、残り四百メートルの標識に差しかかっている。直線に入った。6番が二馬身差で二位につけている。三番手に7番があがってきた。ゴールが迫る。最後は5番が身体半分リードしてゴールインした。二着は6番。

勝者の拍手と敗者のため息が交ざりあって客席に渦巻いた。ため息のほうが多かった。客たちは早くも席を離れ、帰宅の途につきだした。

「ちぇ」男性客が馬券を破り捨てた。「連複で3―3だな」

男性客の目が、鮎子の手もとに向く。鮎子は自信たっぷりに封筒の封を切り、名刺を半分突きださせ、隣りの客に向けた。

男性客が目を瞬《しばたた》かせながら名刺を引き抜いた。その顔が驚きに変わる。大声をあげた。「3―3だ。的中じゃねえか!」

「いったでしょう? ぜったいに外さないって」鮎子はそういいながら、封筒を手のなかで丸めた。

名刺が何枚も入っていたとは思えない。もしそうなら、かなりの厚みになっていたはずだ。予想が本当に的中した、少なくともそう見えた。

そのとき沙希が、舛城の腕を軽く叩《たた》いた。舛城はすかさず浅岸に目で合図した。

浅岸が素早く動き、両手で鮎子の右手をつかんだ。

「なにをするの!」鮎子が怒鳴った。

周りの目がいっせいに注がれた。隣りの男性客がびくつきながら身を退かせる。

沙希が冷静にいった。「親指の先にくっついているものを剝《は》がして。証拠品になるから」

舛城は鮎子に近づいた。浅岸が保持した鮎子の手、その親指の腹に、奇妙な物体が貼りついていた。

直径は五ミリぐらい、肌色に塗装されていて、ホックの凸部のような形状をしている。両面テープで貼りつけてあるらしい。それを剝がしてつまみとった。

「元橋鮎子」舛城は声をかけた。「どういうことかわかるな？　これについての弁解は署できく」

ノミ行為の勧誘をおこなった時点で法律に違反している。警察官の職務執行にはなんら支障がない。

鮎子は腹立たしげに暴れ、浅岸の手を振りほどこうとしたが、ほどなく無駄だと悟ったらしい。顔をしかめながらもおとなしくなった。

26

署の取調室で、元橋鮎子は視線を落としていた。窓の外は暗くなっている。蛍光灯の明かりが、いつしか陽射しにとって代わっていた。

沙希は壁ぎわの椅子を与えられていた。昂《たか》ぶる気持ちを抑えながら、元橋鮎子を眺める。舛城と浅岸が事務机をはさんで、鮎子と対峙《たいじ》していた。

無言のうちに考えた。飯倉を殺したのはこの女だろうか。実行犯でなくとも、なにか知っていることがあるのか。

舛城が沙希にたずねてきた。「ネイルライターってなんだ。このホックみたいなものに、火でもつくのか」

「そのライターじゃないの」沙希はため息とともにいった。「タイプライターのライター。メンタル・マジックで数字を予言する現象に用いるの。ようするに、親指で字を書くための道具」

「ホックの突起をこすりつけて書くのか」

「先端に鉛筆の芯《しん》がついているタイプもあるけど、それはただの突起。封筒のほうにも仕掛けがあるはず」

丸められた封筒を、舛城がとりあげた。ひろげてから破る。なかから赤いカーボン複写用紙が取りだされた。

「なるほど」舛城が苦笑した。「封筒の内側に赤のカーボンを貼りつけてある。親指につけたネイルライターで封筒をひっかくようにして書けば、なかにある名刺に赤く記入されるってわけだ。字はうまくなくても、もともと名刺に走り書きしたことになってる。べつにおかしくはない」

鮎子が口をきいた。「なんのこと?」

「〝抜けイチ〟の勧誘パフォーマンス、おまえの仕事だ。名刺の裏に赤鉛筆で書くふりをして、じつはなにも書かず封筒におさめた。レース終了直後に親指を動かし、連複の番号を記入した。赤カーボンで転写された文字は、赤鉛筆で書いたものにそっくりだからな。錯覚も強まる」

鮎子の冷やかな目が沙希に向けられた。「このお嬢ちゃん、ほんとに警察に協力してたのね。マスコミのでっちあげかと思ってたわ」

「元橋」舛城の表情が険しくなった。「吉賀が死んでも〝抜けイチ〟をつづけてた以上、頼まれたわけじゃなく、自分の意思だったわけだ。詐欺の実行犯として逮捕されても文句はいえねえな」

「実行犯? わたしが考えたことじゃないわよ。このトリックは〝抜けイチ〟の客をつかまえるために、欣也さんから教わっただけ」

「欣也さんか。きみは吉賀をそう呼んでたわけだな。恋人か」

「冗談じゃないわ。あの人は最低よ」

「なにが、どう最低なんだ」

「わたしを、赤の他人の連帯保証人にした」

「赤の他人？ 借金の仲介か。カネを借りたいが保証人のいない人間に、吉賀が保証人を紹介してやるといった。きみにはそう伝えないまま、連帯保証人の責を負わせた」

「まあ、そうね」鮎子の目のいろが微妙に変化した。「よくわかったわね」

「吉賀の指南を受け〝抜けイチ〟になった女といえば、そんな立場だろうよ。借金した人間がドロンして、きみに返済の請求がきた。その返済のため、いまも働かざるをえないんだな」

浅岸が鮎子を見つめた。「もとはといえば連帯保証人の契約書にサインをした、きみ自身のせいでもあるだろ」

鮎子は軽蔑《けいべつ》するようなまなざしを浅岸に向けた。「サインをした覚えはないわ」

「どういうことだ」

「あんた、耳が遠いの。した覚えはない、そういったのよ」

舛城が鮎子にきいた。「いつサインしたか、まったく思いだせないか」

「ええ」鮎子は自嘲《じちょう》気味な笑いをうかべた。「情けない話ね。お酒飲んで、いつも酔っ払ってたし。わたし、精神的にも不安定なの。自律神経失調症だったりするのよ。

サインしてくれっていわれて、しちゃったのかもしれない。別の契約書にサインしたような記憶なら、ぼんやりあるんだけどね」

舛城がたずねた。「契約書の控えはあるか」

鮎子は卓上のハンドバッグに顎《あご》をしゃくった。「なかに入ってるわ」

浅岸がハンドバッグを開けた。雑多な物が取りだされる。化粧品の類《たぐ》いとハンカチ、くしゃくしゃになったレシートや商品券。やがて浅岸はハガキ大のカードをつまみだした。「これか」

「貸せ」舛城はそれを受けとった。「借用金確証。金一千万円。右の金額確かに借用収受いたしました。請求に対して債務者が義務の履行を怠った場合、保証人が責任をもって履行することといたします、か。サインがふたつあるな。この森町三郎《もりまちさぶろう》ってのが債務者か。おまえは面識ないんだな」

「ないわ」

「その面識のない男の名と並んで、連帯保証人の欄に元橋鮎子と書かれてる」舛城はカードの裏表を眺めまわした。「それにしても妙な契約書だ。大きさも材質もハガキみたいだ。サインは直筆でコピーじゃないな。カーボンの複写でもない。ちゃんと万年筆で書いてある。これは控えじゃないのか?」

「ふたつ書いたのよ、たぶんね。もう一枚は吉賀を通じて、貸主の金融機関にでも渡されてるんでしょ」

「この貸主なり、森町三郎ってのが実在すると思ってるのか」

「ええ、そりゃそうでしょう」鮎子が妙な顔になった。「でも、どういうこと？」

浅岸がいった。「きみははめられたんだよ。この借用書はでっちあげだ」

「そうとも」舛城がうなずいた。「吉賀はきみを〝抜けイチ〟にして働かせるため、こいつを作ったんだ。連帯保証人として一千万の支払い義務を負ったと、きみに信じこませるため、小細工したんだよ。いくらきみが酔っ払ってたからって、こんな文書二通にサインしないだろ。吉賀がきみの筆跡を真似たにきまってる」

「馬鹿にしないでよ」鮎子はふいに怒りだした。「わたしがいちども疑いを抱かなかったと思うの？　その契約書持って弁護士に相談に行ったわ。弁護士会に協力してる、文書分析のプロって人も紹介された。警察の鑑識ＯＢなんだって。筆跡と契約書の有効性ってのを鑑定してくれた。顕微鏡で見て、ミクロンって単位の筆圧までも測定した結果、わたしのサインにまちがいないっていわれた」

「たしかか」舛城がきいた。

「ええ。契約の本文も、サインより前に書かれたものだし、書き直された跡はまったくないって。だからわたしがサインしたのよ」

「きみはさっき、別の契約書にサインしたように思ってたとか、そんなふうにいったな。それはどういうことだ」

鮎子は口ごもった。「いいのよ。あれはもう」

「よくない。きかれた質問には答えろ」

「いいってば。どうせ馬鹿にするでしょ」

「喋《しゃべ》ってもいないのに、なぜ俺たちが馬鹿にするときめつけるんだ」

「ったく」鮎子はじれったそうに吐き捨てた。「わたしは一千万円もらえるって契約書にサインしたの。そのつもりだったの」

「もらえるって書いてあったのか。契約書は、これと同じ大きさだったか？」

「ええ、そうよ。でもどうせ、わたしの勘ちがいでしょ。酔っ払って、わからなくなってたのよ。まちがえた理由なんか簡単よ、馬鹿な女だから。それだけ。一千万もらえる話がある、ここにサインするだけでいいって吉賀にいわれた。文章はいちおう読んだけど、わたしにはそう書いてあるように見えたの。わかった？　せいぜい笑いなさいよ」

舛城も浅岸も笑わなかった。静寂だけが漂った。

「なあ」舛城はゆっくりとした口調で切りだした。「元橋。俺も長いこと刑事をやってる。犯行を酒のせいにする奴も大勢いた。酔っ払ってたから魔がさした、カネを盗んだ、人を殺したってな。だが取り調べをつづけるうち、ぼろがでた。俺の認識では、人間ってのはいくら飲もうが、一線は越えないもんだと思ってる。酒に酔って暴れたり、無謀なことをしでかしたりしても、署名やら捺印《なついん》やらを求められれば、シラフに戻っちまうもんだ。自律神経失調症なんて、俺にいわせりゃ病気のうちに入らない。俺はきみが、馬鹿な女だなんて思っちゃいない。きみが連帯保証人って字を読めなかったとも思わない。この契約書は無効だ」

尖《とが》っていた鮎子の目つきが、しだいに穏やかになっていった。「そんなこといっても、専門家が有効だと判断したんだから、しょうがないじゃない」

「専門家なんか糞《くそ》くらえだ。こんな契約、無視してりゃいい」

「無理よ」鮎子はすがるような目でうったえた。「ふつうの借金の保証人とはちがうのよ。連帯保証人は返済から逃れられないって、弁護士もいってた。貸主が連帯保証人から取り立てたいと思ったら、そうなるのよ。裁判でも勝ち目がない」

「あきらめるなよ」

「なにいってんの?」鮎子の目にうっすら涙が浮かんだ。「弁護士なんて結局、金持ちの味方よ。わたしにはなにもしてくれなかった。あんたたちだってそうじゃない。無視しろですって。冗談じゃないわ。苦しんでるわたしのなにがわかるの？」

「ほかにも借金があるのか」

鮎子は唇を噛《か》み、小さくうなずいた。「離婚して、子供もいるの。養育権は向こうだけど、家のローンだけは折半する約束で……」

「その家には、おまえさんは住んでないのか」

「ええ」鮎子はうなずいた。

重い沈黙が降りてきた。三人の大人たちは口をつぐみ、揃って視線をおとしている。静観はできない。沙希は立ちあがり、机に歩み寄った。小声でささやいた。「舛城さん。そのカード、見ていいですか」

舛城が沙希にカードを押しやってきた。

沙希はそれを手にとった。ハガキ大のカードを横にして、縦書きで記入してある。〝借用金確証〟の見出しから〝後日の為借用証書を差しいれておきます　以上〟までは、すべてカードの中央よりも右に記述してある。すなわち契約書の右半分は文面、左半分は署名と、きれいに分かれている。折り目はなかった。考えられるトリックはひとつだけだ。

「元橋さん」沙希は静かにいった。「一千万円をくれるっていう契約書にサインしたときのことを、よく思いだしてください。この一枚だけを渡されて、そこにサインしたんじゃないですよね？　契約書は束になってて、いちばん上の一枚にサインした。そうでしょう？」

鮎子の目が沙希に向けられた。子供がでしゃばるな、そういいたげなまなざしだった。嫌悪感を漂わせた口調で、鮎子はつぶやいた。「知らないわ」

「よく思いだしてください。絶対に一枚じゃなかったはず……」

「知らないっていってるでしょ！　なんなの、あんた。警察官にでもなったつもり？」

よく大人を怒らせる。沙希にはそんな自覚があった。とくに大人の女を。鮎子の反応は、出光マリのそれと大差ない。苛立《いらだ》ちをあらわにし、取りあうことを拒絶する。

そんな感情におちいる理由もわかる。真実に向き合うのには勇気がいる。勇気を発揮できない自分自身に苛立っている。鮎子もきっとそうにちがいない。

沙希は根気強くいった。「お願いです。よく思いだしてください。契約書は束になってた。そうじゃないですか」

「ええ、そうよ。束になってた。欣也さんがポケットからだしたとき、わたしいったもん。年賀状がそんなに届いたのって。束になってたわよ。それがどうしたの」

「年賀状といったからには、輪ゴムでとめてあったんでしょう。なら元橋さんは、文面を見まちがえてなんかいない」

舛城がきいた。「なにかトリックがあったのか」

沙希はうなずいてみせた。「束の状態のまま、いちばん上のカードにサインさせ、それを引き抜いた。二枚目も同じようにした」

「そう」鮎子が見つめてきた。「たしかそうだわ。駅のホームだった。机に代わるものがないからって、束ごと渡されて、その場でサインしたの」

思わずため息が漏れる。沙希はつぶやいた。「やっぱりね」

「なんだ?」舛城はきいた。「どういうトリックだ?」

「元橋さんが見た契約書はたしかに、一千万円がもらえるって内容だったんです。ハガキ大のカードが数十枚、きちんと揃えて輪ゴムでとめてあります。文面はぜんぶ借用書。ただし、束のいちばん上だけは、カードの半分のサイズ、すなわち右半分だけが載せてあったんです。真ん中を輪ゴムで二重にとめれば、いちばん上のカードが一枚に見えます」

舛城は納得したようすだった。「その右半分だけのカードに、一千万円を譲渡するという文面が書かれていたんだな。しかし左半分は二枚目のカードだから、借用書にサインしちまう」

「そうです」沙希は説明をつづけた。「カードの左端を持って、左方向に引き抜けば、タネの右半分のカードは輪ゴムに保持されたまま、束のいちばん上に残ります。そしてまた、束のいちばん上にサインさせた。同じように引き抜いて、借用書二枚のできあがり。元橋さんに譲渡の契約と信じさせておいて、連帯借用書にサインをさせたんです」

鮎子の声がうわずった。「そんな」

「元橋」舛城が鮎子を見つめた。「きいてのとおりだ。吉賀はきみをだまし、精神的に不安定なところがあるのを利用して、記憶ちがいだと思わせてた。だが正しかったのはきみのほうだ。いいようにだまされ〝抜けイチ〟の仕事を押しつけられたわけだ」

茫然《ぼうぜん》と見かえす鮎子の顔に、悲哀のいろが浮かんだ。目に大粒の涙が膨れあがる。

鮎子がつぶやいた。「なんてことなの。ひどい」

「わかったろ、元橋」舛城が穏やかにいった。「すべて吉賀の仕組んだことである以上、返済の義務なんかない」

「でも」浅岸が口をはさんだ。「カード右半分のタネでも見つからないと、物証が……」

「いや」舛城は首を横に振った。「元橋。きみは〝抜けイチ〟で稼いだカネを、森町三郎なる名義の銀行口座に振りこんでいたんだろ？　吉賀が死んだいま、そのカネは黒幕の収入になってる。口座番号からたどって、そいつを炙《あぶ》りだしちまえばいい」

沙希のなかに安堵《あんど》がひろがった。どうやら無事に済みそうだ。

鮎子が沙希を見つめてきた。沙希は見かえした。目が合うと、鮎子は戸惑いがちにうつむいた。すぐにまた上目づかいに眺めてくる。

「あの」鮎子はいいにくそうにささやいた。「ありがとう。あなたのおかげで助かった」

「よかったですね」沙希は心からいった。

しばらく見つめ合ううち、鮎子の顔に笑みが浮かんだ。沙希も胸のつかえがとれた気がした。自然に微笑がこぼれた。

なんのためにマジックにすがって生きているのか、自分でもよくわからない。でもいまこの瞬間だけは断言できる。マジックを学んでいてよかった。救われた人がいるのだから。

27

すっかり日が暮れている。舛城は新宿署前、青梅《おうめ》街道沿いの歩道に立った。

タクシーを目で探すが、いまのところ見当たらない。まだ時間が早いせいかもしれなかった。とはいえもう午後十時近い。沙希を施設に帰らせるには地下鉄でなく、タクシーが望ましい。

並んで立つ浅岸がいった。「僕、対向車線のほうへ行きましょうか」

「でも方角が逆になるからな」

そのうち車両の通過が途切れ、妙に静かになった。街路樹が風に吹かれ、枝葉をすり合わせる。ざわめきがはっきりと耳に届くほどだった。

浅岸がつぶやいた。「やはり、なんだか妙ですよね」

「なにがだ」

「結局また沙希がトリックを暴いて、事件は無事解決。発表されれば彼女の名声につながるでしょう。でも主犯には手が届かない。得をしたのは沙希ひとりだけです」

「いや」舛城は路上を眺めたまま応じた。「俺はそう思わん。沙希は損得勘定を抜きにして、元橋鮎子を救おうとした」

「どうしてそういいきれるんですか？」

「勘だよ。あの子は常に正しくありたいと思ってる。ホシは断じて沙希じゃねえ」

「ならいいんですけど」

「ああ、まちがいないよ。沙希にしろ飯倉にしろ、降って涌《わ》いたマジック詐欺の被害者さ。だがそんな迷走もすぐに終わる。元橋鮎子からききだした口座番号をあたればな」

「かなりの知能犯です。たぶん架空名義の口座でしょう。足がつくかどうか」

「調べてみなきゃわからん。最後まであきらめるなよ。少なくとも俺は、沙希からそう教わった気がする」

「肝に銘じます。おっと」浅岸が手をあげた。「空車がきました」

タクシーが滑りこんできた。舛城は署の玄関を振りかえった。「沙希。迎えがきたぞ」

沙希が階段を駆け下りてくる。ずいぶん距離があるが、ロビーで待機するよう指示したのは舛城だった。

浅岸が苦笑いを浮かべた。「過保護ですね」

「いいんだよ。用心に越したことはない」

やっとのことで到着した沙希が、息を弾ませながらいった。「やっぱ電車で帰ります」

「だめだ」舛城はきっぱりと告げた。「きみになにかあったんじゃ、悔やんでも悔やみきれないからな」

「やさしいんですね」

舛城は沙希を見つめた。沙希が目を泳がせている。年齢相応の可愛げが感じられた。ときおりこんな子供っぽい態度をしめすこともある。

「なあ沙希」舛城はきいた。「東亜銀行ホールのイベント、どうする？ 出演するのか？」

「うん」沙希は微笑とともにうなずいた。「飯倉さんがせっかく取ってくれた仕事だから」

「無理するなよ。今度はちゃんとプロのスタッフに指導を受けて、安全を確認してからだぞ」

「わかってますって。舛城さんたちも、当日時間があったら観にきて」

「いいのか？」

「ええ」沙希が手を振った。「じゃ、またね」

「きょうもいろいろありがとう。感謝してるよ。気をつけてな」

タクシーの後部座席に沙希が乗りこむ。ドアが閉まった。遠ざかる赤いテールランプを、舛城は無言のうちに見送った。

浅岸がきいた。「ショーを観に行くんですか」

「いや」舛城はつぶやいた。「行かない」

沙希には悪いが、マジックを観覧している場合ではない。主犯を挙げるまでは、なにがあろうと全力で駆けずりまわる。それが飯倉へのせめてもの供養になる。

28

沙希は東亜銀行ホールのステージに立った。

周りは照明のセッティングや、大道具の搬入に追われる職人たちでごったがえしている。だが見渡すばかりの客席に目を転じれば、まだ誰もいない。音響のコンソールでスタッフが立ち働くだけだ。

座席数はアリーナのみで九百九十、二階席に四百四十、三階席は四百七十八、四階席が四百四十七。いたるところにスピーカーが設置され、内壁には吸音板が張りめぐらしてある。反響を吸収し、純粋な音だけが観客の耳に届く。

さっき案内されたバックヤードも驚きの広さだった。銀座アイボリー劇場が控室ひとつにすっぽり収まる。ヘアメイクにも専用のスタッフが待機していた。

いまだ信じられない光景だった。思わず目を疑いたくなる。リハーサル段階とはいえ、これほど大きな舞台の上に立つのは、生まれて初めての経験だった。

午前十時。約九時間後には、大勢の観客の前で演じることになる。スポットライトを一身に受け、この広大な舞台を飛びまわる。思い描いた直後から、緊張が興奮へと変わっていった。

スタッフのひとりが怒鳴っている。「アースをとれ。これが終わったら仕込み図を見ながら明かり合わせだ」

「スポットの当たり、まだ調整してませんけど」

「このあとやる。その前にケーブルをいったんばらして、照明バトンを飛ばすから」

「わかりました」

威勢のいいやりとりだった。沙希には彼らがなにをしているのか、ほとんどわからなかった。別世界に迷いこんだかのようだ。

男の声が呼びかけた。「里見沙希さん？」

沙希は振りかえった。スタッフジャンパーを着た男がふたりいた。いかにも体力仕事向きの屈強そうな身体つき。周囲の職人と比較しても、体格のよさは際立っている。ひとりはスキンヘッド、もうひとりは角刈りだった。

あわてて頭をさげる。沙希はいった。「本日はよろしくお願いします」

「よろしく」スキンヘッドが愛想よく笑った。「僕らは高所作業専門のスタッフです。

里見さんのパフォーマンスのため、ワイヤーを張らせていただきます」

沙希のなかに戸惑いがあった。舞台効果専門の会社に図面のコピーを送ったのは、だいぶ前のことだ。スタッフらは沙希が大学ノートに描いた図面を分析し、大判の模造紙上に緻密《ちみつ》に再現した。以降は何度か、小規模のホールで舞台にワイヤーを張り、マネキンを飛ばす実験がおこなわれた。むろん沙希も立ち会った。スタッフの仕事ぶりは丁寧きわまりなかったが、そのぶん飛行がおとなしく感じられた。弾力も遠心力も抑えぎみだった。

「あのう」沙希は本心をうったえた。「昨晩もお伝えしたと思いますが、できればわたし、自分でワイヤーを張りたいんです」

ふたりのスタッフは顔を見合わせた。スキンヘッドが口もとを歪《ゆが》めた。角刈りは首をかしげている。

無理な仕事だと思っているのだろう。沙希はむきになった。「アイボリー劇場でも、自分でワイヤーを張ったんです。ひとりでやりました。そのほうが微妙な調整が可能なんです。それにこれはマジックのタネだし、秘密をあまり明かしたくはないですし」

角刈りの眉《まゆ》が八の字になった。「お気持ちはわからなくもないんですが、ここは小劇場とはちがいまして」

　スキンヘッドもうなずいた。「全長八十メートルにもおよぶワイヤーを、あちこち支点にしながら張りめぐらすんですよ。ご覧のとおり複雑な機材がありますし、ワイヤーの支点ごとに滑車も必要になります。このホールはローリングタワーでの作業時、安全帯の着用が義務づけられてるんです。フライングブリッジでの作業にも危険がともないます」

「同感です」角刈りが後をひきとった。「僕らは労働安全衛生法で定められた〝足場の組立て等作業主任者〟の有資格者です。ここでは五メートル以上の高さにおける組み立てとバラシは、僕らじゃないとできません」

「でも」沙希は食い下がった。「わたしは演技を通じて、ワイヤーの支点のどこにどれだけの負荷がかかるか、身をもって知ってるんです。スタッフさんたちとの打ち合わせで、滑車の設置法も学びましたし、機材に影響なくワイヤーが通せると思うんですけど」

　スキンヘッドが笑った。「プロにおまかせください。心配いりませんよ」

　有資格者でないと作業できないというのなら、やむをえない話だった。それでも譲れないところがある。沙希はきいた。「作業に立ち会ってもいいですか」

「いや」角刈りが腕組みをした。「あなたにはメイクとか、ほかの準備もあるでしょ？　舞台上は見てのとおり、大勢のスタッフが立ち働いています。彼らの邪魔にならないよう作業するために、いろいろ決まりごとがあります」

「どんな？」

「たとえば照明バトンの調整が終わらないうちは、上のほうにワイヤーを通せません。キャットウォークに登ることもできないんです。この規模の舞台になると、チームワークが重要になります」

そのあたりのことは、舞台効果専門会社との打ち合わせで理解したつもりだった。対策も考えてある。舞台監督の了承を得たと思っていたが、いまになって反故《ほご》にされるとは。

角刈りが見つめてきた。「演技に備えて体力を温存しておいたら？」

彼らの立場も尊重せねばならない。沙希はあきらめぎみに応じた。「そうですね。ではおまかせします」

床にひろげた模造紙の図面を、ふたりが見下ろした。ひざまずいて細かく検証し始める。

「なるほど」角刈りが真顔でうなずいた。「ミリ単位で測定してありますね。どんなステージの大きさにも合うように、比率も計算されてる。これならしっかりとした準備ができそうです」

沙希は声をかけた。「ひとつだけお願いがあるんですけど」

ふたりが揃って見上げた。角刈りがたずねてきた。「なんですか」

「ワイヤーを張り終わったあと、舞台の幕が開くまで時間がありますよね。ショーの開始前三十分は、舞台でひとりにしてほしいんです。鳩とか、いろいろトリックの仕込みが……」

「ああ」スキンヘッドは笑った。「それらを人に見せたくないっていうんですね。わかりました、そうします」

「お願いします」沙希はおじぎをした。

ふたりのスタッフは図面を指さし、作業の段取りを相談し始めた。蚊帳《かや》の外に置かれた気がする。

ちがう。沙希は思い直した。主役は自分以外にない。

勝負のときが迫っている。ここでも万雷の拍手を受けねばならない。敗北に満ちた惨めな人生ではない、そう信じるに足る、輝ける一瞬を手にしたい。

29

牛込柳町《うしごめやなぎちょう》駅から徒歩圏内、新宿区原町《はらまち》に建つタワーマンションに、舛城は到着した。課長の菅井憲徳警部を説得し、同行を求めるのに骨が折れた。結果、すでに陽が傾き始めている。白金恵子巡査も一緒だったが、三人は互いに口をきかなかった。事実が判然とするまで、ひとことも喋《しゃべ》る気にならない、舛城はそんな思いだった。菅井や恵子も同様だろう。

令状の請求などしていなかった。前にも訪ねたことがある。エントランスのオートロックで部屋番号を押し、チャイムを鳴らした。

家主の妻、陽菜《はるな》が応答した。共働きだが娘がまだ二歳で、世話をするため早めに帰宅していたという。自動ドアを開けてもらい、舛城たちはロビーに入った。エレベーターに乗り、くだんの部屋に到着した。

小ぶりな2LDKだが、子供を含む三人家族が暮らすには、充分なゆとりがありそうだった。陽菜は夫の上司ふたりが突如訪ねてきたことに、ひどく恐縮した素振りをしめした。子供を抱いてあやしながら、不安げにたずねてくる。なにかあったんでしょうか。

警察官の妻なら、悪い報《しら》せが届くのではと気遣わしい日々を送る。それは避けられない。だが実状は負傷や殉職とは異なる。ある意味ではそれらより歓迎せざる事態といえた。

夫の部屋を見せることに、陽菜は同意した。鍵《かぎ》はかかっていなかった。舛城らは踏みこんだ。

六畳の部屋は整然としている。妙なところはどこにもない、一見そう思える。だが舛城の目は、すでに異質なものをとらえていた。

書棚に無数の小冊子がおさまっている。数冊を引き抜く。舛城は思わずため息をついた。「マジックのレクチャー・ノートだ」

恵子が愕然《がくぜん》とした反応をしめした。「嘘でしょ……」

ページを繰ってみる。メンタル・マジックのきわめて専門的な解説、プロやセミプロ向けにちがいない。ほかにコインやカードを用いた手順の教本もある。一部は英語だった。翻訳しながら読んだらしい、あちこちに書きこみが残っていた。

ビニールに入ったレクチャー・ノートも見つかった。店頭に並んでいたときのままの状態だろう。値札が貼ってある。店名はホッピングハーフ。

肩に重い物がのしかかる気がした。舛城はつぶやいた。「いまは潰《つぶ》れた高田馬場のマジック専門店。購入したのは一年も前です」

恵子は首を横に振った。「手品にくわしいなんて、そんなのひとことも……」

菅井が舛城を見つめてきた。「たしかに去年、六本目の指について調べさせたとき、彼はマジック関連の資料を買い集めたはずだ。これだけではおかしいとはいえん」

「いえ」舛城は首を横に振った。「六本目の指がなんであるか知るために、ここまで買いそろえる必要はありません。プロ用のレクチャーDVDや、高価な道具もある。でもあいつが私に貸してくれたのは、一般書店でも売っている入門書レベルの書籍ばかりでした。しろうとに理解できるのはそれだけだといって」

「事実かもしれんだろう」

「ちがいます。あいつは独学ながら、マジックをきわめて専門的に勉強していた。警察官のプライバシーに事実上、相互監視の義務が課せられて久しいですが、ひとつの分野にこれだけのめりこんでいれば同僚にばれます。給与や休日の使い方に極端なところがあれば、説明を求められる。でもあいつは不自然に思われずに済んだ。菅井課長の命を受け、マジックの資料を買い集めるのは、職務の一環と見せかけられたからです」

「度を過ぎた出費と、習得に多大な時間をかけていれば、同僚が気づくだろう」

「それでもマジック専門店に通ったり、レクチャー・ノートを買っていたりするだけなら、やはり仕事のうちととらえられます。六本目の指なるものを調べるのに、どのていどの手間がかかるかは、警察官の誰も知らなかったし、なにより無関心だったからです」

浅岸陽菜が心配そうな顔できいた。「あのう。主人がいったいどうしたんでしょうか」

舛城は黙って恵子に目を向けた。恵子はうなずき、陽菜をなだめながら隣りの部屋へ連れていった。

菅井が硬い顔で見つめてきた。「つまりあれか。浅岸はマジックを専門的に勉強しだした事実を、周りに悟られまいとしたってことか。俺の命令にかこつけて」

「ええ」舛城はうなずいた。「これが会社なら、提出された領収書から経費の使い過ぎを指摘されるでしょう。でも警察官の場合、こういう費用は自腹です」

「なぜそこまで隠す必要があった。マジックは違法ではない、ただの趣味だぞ」菅井はそういいながらも、しだいに茫然《ぼうぜん》とした表情に転じていった。「その時点から悪用を考えていたのか？」

「まちがいありません。課長。まだ十四歳だった里見沙希を取調室に招いたとき、浅岸が入室してきましたね。あいつは六本目の指に関心を持った。課長との会話のなかで気づいたんです、警察もマジックには詳しくない。そしてマジックとは、人を欺く技術だと」

「ああ。俺もそう認識したからな。だからといって、なぜ浅岸はマジックを詐欺に利用しようと思い立ったんだ。動機はどこにある」

舛城はデスクに近づいた。パソコンのわきにはハイライトの箱とライター、灰皿がある。署では吸わなかったが、あいつは喫煙者だったか。

デスクには、マジックとはまた別の趣味の形跡もあった。書籍を手にとりながら舛城はいった。「これらはさらに一年前、やはり課長の命令で買い集めた資料ですよね。別の事件捜査がらみで」

菅井が本の表紙を眺めた。表情がいっそうこわばる。「FX取引。まさか……」

「警察官を品行方正にすべく、警察庁はトップダウンで相互監視なんて習慣を押しつけた。でも巧みにすり抜ける者が現れます。FXに関する事件で、資料を集めるよう課長から命じられた折、あいつはこれらの本を揃えた。どう見ても冊数が多すぎます。このディスクはチャート分析ツールの専用ソフトですね。みずからFX投資に手をだしたんです」

株式市場は平日昼間に運営する。警察官の勤務もやはりその時間帯のため、株取引などおこなえない。だがFXなら二十四時間、取引が可能だ。浅岸にしてみれば一攫《いっかく》千金が狙える、理想的な投資だったろう。儲《もう》けがでた場合も雑所得で確定申告すれば、給与所得とは扱いが異なるため、同僚に発覚しにくい。

舛城は菅井にいった。「ところが去年、歴史的なクロス円の大暴落がありました。FXに手をだしていた投資家はみな打撃をこうむった。浅岸もそのひとりです」

「負債を抱え、ひそかに苦しんでいた浅岸が、あのときマジックを詐欺に利用できる可能性に気づいたのか」

「それがすべての始まりです」

「根拠はあるのか。ここにマジックやFX投資の専門書が揃っている以外に」

隣りの部屋から恵子が戻ってきて、ささやくようにいった。「課長。元橋鮎子がカネを振りこんでいた森町三郎の口座ですが、架空名義です。銀行が任意の証拠提出に応じ、ATMからカネを引きだした者の画像を入手しました。まぎれもなく浅岸巡査でした……」

菅井が凍りつく反応をしめした。「なんてことだ。憶測じゃなく事実だったというのか。ここへ私を連れてきたのも、浅岸の無断欠勤だけが理由じゃなかったのか」

舛城はため息まじりにつぶやいた。「奴がけさから行方をくらましてるというだけの理由で、課長をここまでひっぱってきたりしません。FX投資による損失も、すでに調べがついてます」

恵子が舛城に小声で告げてきた。「奥さんの話によると、浅岸巡査はいつもどおり出勤していったそうです。マジックの趣味など知らなかったといってます。FX投資も……」

妻にも内緒で借金を抱えたか。その後のおこないから察するに、よほど巨額の負債だろう。

菅井が渋い顔になった。「納得できん。浅岸が吉賀を顎《あご》で使い、すべてのマジック詐欺を実行させていたというのか。カネ儲けが目的なら、わざわざ人目をひく犯罪をおこなう必要などない」

舛城は応じた。「浅岸の目当ては、マジック詐欺からあがる収益だけじゃなかったんです。むしろそんなものは副次的にすぎず、吉賀や奴に雇われた連中の報酬にくれてやったと思います。浅岸は将来にわたる収入増を狙っていた。そのため階級をあげたかったんです」

巡査部長への昇進試験は、大卒でも倍率が百五十倍、恐ろしいほどの狭き門だ。かといって年功序列の昇進に頼っていては、巡査部長になれる対象は四十すぎ、警部補なら五十すぎになる。だが巡査を三年以上勤め、成績がきわめて優良なら、昇進が認められる。

菅井が唸《うな》った。「劇場型犯罪なら世間の注目が集まる。警察の沽券《こけん》にかかわる事件ゆえ早期解決が求められる。手柄を立てれば成績に大きく影響する。しかしマジックに基づく詐欺なら、警察官は見抜けない。発案者の浅岸以外にはな」

「そのとおりです」舛城はいった。「あいつは警察官だった父親の勧めに従い、高卒で採用試験を受けましたが、大卒との給料の差にショックを受けていました。当初の貯蓄の膨れぐあいから、警察官は高給取りだと安心して、高い買い物をしてしまった。よくそうこぼしてました。このタワーマンションのことですが」

「前代未聞だ」菅井は歯軋《はぎし》りせんばかりだった。「あんな若い巡査が知能犯だと。ありえん」

「そうでしょうか」舛城は菅井を見つめた。「採用試験に警察学校、交番勤務。振りかえってみれば、ごくふつうの人間が、それだけの経験をしたにすぎない。学校気分がそのまま許されるところもある。彦根《ひこね》の十九歳巡査が上司を射殺する世のなかです。

浅岸みたいな奴がいてもふしぎじゃない。そんな時代になったんです」

菅井が深刻な面持ちで腕組みをした。うつむき低く唸った。

沈黙のなか、恵子が舛城にささやいてきた。「奥さんは行方不明者届をだすことに同意しています。それとともに、部屋のなかを自由に見てかまわないと」

そうはいってもパソコンをいじったりするのは、さすがに問題だろう。舛城は恵子にいった。「デスク周りを観察してくれ。許される範囲で」

「はい」恵子がデスクに歩み寄った。

菅井がきいてきた。「なにを探すんだ?」

舛城は答えた。「飯倉の遺体に関する鑑識からの報告書です。物質的なサンプルも含め、加害者を特定する一式が持ち去られました。浅岸が緊急事態をうったえ、強引に提供を求めたとの、鑑識員の証言があります」

「殺人もあの男のしわざだったのか」

「直接手は下していないかもしれませんが、金で雇ったゴロツキを飯倉家に侵入させたとすれば、浅岸以外にいません。あいつは張り込みをしていた捜査員のひとりでしたから」

「そんなに悪党を意のままに動かせるのか」

「警察官だからこそ可能です。被疑者のリストから使えそうな人材を選び、報酬や捜査情報の提供を代償に、協力を持ちかける。詐欺師や人殺しなどの人材を何人か見繕い、吉賀に紹介したでしょう」

「浅岸はなぜ吉賀を雇った？」

「マジック詐欺を思いついた段階で、マジック・プロムナードを訪ね知り合ったと思われます。元マジシャンでトリックに詳しいうえ、汚いことならなんでもやる手合いと見抜き、抱きこむことにしたんです」

「だが吉賀には、飯倉というスポンサーがいたわけだな」

「そうです。飯倉の前科も署内の照会でわかったはずです。浅岸はむしろ、沙希にすべての責任を転嫁できると考えた。あいつは沙希がマジックに詳しいと知ってたので」

「ああ。マジック詐欺なら、元詐欺師の里親に育てられた沙希のしわざとすれば、説得力が生じるからな」

「そのとおりです。浅岸は沙希の浮遊マジックも、吉賀を通じ前もって知っていた。よって吉賀を殺すときに、沙希の技術が応用された可能性を残したんです。ワイヤーらしきもので切断された飯倉の喉元《のどもと》も同様で……」舛城は口をつぐんだ。

菅井が見つめてきた。「どうかしたのか」

にわかに気忙《きぜわ》しく、落ち着かない思いにとらわれた。舛城は恵子にいった。「図面を探してくれねえか。線だらけの複雑なやつだ。浮遊術のトリックでな」

恵子がデスクに向き直った。「殺人に応用したからには、浅岸巡査が入手していた可能性が高いんですね」

「そういうことだ。吉賀経由でな。沙希を含めバイトが発案したマジックは、商品化をめざし吉賀に売りこまれてた。奴が知る機会もあったと思う」

「係長」恵子が陰鬱《いんうつ》な面持ちで振りかえった。「中野坂上で浅岸巡査は、自分ひとりでも責任を負うといってました。巡査長を前に、立派な人だと思ったんですが……」

舛城は鼻を鳴らした。「自分の手柄にしたかっただけだ。陣頭指揮を執ってな。本来ならマジック詐欺を次々暴いて、選抜昇進の栄誉に与《あずか》れるはずだった。ところが沙希にすべて持っていかれちまった」

「そうなる可能性を考えなかったんでしょうか。もともと里見沙希は課長とも知り合いだったのに」

菅井がため息をついた。「浅岸が見たのは、売春宿に乗りこんで返り討ちに遭った直後の、不良少女然とした沙希だった。未成年で里親も前科者。まさか警察の協力者になるとは想像しなかったんだろう」

舛城のなかで疑問符がついていた事柄が、ひとつずつ腑《ふ》に落ちていく。中野坂上で浅岸が応援を要請したのは、鮮やかな謎解きの一部始終を、恵子ら同僚に見せたかったからだ。ほかの警察官の証言がなくては、浅岸もただ住居侵入罪を疑われてしまう。区民センターの玄関が大きく開放され、札束の山が外から見えるようになっていたのも、浅岸の都合だった。令状なしでも踏みこめるようにしておきたかったのだろう。

内装業者の澤井から、防犯カメラ映像の提供があったとき、浅岸は半月ほど放置した。女性警察官から連絡がなかったと弁明していたが、事実はそうでなく、浅岸のもとに伝達済みだった。カネが倍増するトリックを暴くのは、もっと後にしたかっただろうに、実行犯の顔が割れてしまう。そんな事態を恐れたにちがいない。先輩の刑事が偶然、澤井からの電話を受けたため、浅岸も舛城に知らせざるをえなくなった。

防犯カメラに映っていた西谷というバイトも、浅岸の計画どおりなら、フラッシュペーパーの山の下で黒焦げ死体になっていた。奴には複数の殺人未遂容疑も加えられる。すべてカネのためか。警察官になっておきながら、どこまでも利己的な男だ。

恵子は椅子を引き、しゃがんでデスクの下に潜りこんだ。振りかえった恵子の顔に緊張が走っていた。「係長」

はっとして歩み寄る。恵子が引っぱりだしたのは、長方形のトレイの上に組まれた、帆船の模型に似た代物だった。マストのような二本の支柱を中心に、無数の糸が張りめぐらしてある。

だがすぐに舛城は悟った。以前にも見た。沙希が丸めたティッシュを飛ばしていた、あの仕掛けだった。浮遊術におけるワイヤーの張り方をシミュレートしたミニチュアでもある。浅岸が作ったとおぼしき装置は、インビジブルスレッドではなくふつうの糸を用いていた。竪穴《たてあな》を降下する錘《おもり》は存在せず、代わりに糸を巻きつける電動モーター付の滑車があった。電池ボックスも備えている。より本格的で丁寧な仕上がりだった。浮遊するマジシャンの身体は、身長五センチほどの粘土の人形で表現されている。

デスクの下からはさらに大判の模造紙が見つかった。図面をひろげると、消しゴムの粉が散らばっていた。おびただしい量だった。短くなりすぎた鉛筆もくるんである。何度となく書き直したのだろうか。

消しゴムをかけたらしい黒ずんだ箇所を、舛城は丹念に見てとった。数値とワイヤーの張り方が修正されている。

図面の端には企業名がある。スマホで検索してみると、舞台効果専門の会社とわかった。

東亜銀行ホールのショーのため、専門家が清書した図面か。だが手を加えられた部分の筆跡には見覚えがある。浅岸の字だった。

焼けつくような焦慮のなか、舛城は恵子に告げた。「スイッチをいれてくれ」

恵子が模型のスイッチに指を這《は》わせた。オンにしたとたん、滑車に接続されたモーターが回転し始めた。耳障りなうねりとともに、糸が巻きあげられていく。粘土の人形は二本の支柱の周囲を飛びまわりだした。その動きは自由自在に見える。沙希が舞台で演じたのと変わりがない。

ところが、それも数秒のことだった。ふいに人形は空中で静止した。糸が張り詰め、小刻みに震える。ぶちっと音がして、人形はふたつに割れた。

恵子が息を呑《の》む反応をしめした。菅井も低く唸《うな》った。

人形の上半身は支柱に絡みつき、下半身はなおも糸に振りまわされている。

舛城は血流の凍りつくような衝撃を受けた。

これが奴の意図か。沙希の口を封じるつもりだ。

追い詰められた犯罪者の思考など読めている。森町三郎の銀行口座を調べることになり、捜査の手が自分に及ぶと覚悟したのだろう。だが裏づけられない事実については、すべて否認する気だ。ゆえになにもかも暴きうる沙希が邪魔になった。図面を入手しすり替えたか、あるいはスタッフの一部を買収したか。その両方の可能性もある。

舛城は腕時計を見つめた。「六時をまわってる。七時には開演だってのに」

恵子が狼狽《ろうばい》しながらいった。「すぐに公演中止を求めましょう」

だが菅井は難色をしめした。「申しいれはできるが、中止か否かは主催者の判断になる。いまからガサ状は無理だ。要請するには状況が複雑すぎる」

手がまわりきらないのも浅岸の計画のうちか。会場に爆破予告の匿名電話でもかけたくなる。低姿勢で中止を懇願するより効果的に思えた。

よこしまな考えをすぐさま遠ざけた。手段を選ばず法に反したのでは、たとえ目的を果たそうとも、浅岸の勝利を一部認めるようなものだ。警察官の行使しうる権限の範囲内で阻止する。規律の遵守がいかに重要かを浅岸にわからせてやる。

舛城は部屋を駆けだしながら怒鳴った。「行きます。会場への連絡お願いします」

恵子も駆けてきた。「クルマをまわします」

靴脱ぎ場に向かったとき、うずくまるように座りこむ浅岸の妻を、視界の端にとらえた。陽菜は目を真っ赤にしながら、二歳児を抱き締めていた。だが慰めの言葉はかけられなかった。一瞬ののち、舛城は廊下をエレベーターへと走っていた。

30

沙希はステージの袖《そで》にひとり立ちつくしていた。ショーまで間もない。開幕の三十分前からスタッフたちは舞台から姿を消し、沙希ひとりが自由に準備できる状態にあった。

籠《かご》のなかの鳩がくぐもった鳴き声をあげている。沙希はささやきかけた。「まだよ、もうちょっとまって」

この短時間に広い舞台を駆けまわったため、汗だくになっていた。控室にはシャワーがあるものの、もう戻る暇はなかった。ヘアメイクも、いちどプロの手を借りたものの、いまは崩れてきている。これも自分で手早く直してから、この場でジャケットを羽織り、本番に備えねばならない。

当日のリハーサルですべてを確認するつもりだったが、なんとも困ったことに、その時間は与えられなかった。ふたりのスタッフによるワイヤーの準備が遅れたせいだ。照明と音響のスタッフらは、沙希の動きを想定しながら、通しのリハを済ませたようだ。だが沙希自身は、いちどもこのステージでワイヤーに吊《つ》られた経験がない。これで本番を迎えるとは乱暴な話だ。

とはいえ準備不足はいつものことだった。予算も時間も不足するなか、必死でやりくりするのが常態化している。よってリハがおこなえないことを、致命的とまでは思わない。マジシャンとしてはアマチュア然とした考えかもしれないが、そんなふうに生きてきた。

緞帳《どんちょう》の向こうから、ざわめきがきこえてくる。さっき袖の隙間から客席を覗《のぞ》いた。予想どおり満員だった。

客の目当てはむろん沙希ではなく、きら星のように輝く有名なアーティストたちだ。それだけオープニングアクトの持つ意味も重い。開幕早々、観客を魅了しうるかどうか、すべて自分しだい。ひとりそんな状況にある。

沙希は長く深いため息をついた。舞台袖に目を向ける。薄明かりのなか、ワイヤーの巨大な〝動力源〟が見えている。直径二メートルほどもある鉄製の円盤が縦方向に、ふたつ並んで静止していた。

ワイヤーはあの円盤に巻きつけられる。クレーンと同じ直流電圧の大型モーターにより稼働する。始動直後の低回転時にも強いトルクを発生し、速度制御も容易だという。もっとも調整は裏方まかせになる。ワイヤーに振りまわされている沙希には、途中でどうすることもできない。

アイボリー劇場のダストシュートとバーベルの組み合わせに比べれば、目を瞠《みは》るようなハイテク装置だった。今度は演技の終了後も、泡を食ってワイヤーから逃れようと四苦八苦する必要はない。スタッフがスイッチを切ればワイヤーはとまる。

感慨があった。手づくりの苦労が実を結び、大舞台に華を咲かせる。いまがそのときにちがいない。

背後で女の声がした。「沙希」

沙希は驚いて振り向いた。出光マリが立っている。唐突な再会だった。沙希は思わず凍りついた。

マリはグレーのレディススーツを纏《まと》っていた。見慣れた衣装を着た姿に比べ、ずっと年上に感じられる。

警戒心が募る。マリがゆっくりと歩み寄ってくる。やがて表情がはっきりしてきた。

意外にもマリは穏やかな面持ちをしていた。どこか気まずそうな態度も見え隠れする。

静寂のなか、マリが告げてきた。「ひとこといいたくて」

「なんですか」沙希は、自分の声が震えているのに気づいていた。

「おめでとう」マリは微笑をうかべた。「沙希」

沙希は驚きを禁じえなかった。言葉を失い、ただマリを見かえした。

マリは周りを眺め渡した。「大きな舞台ね。あんなにたくさんのお客さんの前で演じられるなんて。うらやましいわ、心からそう思う」

複雑な心境がひろがっていく。それでもいまならすなおになれそうだった。沙希はつぶやいた。「マリさん。いろいろ、ごめんなさい」

「なぜ謝るの？」

「だってわたし、マリさんにひどいことばかりいって」

「いいのよ」マリの声は落ち着いていた。「あのときはショックだったけど、あなたのいってることは正しいわ。わたしはいつも自分を変える努力を怠ってきた。同じマジックばかり演じてちゃ、飽きられるのもむりないわね。だけど、なんとなくわかったの。マジックで自分を高めようとしても無駄だって」

「どういう意味ですか？」

「あなたはなぜ、あんなに大勢の人たちに受け容《い》れられたと思う？　テレビで有名になったから？　鳩だしや浮遊マジックが素晴らしかったから？　もちろんそれもあるでしょう。でももっと重要なのは、あなた自身に魅力があるから。わたしはマジックを演じることで、自分の人格を偽れると思ってた。けどそんなの虚飾にすぎない」

沙希の胸のなかにこみあげてくるものがあった。なにを話せばいいのかわからない。

マリは静かにいった。「あなたには、わたしにないものがある。わたしのぶんまで頑張って」

澄みきったまなざしが見つめてくる。こんな目をしたマリと向きあうのは初めてだった。

混濁した感情が、いま浄化されていくようだった。視野がぼやけだしている。涙を零《こぼ》すわけにいかない。メイクが崩れてしまう。沙希はささやいた。「マリさん。ありがとう」

「泣かないでよ」マリは笑いかけてきた。「メイクの直し、手伝ってあげる。本番はもうすぐよ」

「はい」沙希はうなずいて、マリとともに袖に向かった。

頭のなかでは、絶えずタイムテーブルを復習していた。七時開演。開幕とともに浮遊マジック。それが終わるとともに、いったん幕が閉じ、司会者が客席に向かってあいさつをする。そのあいだに撤収作業がある。スタッフたちとともにワイヤーを外す。入れ替わりに、最初のアーティストがスタンバイする。その時点で七時十分。もう後には撤収まで含めて十分間。それが沙希に与えられた時間のすべてだった。

退《ひ》けない。なにもかもこの瞬間にかけるしかない。

31

覆面パトカーの屋根に赤色灯を突きだしていても、日没後の山手《やまて》通り池袋方面の車線は混みあっていて、ろくに進路を譲られない。それでも速度は緩められなかった。舛城はステアリングを微妙に調整しながら、わずかな車間を抜けていった。

とっくに開通したはずの山手トンネルだが、なぜか地上ではまだ随所で工事がおこなわれていた。いつになったら車線すべてを使えるのだろう。サイレンを鳴らし進路を空けさせるのにも限度があった。

じれったさを噛《か》み締めながらサンシャイン通りを目指す。周りに赤いパトランプは見当たらない。無線はさかんに入ってくる。第二自動車警ら隊には連絡が行き渡っているはずだが、やはり急行しようにも時間を要するらしい。

舛城は助手席の恵子にきいた。「課長は東亜銀行ホールに電話してくれたかな?」

恵子がスマホ片手に応じた。「警備室に話は伝わったようですが、予想どおり主催者の返事がまだです。きこえないふりをしているんでしょう。SNSのリアルタイム検索で見ても、イベントが中止になる気配はないようです」

せいぜい警備員に不審者を探させるていどの対策をとりつつ、なし崩しに幕を開けようというのか。主催者の考えはわからないでもない。中止になれば大赤字だろう。

だがいまに限っていえば、その判断はまちがっている。

池袋駅東口付近まできた。渋滞しがちな車道に、赤いブレーキランプが連なる。歩道にも群衆があふれかえっていた。東亜銀行ホールに入れなかった連中らしい。有名アーティストが何組も出演するイベントには、チケットを持たずとも駆けつけるファンがつきものだった。制服警官はそこかしこに見えるが、混雑をさばききれずにいる。

恵子がいった。「係長。あれを見てください」

デパートの外壁に設置された大型ビジョンが目に入った。ステージに立つ沙希が映っている。アイボリー劇場で観たのと同じ光景だ。三羽の鳩を出現させている。ショーの序盤だった。

心がハリネズミのごとく焦燥の棘《とげ》を張る。脈拍が異常に亢進《こうしん》していた。ステアリングを握る手に汗が滲《にじ》んでくる。クルマが進まなくなった。ホールはすぐそこだというのに。

時間は刻一刻と経過していく。大型ビジョンのなかの沙希が、ゆっくりと宙に浮きあがった。スピーカーも備わっているらしい、客席のどよめきもきこえてくる。

じきに舞台全面を飛びまわるだろう。もう時間がない。

舛城はドアを開け放ちながら恵子に指示した。「運転を頼む」

返事をまつ余裕すらなかった。車外に降り立つと、舛城は歩道沿いを駆けだした。

人混みを突っ切らざるをえないとわかるや、身を捻《ね》じこませた。人が密集していても、強引に掻《か》き分けて進んだ。躊躇《ちゅうちょ》する理由などない。

群衆から抜けだすまでに、異常に時間を費やしたように思える。だが腕時計に目を走らせると、まだ一分も経過していなかった。外階段を駆けあがると、警備員が押し留めてきた。

警察手帳を開きながら事情を伝える。なかへ通された。東亜銀行ホールのロビーを走り抜け、観音開きの扉を押し開ける。舛城は劇場へと飛びこんだ。

大音量の交響曲が耳をつんざく。沙希の演目のBGMだった。だが視界は真っ暗で、なにも見通せない。下り階段の通路で足を踏みはずしそうになる。ライトアップされたステージが放つ光によって、かろうじて状況が確認できた。

客席は超満員だった。誰もがどよめき、歓声をあげ、拍手を繰りかえしている。

前方に目を向けた。幻想的な青い光のなか、さかんに飛びまわる沙希の姿がある。

音楽がアップテンポになるにつれ、飛行もアクロバット調になる。沙希は空中で向きを変え、自由自在に飛びつづけた。

舛城は通路を舞台に向かいだした。ところが警備員がその行く手をふさいだ。

「走らないで」警備員がいった。「客席はどちらですか」

「観客じゃないんだ。すぐステージにいかないと」

「とにかく後ろに下がってください。ほかのお客様の迷惑になります」

苛立《いらだ》ちが頂点に達した。舛城は警察手帳をしめした。「出演者に危険が迫ってるんだ」

暗がりで身分証がよく見えないせいもあるだろう、警備員は迷惑げに応じた。「なんの連絡も受けてませんが」

わからない奴だ。舛城は警備員を押し退けようとした。

ところが警備員は踏みとどまった。「なにをするんです」

「いいからどけ。早く沙希に知らせろ」

「ロビーにでてください。警察を呼びますよ」

「俺は警察官だといってるだろう。早くどけ！」

背後の観客が声をあげた。「おい。見えないよ。しゃがんでくれよ」

警備員が戸惑いをしめした隙を突き、舛城はわきをすり抜けた。

「まて！」警備員の声が飛ぶ。

舛城はかまわず、ステージに向かって通路を下った。沙希の身体が天井高く舞いあがるたび、鳥肌が立つ思いが襲う。まだなにも起きていない。沙希は優雅に低空飛行へと移っていく。

ほんの一秒後には惨劇が起きるかもしれない。演技はもう終盤に差しかかっている。間に合わない。

高鳴るシンフォニーとともに、沙希の身体がうねりながら上昇をはじめた。

まずい。舛城は息を呑《の》んだ。あの粘土の人形が切断された高さに昇り詰めようとしている。

沙希の身体が天井付近に達した。人魚が水中で向きをかえるように、身体をひねりながら舞台の下手側を向く。次の瞬間、沙希は微笑とともに客席に手を振り、下手へと飛び去っていった。

音楽が鳴りやんだ。舛城は啞然《あぜん》として、歩を緩めた。

一瞬の静寂。そして、ざわめき。直後、客席は総立ちとなり、割れんばかりの拍手が客席を揺るがした。

どうしたというんだ。無事に終わったのか。

滞留していた時間が一気に解き放たれたようだった。舛城はふたたび走りだした。

奇跡が起きたというのなら、この目でたしかめたい。


全身を揺さぶる衝撃とともに、沙希は宙吊《ちゅうづ》り状態で静止した。

ワイヤーの停止と同時に、ずっと慣性で引かれていた自分の身体が、今度は重力により落下し始める。沙希はすばやく手を伸ばし、支柱の梯子《はしご》につかまった。ベルトを外し、やっとのことでワイヤーの支配から脱した。

歓声がきこえてくる。客席からではない。もっと近い。見下ろすと、舞台のスタッフたちが支柱の根元に集まってきている。沙希を見上げる誰もが目を輝かせていた。

沙希はようやく達成感を得た。やり遂げた。この広い舞台で、みごとに演じきった。宙を舞っているあいだも、声援やどよめきを耳にした、いまになってそう思う。演技中は無心だった。環境はほとんど意識に昇らなかった。

安堵《あんど》がゆっくりと胸のうちにひろがっていく。涙がこみあげてきそうになる。これまでとは比べものにならないほど、大勢の人々の目に触れた。結果、喝采《かっさい》につながった。

すべての力をだしきった、その甲斐《かい》があった。満足感とともに沙希は梯子を降りていった。

床に降り立つと同時に、スタッフたちから祝福を受けた。準備段階ではスキンヘッドと角刈りを除き、誰からも声ひとつかけられなかった。いまは逆に、あのふたりの姿は見当たらない。代わりにそれ以外の全員が集合したかのようだ。その事実が信じられなかった。

ひときわ大きな声があがった。「素晴らしかったよ！　今まで観た舞台のなかで最高だ」

「ありがとう」沙希はつぶやきを漏らした。涙に視界が揺らぎはじめた。

そのとき、投げかけられる賞賛の言葉のなかに、ふと異質な声が混じっているのに気づいた。

「沙希！」男の声は叫んでいた。「沙希！」

スタッフたちも怪訝《けげん》な顔をして、辺りを見まわした。やがて人垣を割って、ひとりの男が駆けこんできた。

舛城だった。髪を振り乱し、顔は汗だくになっている。沙希を見つめたとたん血相が変わった。信じられないというように目を瞬《しばたた》かせた。

「沙希！」舛城はまた大声をあげた。「無事だったか、沙希」

距離が詰まったとたん、舛城はいきなり沙希を抱き締めた。

「よかった、沙希」舛城の声は震えていた。

こんなにしっかりと全身が触れあう状態はひさしぶりだ。それも父親代わりだった飯倉以外と。

出番を客席で観てくれていたのだろう。よほど感極まったらしい。沙希は息苦しくなって顔を浮かせた。「そんなに感激しないでよ。初めて観たわけじゃないでしょ？」

舛城が顔を覗《のぞ》きこんできた。「無事なのか、本当に？」

「無事って？　わたしはだいじょうぶよ」

「ワイヤーは問題なかったのか。ほかの人間が張ったんだろう？」

沙希には、舛城がなにを心配していたのかはわからなかった。「ワイヤー？　自分で張りなおした。三十分前から、舞台にひとり居残ったの」

「張りなおした？」

「準備はすべてスタッフにまかせるようにっていわれたけど、心配だったから、自分の目でチェックしたの。思ったとおり何箇所か、交差する場所をまちがってたところがあってね。直せてよかった」

「そうか」舛城はなぜか、ひときわ嬉《うれ》しそうな顔をして沙希を抱き寄せた。「そうだったのか。それはよかった。本当によかった」

なにか複雑な事情があったらしい。沙希は舛城の顔を見上げた。父親のような目だ、そう感じた。

「ねえ、舛城さん」沙希はいった。「よくわからないけど、でも舛城さんがここにきてくれたことが、なんだかとても嬉しい」

こんな思いにとらわれるのはいつ以来だろう。幼かったころ、両親がまだ健在だったころ、この感情はたしかにあった。思い悩むたび、病や怪我に見舞われるたび、やさしく接してくれた両親の面影。舛城と交わす笑顔にそれを感じる。

片付け作業もどこへやら、スタッフたちが歓声とともに祝福しつづけた。至福のときにちがいない。長いあいだ夢に見ながら、けっして現実にならなかった時間がいま訪れた。沙希はそう実感した。

32

沖縄の海も冬の気配を漂わせている。

カウンターバーの向こう、小窓から覗く川平湾《かびら》に面した白い砂浜にもひとけはない。陽射しはまだ強いが、海水がめっきり冷たくなっている。このところ台風が頻繁に訪れたせいだろう。海に浸《つ》かろうとするのは物好きな白人だけだった。彼らの肌のつくりは日本人とは根本的にちがうらしい。

男は石垣《いしがき》島で唯一、昼から営業しているバーの奥まった席に座り、ブランデーグラスを傾けていた。

何杯めになるだろうか。わからない。がらんとした店内は絵画のように時間が静止して見えた。視覚や聴覚はアルコールのせいで鈍っている。

しかし肝心の思考回路は衰えることがない。これまでも浴びるほどの酒を飲みながら、こうして頭を働かせてきた。たぶんこれからもそうだろう。

テーブルの上の蠟燭《ろうそく》に目を移した。揺れる炎をしばし眺めたあと、メモ用紙に目を落とす。

ボールペンで紙に走り書きした。ナプキンに似た頼りない紙質だが、メモをとるには充分だった。

マジック詐欺はそろそろ打ち止めだろう。代わって世間を騒がすものがあるとすれば、振り込め詐欺しかない。普及せず死語になった新名称で呼ぶなら、母さん助けて詐欺か。このところ高齢者を狙い打ちにするやり方も、限界にきているといわれるが、まだまだ狙い目はある。

どうすれば効果的に収益をあげられるだろうか。方法を連想してはメモに列挙していく。

そのとき、ふいに聞き慣れた男の声が、沈黙のなかに飛びこんできた。「なにを書いてるんだ？」

浅岸は顔をあげた。心臓が喉《のど》もとまで飛びだしそうな衝撃に襲われたものの、かろうじて平静な態度を保った。

「舛城さん」浅岸は震える自分の声を耳にした。「こんなところでお目にかかるとは」

「意外だってのか」舛城はいつものように口もとを歪《ゆが》ませ歩み寄ってきた。

観光目的とはとても思えない皺《しわ》だらけのスーツ、だらしなく緩んだネクタイ。島の気温に慣れていないのだろう、額に汗がにじんでいた。

落ち着け。浅岸のなかでささやく声がした。舛城は毎度のごとく、搦《から》め手で追いこもうとするだろう。罠《わな》にかからずしらばっくれていればいい。

逸《はや》る気持ちを抑えながら、浅岸はゆっくりと紙片を折りたたみ、胸のポケットにおさめた。

舛城は紙片に注意を向けてこなかった。浅岸の向かいの椅子を引き、腰かけながらいった。「いつもこの席に座るんだってな。東京から姿を消して以来、ずっと石垣島暮らしか。うらやましい身分だ」

浅岸は笑ってみせた。「無断で欠勤してしまい、申し訳ありません。少々ノイローゼぎみだったので、休暇を思い立ちまして」

「安直だな。せめて親の葬式だったぐらい言ってみたらどうだ？」

「なにをおっしゃってるんです？」

「おまえの部屋から、興味深いものが見つかってな。いつからマジックのマニアになってた？　あんなに勉強してたなんて、俺にはひとことも言わなかったじゃねえか」

「さあ……。べつに、プライベートのことはどうでもいいでしょう」

「沙希のノートを奪って、模型までこしらえて仕組みを分析した挙句、惨劇が起きるように図面を書き直したか。殺人だな。未遂に終わって気の毒だったが」

「なんのことやら」浅岸はボトルを押しやった。「一杯どうですか」

「奥さんと子供を捨てて単身逃亡とはな。血も涙もない奴だ」

耐えがたい憤りが心臓で唸《うな》る。妻と子供の養育費を捻出《ねんしゅつ》する、それも犯行の目的に含まれる。

だが態度には表すまい。挑発も舛城の戦術だ。効果がないとわかるや、次は凄《すご》んでくるだろう。

「僕はね」浅岸はつぶやいた。「あなたの言葉に心を打たれたんです。難事件を解決する機会に恵まれりゃ、上がほっとかない。そういってくれましたよね。ずっと座右の銘にしてきました」

「どう誤解されちまったか、昇進すりゃ給料も増えるから、なんとしても手柄を立てろって思いこんじまったんだな。俺もおまえと同じ高卒だが、もうちょっとマシな思考が働くぞ」

「理解し合えないのは残念ですね」

「なあ浅岸」舛城は意外にも、穏やかな口調のままいった。「顔がうりふたつで、生年月日も同じ、両親も同じ女の子がふたりいた。ところが彼女たちは双子じゃない。どうしてだと思う」

少しずつ反応を引きだすための罠。明白だった。しかし浅岸は、知性への挑戦に抗《あらが》いきれなかった。

なめられたくはない。浅岸は答えた。「三つ子か四つ子か五つ子。あるいはそれ以上だったからでしょう」

「正解だ。じゃ、これはどうだ。キャンドルスタンドに、火のついた五本の蠟燭が立っていた。風が吹いて三本の火が消えたのち、風が入ってこないように窓を閉めた。残った蠟燭は何本だろうな」

「二本。といいたいところですが」浅岸はテーブルの上の蠟燭を一瞥《いちべつ》した。「火のついていたその二本は燃え尽きる。だから残った蠟燭は三本」

「さすがに頭がいいな、浅岸。これらに即答できるおまえは、まちがいなく詐欺師の脳みその持ち主だ」

いまだ余裕を漂わせる舛城の顔を、浅岸はじっと見かえした。

浅岸はきいた。「決まり文句ですが、なにか物証は？」

「物証ね」舛城はくつろいだ姿勢をとり、懐からハイライトを取りだした。「おまえの部屋から見つかった図面やらレクチャー・ノートやらじゃ不足か？」

「いっこうに記憶にないですけど。令状なしに立ち入ったんですか、妻が上司の訪問を断れないのを利用して。正式な押収品とは認められませんね。誰かの罠かも」

「そうだな。俺もそう信じたかったよ。このタバコを調べるまではな」

「タバコ？」

「そう。鹿児島の工場で作られ、沖縄に向けて出荷してるものだ。この近辺の店にしか売ってない。それで県警に要請して見張らせたところ、おまえがここに出入りしている事実が浮上した」

ハッタリだ。舛城がどうやってここを突きとめたかは定かではないが、タバコで足がつくはずがない。

浅岸はまたグラスを口に運んだ。「古い推理ドラマにでもかぶれてませんか。タバコに製造工場別の番号が記載されてたのは大昔の話ですよ」

「番号じゃねえんだ。タバコには微量の硝石が染みこませてある。硝石ってのは火薬の原料だ。葉が硬く巻かれた風通しのよくない紙巻きタバコを、置きタバコしても火が消えないようにするためだな。たまにプスプスとくすぶるのは、硝石の濃いところが燃えるせいだ。湿度の高低で硝石の量はちがう。鑑識の調べで沖縄向けのハイライトだってわかった」

「空港の防犯カメラをチェックして、那覇《なは》から石垣島に飛んだと特定したと」

「そういうことだ」

舛城が置いたハイライトの箱を、浅岸は手にとった。

鼻を鳴らしてみせる。浅岸は軽い口調を心がけた。「たったそれだけの物証でここまでたわけですか。あなたらしいやり方だ」

「だろ？　おまえもたいした狸だ。岩瀬って雀荘《ジャンそう》の親父を取り調べた日のこと覚えてるか。あのとき岩瀬がどんなに力説しようとも、カネが倍になるなんてありえないと、おまえ確信してたんだろうな。吉賀の協力のもと、おまえがプロデュースしたマジック詐欺だもんな」

「また理解不能な戯言《ざれごと》ですか」

「借金苦に悩んだおまえが思いついたのは、警察官がみな頭を抱えちまう難事件が次々起き、おまえが解決するっていう夢物語だった。自作自演か。虚《むな》しくないか」

「あなたの想像力には感服しますよ」

「いや俺もさ。おまえの非常識な発想には本当に圧倒された。俺とふたりでマジック・プロムナードに行ったときには心臓バクバクだっただろ？　幸いバイト店員はおまえを知らなかったようだが、ほかのバイトがポーカーフェイスを貫けるかといえば怪しかったしな」

「あの店へ行ったのは初めてです」

「少なくとも吉賀に接触したのは初めてどころか、しっかり手を組んでただろ。吉賀のスポンサーが飯倉だったのは運が悪かったな。沙希っていう天才少女が、ふたたびおまえの目の前に現れたのも、誤算としかいいようがない。おまえが受けるはずの賞賛を、彼女がかっさらっちまったわけだ」

「それで頭にきて、彼女を殺そうとしたっていうんですか」

「この先も詐欺を見抜かれたんじゃ、おまえの計画がちっとも進まないからな。吉賀を雑居ビルの地下に呼びだして殺したのもおまえだ。奴が捕まって口を割られると困る、そんな理由でな。雇ったゴロツキにでもやらせたかもしれんが」

「飯倉も手にかけたっていうんですか？　なぜ僕がそんなことを……」

「する必要があっただろ。飯倉は元詐欺師だ、勘も働く。しかもマジック・プロムナードの出資者だ。あの店には本物の防犯カメラもなく、おまえが店を訪ねた証拠は残ってないが、飯倉はバイト店員らの話をきける立場にあった。いずれ真相にたどりつく」

「また死人に口なしですか。舛城さんによると、僕は二件の殺人に、一件の殺人未遂を犯した極悪人になりますが」

「もっとだ。中野坂上でバイト連中を焼き殺そうとしたろ」

動揺はなかった。浅岸のなかにあるのは苛立《いらだ》ちだけだった。確たる物証もないくせに、状況証拠ばかり羅列することで、精神的に追い詰めようとしている。そんな手が通用するか。

すまし顔をつとめながら、浅岸はめまぐるしく思考を働かせていた。結局のところ、舛城にとってはタワーマンションで見つけたものがすべてだ。いささか具体性に欠ける。ほかにこちらの立場を悪くするような物的証拠は、なにひとつない。

このポケットのなかのメモ以外には。

ふいに舛城は微笑を浮かべた。「顔いろが変わったな、浅岸。なにかやばいことでも思いだしたか」

執拗《しつよう》な男だ。浅岸は思わず唇を嚙《か》んだ。こんなことで腰がひけるとは、自分も堕《お》ちたものだ。

舛城は手を差しだした。「そういえば、さっきなにか書いてたな。見せてみろ」

突如として窮地に立たされた自分を悟った。心臓が早鐘を打ちだした。

ありえない。浅岸は焦燥に駆られた。こんなに勘が冴《さ》えている刑事は会ったことがない。あのメモが犯罪に結びつくと、どうやって気づきえたというのだ。

浅岸は自分の声がうわずっているのを承知でいった。「ガサ状でもないかぎり、所持品検査はできません。警察は一個人のプライバシーを侵せないんですよ」

「ガサ状か」舛城は懐から書類をだした。「ちゃんとある」

本物かどうか、たしかめるまでもなかった。捜索差押許可状、れっきとした令状だ。だがなぜだ。状況証拠だけで、どうやって令状をとったのか。

舛城の顔から、いつの間にか笑いが消えていた。冷酷な目が浅岸をとらえた。「さっさとメモをだしな」

逃れられない。浅岸は直感的にそう思った。走り書きではあっても、詐欺の計画を練っていたことは、メモから充分に読みとれる。

あわてるな。浅岸は自分に言いきかせた。こうなることも想定の範囲内だ。追い詰められた場合に備え、瞬時に処分可能なメモ用紙を使っている。

視界のなかで蠟燭《ろうそく》の炎が誘うように揺らいだ。卓上の蠟燭。これだ。

浅岸はそっと胸ポケットのメモを取りだした。

次の瞬間、そのメモを蠟燭の炎にかざした。フラッシュペーパーは一瞬の閃光《せんこう》を放ち、空中で燃え尽きた。

閃光の残像が視界を舞う。その向こうに、座ったままの舛城の顔があった。

ぐうの音もでまい。そう確信した。

「おっと」浅岸はいった。「すみませんね。うっかりしまして」

舛城の表情は硬かった。苦い顔だと浅岸は思った。

だがよく見るとそうではなかった。憂いのない、ただ冷やかな目つきが、射るように浅岸に向けられていた。

「浅岸。おめえ石垣島に逃げてきてから毎日、この酒場に通っては次の犯行計画を練ってただろ。マジック詐欺はもう役に立たねえから、ほかの方法を考えてたよな。きのうは振り込め詐欺と訪問販売詐欺に絞りこんでたが、きょうどっちの結論に行き着いた？　たぶん振り込め詐欺のほうが有益だと考えて、具体的な詰めに入ったところじゃねえのか」

かつて体感したことのない寒さが全身を包んだ。浅岸は凍りついた。ようやく、ひとことを絞りだした。「なぜ」

舛城の顔にふたたび、不敵な笑いが浮かんだ。ふいに舛城はテーブル上の蠟燭を吹き消すと、ブランデーのボトルやグラスとともに、床に払い落とした。ガラスの割れる音が店内に響き渡った。

舛城の指が、木目テーブルの端をつまんだ。テーブルの表面は、びりびりと音をたてて剝《は》がれていった。いや、正確には表面ではない。そのように見紛《みまが》う木目の壁紙シールが貼ってあった。本当の表面は、その下から現れた。文字がはっきりと読みとれた。

カーボンで転写された走り書き。ここ数日、浅岸が練った犯罪計画のすべてだった。

「浅岸。新たな犯行阻止の緊急性も併せて考慮され、ガサ状がでた。話はきいてやる。たっぷりとな」

浅岸は無言で、テーブルを埋め尽くした計画の数々を眺めていた。こんなに書いていたか、他人ごとのようにそう思った。

犯罪に手を染めた日々。秘密を墓まで持っていくと誓った日々。それはふいに終わりを告げ、過去の記憶となった。

思考が停止したのち、またゆっくりと動きだす。張り詰めていた世界から解放された気がした。冷静だった。自分でも驚くほど、なにも感じなかった。

浅岸は淡々といった。「みごとなトリックですね。自分でも満足でしょう?」

「いいや」舛城が軽蔑《けいべつ》したような目で見かえした。「ちっともだ。こいつは人の考えたタネ、それも売り物だ。おまえに欠けてたのはオリジナリティだよ。詐欺師のくせに、やり方を自分で考えずに、買ってきたタネを使おうとした。おまえひとりが独占する秘密じゃない以上、当然ばれるときがくる」

沈黙が訪れた。その静寂にこそ耳を傾けたい、そんな気がしていた。

ため息をつき、舛城は真顔で問いかけてきた。「おまえ、警察官になった当初から、カネ儲《もう》けのクチがあれば職務放棄するつもりだったのか。それともマジックを知って魔がさしたのか」

笑いが漏れた。なぜ笑ったのだろう。自分でもわからなかった。浅岸はつぶやいた。

「警察官なんて、警察学校をでただけでしかない。ただの人間ですよ。それ以前と変わりはしない」

「もとから人をだます技術がありゃ、平気で使う性格だったってのか。ちがうだろ」

「不可能が可能になるなら、自分に役立てたいと思っただけです。わかりませんか」

「わからねえな。おまえの言いぶんは、人を射殺しておいて拳銃《けんじゅう》のせいにしたがる輩《やから》と同じだ。犯罪者ってのは総じて身勝手な拡大解釈に甘える。おまえもそうだ」

「僕には自分の人生がなかった。いつも父がきめてきた。高卒で警察官になったのは、やり直せない過ちだと後でわかりました。収入は大事ですよ、暮らしの豊かさと自由度がちがうんだから。人生の逆転を志してもどうにもならない。巨額の債務を背負っただけ。あなたもそうなりゃ理解できます」

「借金を抱えようと、おまえはひとりじゃなかっただろう。親父さんや奥さん、子供のことを考えな。俺にいえるのはそれだけだ」

微風のように肌を撫《な》でていく感触が、その言葉にはあった。

思いすごしかもしれない。小窓の外に見える砂浜、四角く切りとられた写真のような眺めに、やはり風が吹いていた。

砂が流れていった。フリーズした光景が、現実感を帯びながら周りにひろがっていく。

感慨に似た味わいのなかで、浅岸は少しずつ赤く染まっていく雲を眺めていた。

33

舛城は成田《なりた》空港の国際線出発ロビーにたたずんでいた。けさ鑑識からまわってきた便箋《びんせん》が手もとにある。まだ目を通していない。

飯倉の自宅を捜索したとき、ほかの捜査員が発見した。指紋などは採取済みで、捜査に支障もないとの判断から、宛先の人物へとまわされた。それが舛城だった。

丁寧な字で書き綴《つづ》ってある。あの男らしい几帳面《きちょうめん》さだった。

拝啓

時下ますますご清栄のこととお慶《よろこ》び申し上げます。

日頃お会いしているにもかかわらず、手紙をだす不作法をお赦《ゆる》しください。書面でなければ真意を伝えられないと感じてのことです。

銀座アイボリー劇場での再会は、私にとって思わぬ喜びでした。曲がりなりにも真っ当な商いで生計を立てている私の現状を、舛城さんに報告できることは、誇りであるとも感じました。

けれども舛城さんは、私を事件の被疑者か、もしくはそれに近い参考人と見なしておいでのようでした。いまでもそうでしょう。前科者だけに仕方のないことと思います。

ここではっきり申し上げておきます。私はいま、いかなる犯罪にも関わっておりません。吉賀欣也の訃報《ふほう》につきましても、心より冥福《めいふく》を祈っております。あのような不幸がいかにして起きたのか、私なりに社内調査を進めていく所存です。

私にとって気がかりなのは、里見沙希の今後です。マジシャンとしての頭角を現してきたのは喜ばしいのですが、その職業選択が正しかったのか、ずっと成長を見守ってきた元里親としては、あまり自信がありません。しかし沙希は、私の人生に潤いを与えてくれました。正しい道を示唆してくれました。沙希と出会ってから、私にとって金儲《かねもう》けは、第一の目的ではなくなったのです。沙希の笑顔があれば、ほかになにもいらないとさえ考えるようになりました。あの子は私にとって天使です。世に羽ばたいていくのは嬉《うれ》しくもあり、また一抹の寂しさにもつながっています。

どうか沙希の今後を温かく見守ってください。あるていどの知名度は得ましたが、それは移り気な世のなかにおける、いっときの話題でしかありません。マジシャンというふたしかな職業で、どれだけ大成できるものかもわかりませんし、あるいは今後、新たな道を見いだすかもしれません。沙希は純粋で、正しくまっすぐな心を持ち、負けん気が強いところもありますが、人を慈しむやさしさも備えています。沙希が幸せになってくれたら、極端な話、私の命などどうでもよいと感じます。沙希はそれだけ大きな存在なのです。

聡明《そうめい》な舛城さんのことですから、捜査の結果、きっと真相にたどり着かれるでしょう。それでも私は、けっして舛城さんを恨んだりはしません。人に疑いを持って接せざるをえない捜査関係者の方々の苦悩を、僭越《せんえつ》ながら私なりに理解しているつもりです。舛城さんが私を追及するのは、服役により悔い改めたのではなかったのかと、残念に思う心情に根差しているからではと思っています。それは私に対する気遣いであり、このうえない情の表れと解釈しております。身の潔白を証明できず、もどかしいばかりですが、それもすべて私の過去のおこないのせいであり、舛城さんにはなんら非はありません。いずれ舛城さんからひとりの人間として認められ、心から笑いあえるときがくることを望みながら、日々精進いたします。今後も沙希のことをよろしくお願いします。末筆ながらますますのご活躍をお祈り申し上げます。

敬具

飯倉義信

舛城徹様

胸のなかに空洞が生じたかのようだった。ただ感傷ばかりがひろがっていく。痛ましくてならない。

この手紙が、書かれてすぐ差しだされなかったことを喜ぶべきかもしれない。いまだからこそすなおに伝言を受けとれる。皮肉なものだった。人を信じるたいせつさを、飯倉から教わった気がする。

沙希の声がした。「舛城さん」

身体と比較し、ずいぶん大きかったトランクを預け終え、沙希が歩み寄ってきた。カウンターでの手続きが済み、搭乗券を受けとったらしい。

ロングコートを羽織った沙希は、前よりずっと大人っぽく見えた。服装のせいだけではない。会わなかった数ヵ月のあいだに、この子は成長していた。

一緒に年配の婦人がついてくる。養護施設の職員だった。沙希は案外、旅の同伴はボランティアも同然だときかされている。この時世に見あげたものだと舛城は思った。沙希は案外、成長過程において孤独ではなかったのかもしれない。人生の規範となりうる尊敬すべき大人たちと、無意識のうちに触れあってきたのだろう。でなければ飯倉のいうような、まっすぐな心の持ち主には育たない。

誰もひとりでは生きられない。いまになって沙希のしめした態度のすべてが腑《ふ》に落ちる。沙希は大人たちに出会うたび、幼くして絶たれた両親への想いを、無心にぶつけてきた。舛城に対しても同様だった。それだけ信じたかったのだろう。親子にある情愛が、他人どうしであっても同じく介在しうることを。

施設の職員は、少し離れた場所で足をとめ、舛城におじぎをした。沙希はひとりで舛城の前にきた。

沙希が微笑とともにささやいた。「わざわざ見送りにきてくださって、本当にありがとう」

「すまねえな、見送りが俺みたいな奴だけなんて。年の暮れが迫ると、大人の世界は忙しくてね。きみにはいろいろ教わったな。心から感謝してるよ」

「こちらこそ」沙希の顔に自然な笑みがひろがった。

「それにしても、ドイツのドレスデンなんて遠いところまでいかなきゃならないのか」

「ＦＩＳＭは毎回開催地が変わるんです。今年はドイツってこと」

マジシャンの世界大会か。そんなものがあるとは知らなかった。業界で名を挙げるチャンスなのだろう。それが将来にどれぐらい貢献するかわからないが。

舛城はいった。「きっと優勝するよ」

「どうかな」沙希は照れくさそうに笑った。「世界の壁はそんなに低くないし。一日二十四時間、どっぷりマジックの研究に浸っている人たちが山ほど参加するの」

「きみだってそうじゃないか。きっとうまくいくよ」

沙希は黙ってうなずいた。

澄んだ瞳《ひとみ》がそこにある。十年前と同じ目をしている。暑い夏の日、この少女とはじめて会った。自分の人生において、いずれ再会を果たすなど、露ほども思わなかった。

飯倉は沙希の里親になってからほどなく、出頭も同然に捕まった。以後の飯倉は、詐欺の道からすっかり足を洗っていた。

この少女が、詐欺ひとすじだった飯倉の生きざまを変えた。それだけでもマジックだ。沙希自身、人をだますトリックに魅せられたりはしなかった。大人たちへの反目も、純粋な自己実現をめざすがゆえだった。

悪魔のささやきから人は逃れられる。沙希がそう教えてくれた気がする。

アナウンスが流れた。「LH4961便、デュッセルドルフ、ミュンヘン経由、ドレスデン行きにお乗りのお客様にご案内申し上げます。間もなく搭乗が始まりますので……」

「行かなきゃ」沙希はいった。

「ああ。気をつけてな」

「ねえ、舛城さん」

「なんだ」

「いま、わたしがなにを考えてるかわかる?」

「さあな」

「人ってそんなものね」沙希はあきらめにも似た微笑を浮かべた。「心が通じあうなんていっても、結局、言葉を耳にして、表情を目にする、それしかできない。本心なんて誰にもわからない。だからだましたり、だまされたりする」

「沙希。そんなことはない。物理的には以心伝心なんてないかもしれないが、心は通じあえる。真の心は伝わるもんだし、それゆえ願いもかなう。きみも世界大会への出場権を手にしてここにいる。人生はいくらでもいい方向に転ぶんだよ。いまならそう信じられるだろう？」

「そうね」沙希はつぶやいた。「そんな気がする」

「さ、急がないと」

「ええ」沙希はそういって歩きだした。手を振りながら沙希は明るく笑った。「ありがとう、舛城さん。またね」

「ああ、またな」

婦人とともにゲートのなかに消えていく沙希の後ろ姿を、舛城は眺めていた。沙希が見えなくなると、舛城はゆっくりとその場を立ち去った。

帰ろう。舛城はつぶやいた。妻と娘の待つ家庭に。心を通わせられるかどうかは、自分しだいだ。

解説

吉《よし》田《だ》大《だい》助《すけ》（書評家・文芸ライター）

演劇やミュージカルといった舞台劇の世界には、「再演」という文化がある。ある演目が好評を得たならば、一定の期間を置いて、同じ演目を再び上演する。そして、もう一度観たいという人、好評を聞きつけたけれど公演期間には間に合わなかった人に、「再会」の機会をプレゼントする。

作り手の目線に立って考えてみるとどうだろう？　「再演」とは「再現」だ、と捉《とら》える人もいるかもしれない。一言一句、一挙一動をできるだけ初演に近付けることが、観客の期待に応《こた》えることなのだ、と。しかし、大多数の作り手は、異なる認識を持っているはずだ。初演で手にした違和感を元に、セリフや演技、演出に細やかなチューニングを施し、より良い完成形を目指す。「再演」とは初演の「改訂」であり「更新」である、と。

松岡圭祐は、小説という表現ジャンルにおいて後者の「再演」を試み続けてきた人だ。単行本が一定期間の後に文庫化される際だけでなく、文庫化された作品に対しても、さらなる完成度の向上を目指して原稿に手を入れ、再出版を企てる。このたび『マジシャン　最終版』として文庫刊行されることとなった本書も、二度目の「再演」、三バージョン目に当たる。

初出＝初演は二〇〇二年十月に単行本刊行され、それを元に二〇〇三年六月に文庫化された『マジシャン』だ。デビュー作から始まる〈千里眼シリーズ〉に続く、第三のシリーズとして生み落とされた。作家の人気を確かなものとした〈催眠シリーズ〉、その後、二〇〇八年一月に『マジシャン　完全版』として再文庫化。今回が、再々文庫化だ。いずれのバージョンも、メインとなるキャラクターやストーリーの芯《しん》の部分は変わっていない。だが、その間に作家が別の作品を執筆し、チャレンジしてきた経験や技術が筆に乗り移り、見事な改訂・更新が施されている。

なにしろ冒頭から、ガラッと変わっている。章タイトルが廃止され、章番号のみの表示に統一。一章（「1」）のみならず、二章と三章の前半が新たに追加されている。そこで主に記されているのは、本作のヒロインである里見沙希《さとみさき》の知られざる過去の事件だ。彼女はどんな性格でどんな能力の持ち主であるのか、読めば鮮やかに刻みつけられるようなエピソードが演出されている。と同時に、ある登場人物の設定が改変されている。スタート地点での加筆修正がもたらす効果は大きかった、と断言できる。

やがて本格的に幕を開ける本編は、硬質で実直な警察捜査小説だ。ベテラン刑事の舛城《ますじょう》は、都内で十数件発生している、目の前で一万円札が倍に増える（！）という詐欺事件の捜査に乗り出す。「犯人」と目される人物は、「被害者」が提供した札束には一切手を触れず、レプリケーターなる〈ＳＦに登場する架空の装置〉をかざすことで、札束の厚みを倍にした。偽札ではなく、紙幣番号が一枚一枚異なる真札だというのだから、訳が分からない。

しかし、舛城の脳内データベースには引っ掛かった。〈ただの黒い紙を、特殊な液体をかければ一万円札になると偽って売りつける〉、ブラックマネー詐欺。そのケースでは、客の目の前で〈液体をかける際、黒い紙を巧みに本物の一万円札とすりかえたらしい。手品だな。目の前で紙幣に変わったんだから、被害者は信用しちまったんだ〉。今回の事件もマジックの技術を応用したものではないかという仮説を元に、マジック関連施設への聞き込み調査を始める。その過程で出会ったのが、銀座の小劇場でマジシャンのアシスタントとして下働きをする、里見沙希だった。「犯人」のマジック的な思考をトレースし、トリックを見破るためには、マジシャンに捜査協力してもらうことが近道だ。沙希からの申し出もあり、舛城は彼女と即席のタッグを組むことになる。

松岡圭祐が編み出す物語の魅力は、大きなクエスト（＝追求・探求）と、小さなクエストの融合にある。本作で言えば「一万円札が倍に増える」という詐欺事件が、大きなクエストに当たる。どのようなトリックが使われているのかというハウダニットと、仕掛けている黒幕は誰なのかというフーダニットが、二重に折り重なって物語全体の起承転結を形作っている（実は最初期のバージョンではもうひとつ、コンピューターの新型ウイルスＥＸが巻き起こす金融危機を食い止める、という大きなクエストが採用されていた。それを削除することで、マジック絡みのストーリーに一本化すると共に、人間ドラマの深みを倍増させることに成功している）。

大きなクエストの中には、小さなクエストが無数に鏤《ちりば》められている。例えば、捜査の過程で出合うマジックの数々。マジックの実演販売員が、からっぽだった右手から塩を出現させた。どこに塩を隠していたのか？　目の前で完全に破りとられた紙幣が、事前に記録した紙幣番号そのままに復活した。何が起きたのか？　紙上で繰り出されるマジックのタネ＝トリックを、沙希と舛城は次々に見破っていく。その積み重ねが、大きなクエストの攻略へと有機的に繋《つな》がっていくのだ。また、舛城刑事が関係者にぶつける「謎掛け」も小さなクエストの一種。作者は大量のアイデアを投下して、読者の心をくすぐり、ラストまで確実にページをめくらせようと尽力している。

そのうえで、なのだ。本作はマジックを取り入れた異色の探偵推理小説であると同時に、異色の成長小説でもある。舛城と沙希は疑似的な親子関係を結び、互いを見つめ合い思いやる（見つめられ、思いやられる）過程で、自らを大きく成長させることになる。擬似的な親子関係は、他にも確認することができる。亡くなった実の両親のかわりに里親となった、稀代《きたい》の詐欺師・飯倉義信《いいくらよしのぶ》。マジシャンの大先輩である出光《いでみつ》マリも、乗り越えるべき存在、という意味で親としての役割を果たしている。

沙希の物語ではあるが、我々の物語でもあるのだ。子供には、実は何人もの「親」が要る。大人達が目を配り手を差し出し、口を動かすことで、ようやく一人の子供を成長させることができる。ラストシーンで舛城が〈沙希は案外、成長過程において孤独ではなかったのかもしれない〉とつぶやき、続けて述べる思弁は、すべての大人達に突き付けられたメッセージだ。血縁関係のある子供がいるか、いないかは関係ない。子供とは社会全体で育てるものであるという視点に立った時、大人として「親」として、自分はきちんと振る舞えているのか？　否応《いやおう》なしに思考が動き出す。

こうした一連の舛城のモノローグにも、作者は前バージョンから細かく手を入れている。沙希が大人達に抱く「願い」をより濃く、より強く、舛城にキャッチさせているのだ。さらにこのモノローグが現れる直前、前バージョンには存在していなかった印象的なエピソードを挿入している。そのエピソードが一手前にあるからこそ、舛城の心は柔らかく溶けたのだ。そして、登場人物を突き抜けて、読者の心中でも感動が弾《はじ》けることとなった。

忘れがたいラストシーンが紡がれた本作には、続編が存在する。同時刊行された『イリュージョン　最終版』だ。絶対に、そちらも読んでほしい。なぜならば、誤解をおそれずに言うなら、二作の関係は「フリ」と「オチ」なのだ。『イリュージョン　最終版』の物語を——より厳密に言えば、その物語のクライマックスで描かれるあるメッセージを——強烈に突き付けるために『マジシャン　最終版』は執筆された、と推測できる。

前作のラストシーンから約一年後が舞台となっているその物語は、天才的なマジックの技術を持つ少年・椎橋彬《しいばしあきら》の人生にフォーカスを当《い》てる。彼はステージ上での一発逆転を夢見ながらも、マジックの技術を活かして万引きを繰り返し、やがて多額の窃盗事件を引き起こしてしまう。誰も見抜くことができない少年の犯罪に、舛城刑事は気付く。再び、沙希に捜査協力を要請する。

読み比べてみれば一目瞭然《いちもくりょうぜん》だが、「完成版」から「最終版」への加筆修正は、『マジシャン』よりも『イリュージョン』のほうがずっと激しい。二〇〇ページ近く、原稿がばっさり削られているのだ。その行為によって実現した成果のひとつが、さきほど言及した「クライマックスで描かれるあるメッセージ」だ。「完成版」では数十ページかけて表現していた内容を、「最終版」ではたった六行（！）のセリフに凝縮させている。伝えている内容は同じなのだが、こちらの方がずっと鋭く速く、深々と刺さる。

何よりも大事なポイントは、そのメッセージを誰が放っているか、なのだ。年齢が上だから大人で、未成年だから子供という区分を、このシリーズは採用していない。まるで子供としか思えない大人もいるし、大人のように子供を見守り成長を促すことのできる、子供もいる。……これ以上はもう、ネタバレに直結するため記すことはできない。実際に本をめくり、一行一行を嚙《か》み締めながら読み進めてみてほしい。

『マジシャン　最終版』は、続編『イリュージョン　最終版』と共に「再演」されるに当たり、マジックを題材にしたミステリーの妙味がブラッシュアップされ、時代性が約十年前から最新のものへと書き換えられただけでなく、社会における子供と大人の関係性というテーマにも磨きがかけられた。時間を忘れて楽しめる小説でありながら、読み終えた後に必ず、心に残るものがある。稀代のエンターテイナー・松岡圭祐の作家性を象徴する、名シリーズとの出会い（もしくは再会）を、心ゆくまで楽しんでほしい。

最後に、もう一度記しておきたい。本書を読み終えた人は必ず、『イリュージョン最終版』を読むように！　度肝を抜かれる感動が味わえますので。

本書は二〇〇八年一月に小社より刊行された文庫本を加筆修正のうえ、再文庫化したものです。

マジシャン　最《さい》終《しゅう》版《ばん》

松《まつ》岡《おか》圭《けい》祐《すけ》

平成30年　9月25日　初版発行

発行者●郡司 聡

発行●株式会社KADOKAWA
〒102-8177　東京都千代田区富士見2-13-3
電話　0570-002-301（ナビダイヤル）

角川文庫 21169

印刷所●株式会社暁印刷
製本所●株式会社ビルディング・ブックセンター

表紙画●和田三造

◎KADOKAWA　カスタマーサポート
［電話］0570-002-301（土日祝日を除く 11 時～17 時）
［WEB］https://www.kadokawa.co.jp/（「お問い合わせ」へお進みください）
※製造不良品につきましては上記窓口にて承ります。
※記述・収録内容を超えるご質問にはお答えできない場合があります。
※サポートは日本国内に限らせていただきます。

ISBN 978-4-04-107516-6　C0193

角川文庫発刊に際して

角川源義

第二次世界大戦の敗北は、軍事力の敗北であった以上に、私たちの若い文化力の敗退であった。私たちの文化が戦争に対して如何に無力であり、単なるあだ花に過ぎなかったかを、私たちは身を以て体験し痛感した。西洋近代文化の摂取にとって、明治以後八十年の歳月は決して短かすぎたとは言えない。にもかかわらず、近代文化の伝統を確立し、自由な批判と柔軟な良識に富む文化層として自らを形成することに私たちは失敗して来た。そしてこれは、各層への文化の普及滲透を任務とする出版人の責任でもあった。

一九四五年以来、私たちは再び振出しに戻り、第一歩から踏み出すことを余儀なくされた。これは大きな不幸ではあるが、反面、これまでの混沌・未熟・歪曲の中にあった我が国の文化に秩序と確たる基礎を齎らすためには絶好の機会でもある。角川書店は、このような祖国の文化的危機にあたり、微力をも顧みず再建の礎石たるべき抱負と決意とをもって出発したが、ここに創立以来の念願を果すべく角川文庫を発刊する。これまで刊行されたあらゆる全集叢書文庫類の長所と短所とを検討し、古今東西の不朽の典籍を、良心的編集のもとに、廉価に、そして書架にふさわしい美本として、多くのひとびとに提供しようとする。しかし私たちは徒らに百科全書的な知識のジレッタントを作ることを目的とせず、あくまで祖国の文化に秩序と再建への道を示し、この文庫を角川書店の栄ある事業として、今後永久に継続発展せしめ、学芸と教養との殿堂として大成せんことを期したい。多くの読書子の愛情ある忠言と支持とによって、この希望と抱負とを完遂せしめられんことを願う。

一九四九年五月三日

角川文庫ベストセラー

万能鑑定士Qの推理劇 III　松岡圭祐

「あなたの過去を帳消しにします」。全国の腕利き贋作師に届いた、謎のツアー招待状。凜田莉子に更生を約束した錦織英樹も参加を決める。不可解な旅程に潜む巧妙なる罠を、莉子は暴けるのか⁉

万能鑑定士Qの推理劇 IV　松岡圭祐

「万能鑑定士Q」に不審者が侵入した。変わり果てた事務所には、かつて東京23区を覆った〝因縁のシール〟が何百何千も貼られていた！　公私ともに凜田莉子を激震が襲う中、小笠原悠斗は彼女を守れるのか⁉

万能鑑定士Qの探偵譚　松岡圭祐

波照間に戻った凜田莉子と小笠原悠斗を待ち受ける新たな事件。悠斗への想いと自らの進む道を確かめるため、莉子は再び「万能鑑定士Q」として事件に立ち向かい、羽ばたくことができるのか？

万能鑑定士Qの謎解き　松岡圭祐

幾多の人の死なないミステリに挑んできた凜田莉子。彼女が直面した最大の謎は大陸からの複製品の山だった。しかもその製造元、首謀者は不明。仏像、陶器、絵画にまつわる新たな不可解を莉子は解明できるか。

万能鑑定士Qの短編集 I　松岡圭祐

一つのエピソードでは物足りない方へ、そしてシリーズ初読の貴方へ送る傑作群！　第1話 凜田莉子登場／第2話 水晶に秘めし詭計／第3話 バスケットの長い旅／第4話 絵画泥棒と添乗員／第5話 長いお別れ。

角川文庫ベストセラー

万能鑑定士Qの短編集 II　松岡圭祐

「面白くて知恵がつく人の死なないミステリ」、夢中で楽しめる至福の読書！　第1話 物理的不可能／第2話 雨森華蓮の出所／第3話 見えない人間／第4話 賢者の贈り物／第5話 チェリー・ブロッサムの憂鬱。

特等添乗員αの難事件 I　松岡圭祐

掟破りの推理法で真相を解明する水平思考に天性の才を発揮する浅倉絢奈。中卒だった彼女は如何にして閃きの小悪魔と化したのか？　鑑定家の凜田莉子、『週刊角川』の小笠原らとともに挑む知の冒険、開幕!!

特等添乗員αの難事件 II　松岡圭祐

水平思考―ラテラル・シンキングの申し子、浅倉絢奈。今日も旅先でのトラブルを華麗に解決していたが……聡明な絢奈の唯一の弱点が明らかに！　香港へのツアー同行を前に輝きを取り戻せるか？

特等添乗員αの難事件 III　松岡圭祐

凜田莉子と双璧をなす閃きの小悪魔こと浅倉絢奈。水平思考の申し子は恋も仕事も順風満帆……のはずが今度は壱条家に大スキャンダルが発生!!〝世間〟すべてが敵となった恋人の危機を絢奈は救えるか？

特等添乗員αの難事件 IV　松岡圭祐

ラテラル・シンキングで0円旅行を徹底する謎の韓国人美女、ミン・ミヨン。同じ思考を持つ添乗員の絢奈が挑むものの、新居探しに恋のライバル登場に大わらわ。ハワイを舞台に絢奈はアリバイを崩せるか？

角川文庫ベストセラー

角川文庫ベストセラー

カウンセラー完全版　松岡圭祐

有名な女性音楽教師の家族を突然の惨劇が襲う。家族を殺したのは13歳の少年だった……彼女の胸に一匹の怪物が宿る。臨床心理士・嵯峨敏也の活躍を描く「催眠」シリーズ。サイコサスペンスの大傑作!!

後催眠完全版　松岡圭祐

「精神科医・深崎透の失踪を木村絵美子という患者に伝えろ」。嵯峨敏也は謎の女から一方的な電話を受ける。二人の間には驚くべき真実が!!「催眠」シリーズ第3弾にして『催眠』を超える感動作。

クラシックシリーズ　千里眼完全版　全十二巻　松岡圭祐

戦うカウンセラー、岬美由紀の活躍の原点を描く『千里眼』シリーズが、大幅な加筆修正を得て角川文庫で生まれ変わった。完全書き下ろしの巻まである、究極のエディション。旧シリーズの完全版を手に入れろ!!

千里眼　The Start　松岡圭祐

トラウマは本当に人の人生を左右するのか。両親との辛い別れの思い出を胸に秘め、航空機爆破計画に立ち向かう岬美由紀。その心の声が初めて描かれる。シリーズ600万部を超える超弩級エンタテインメント!

千里眼　ファントム・クォーター　松岡圭祐

消えるマントの実現となる恐るべき機能を持つ繊維の開発が進んでいた。一方、千里眼の能力を必要としていたロシアンマフィアに誘拐された美由紀が目を開くと、そこは幻影の地区と呼ばれる奇妙な街角だった——。

角川文庫ベストセラー

千里眼の水晶体　松岡圭祐

高温でなければ活性化しないはずの旧日本軍の生物化学兵器。折からの気候温暖化によって、このウィルスが暴れ出した！　感染した親友を救うために、岬美由紀はワクチンを入手すべくF15の操縦桿を握る。

千里眼　ミッドタウンタワーの迷宮　松岡圭祐

六本木に新しくお目見えした東京ミッドタウンを舞台に繰り広げられるスパイ情報戦。巧妙な罠に陥り千里眼の能力を奪われ、ズタズタにされた岬美由紀、絶体絶命のピンチ！　新シリーズ書き下ろし第4弾！

千里眼の教室　松岡圭祐

我が高校国は独立を宣言し、主権を無視する日本国へは生徒の粛清をもって対抗する。前代未聞の宣言の裏に隠された真実に岬美由紀が迫る。いじめ・教育から心の問題までを深く抉り出す渾身の書き下ろし！

千里眼　堕天使のメモリー　松岡圭祐

『千里眼の水晶体』で死線を超えて蘇ったあの女が東京の街を駆け抜ける！　メフィスト・コンサルティングの仕掛ける罠を前に岬美由紀は人間の愛と尊厳を守り抜けるか!?　新シリーズ書き下ろし第6弾！

千里眼　美由紀の正体　(上)(下)　松岡圭祐

親友のストーカー事件を調べていた岬美由紀は、それが大きな組織犯罪の一端であることを突き止める。しかし彼女のとったある行動が次第に周囲に不信感を与え始めていた。美由紀の過去の謎に迫る！

角川文庫ベストセラー

千里眼 シンガポール・フライヤー(上)(下)　松岡圭祐

世界中を震撼させた謎のステルス機・アンノウン・シグマの出現と新種の鳥インフルエンザの大流行。一見関係のない事件に隠された陰謀に岬美由紀が挑む。F1レース上で繰り広げられる猛スピードアクション！

千里眼 優しい悪魔(上)(下)　松岡圭祐

スマトラ島地震のショックで記憶を失った姉の、莫大な財産の独占を目論む弟。メフィスト・コンサルティングのダビデが記憶の回復と引き替えに出した悪魔の契約とは？　ダビデの隠された日々が、明かされる！

千里眼 キネシクス・アイ(上)(下)　松岡圭祐

突如、暴風とゲリラ豪雨に襲われる能登半島。災害はノン＝クオリアが放った降雨弾が原因だった!!　無人ステルス機に立ち向かう美由紀だが、なぜかすべての行動を読まれてしまう……美由紀、絶体絶命の危機!!

蒼い瞳とニュアージュ 完全版　松岡圭祐

ギャル系のファッションに身を包み、飄々とした口調で大人を煙に巻く臨床心理士、一ノ瀬恵梨香の事件簿。都心を破壊しようとするベルティック・プラズマ爆弾の驚異を彼女は阻止することができるのか？

人造人間キカイダー The Novel　松岡圭祐

石ノ森章太郎のあの名作「人造人間キカイダー」を、大人気作家・松岡圭祐が完全小説化!!　読み応え十分の本格SF冒険小説の傑作が日本を震撼させる!!